本书是教育部人文社会科学研究规划基金项目"宗教改革历史语境中的
莎士比亚戏剧研究"（项目批准号：14YJA752009）最终成果

WILLIAM
SHAKESPEARE

宗教改革历史语境中的
莎士比亚戏剧解读

倪萍·著

南京大学出版社

图书在版编目(CIP)数据

宗教改革历史语境中的莎士比亚戏剧解读 / 倪萍著.
—南京:南京大学出版社,2019.8
ISBN 978 - 7 - 305 - 10976 - 8

Ⅰ. ①宗… Ⅱ. ①倪… Ⅲ. ①莎士比亚
(Shakespeare,William 1564—1616)—戏剧文学评论 Ⅳ.
①I561.073

中国版本图书馆 CIP 数据核字(2019)第 179367 号

出 版 者 南京大学出版社
社　　 址 南京市汉口路 22 号　　　　邮　　编　210093
出 版 人 金鑫荣

书　　 名 宗教改革历史语境中的莎士比亚戏剧解读
著　　 者 倪萍
责任编辑 经　晶　荣卫红　　　　　编辑热线　025 - 83685720
照　　 排 南京紫藤制版印务中心
印　　 刷 江苏凤凰通达印刷有限公司
开　　 本 718×1000　1/16　印张 12.5　字数 186 千
版　　 次 2019 年 8 月第 1 版　2019 年 8 月第 1 次印刷
ISBN 978 - 7 - 305 - 10976 - 8
定　　 价 48.00 元

网　　　 址:http://www.njupco.com
官方微博:http://weibo.com/njupco
官方微信:njupress
销售咨询热线:(025)83594756

目录|CONTENTS|

第一章
莎士比亚戏剧中的生者与死者

在《亨利六世》《理查三世》《麦克白》等莎士比亚戏剧中,均出现了死者的亡魂形象。尤其是在《哈姆莱特》中,哈姆莱特父亲的亡魂对全剧产生了至关重要的影响。这类亡魂形象显然与宗教改革之后的欧洲文化氛围格格不入,本章着重探讨以《哈姆莱特》中的鬼魂为代表的此类死者形象在新教文化背景下所具有的特殊历史文化内涵。作为炼狱中的亡魂,《哈姆莱特》中的鬼魂显然隶属于天主教世界。在中世纪晚期的天主教文化语境中,该剧中的鬼魂要求的重点不是为其复仇,而是记着它。该剧通过鬼魂的命运揭示出否定炼狱教义以及相关习俗和仪式的宗教改革运动对生者与死者之间的传统关系模式的破坏。与此同时,哈姆莱特艰难坎坷的复仇过程则反映出早期现代英国在重塑生者与死者之间的关系模式时所经历的漫长曲折的宗教改革之路。

自 20 世纪中叶以来,不少学者就《哈姆莱特》中的鬼魂的身份问题展开激烈争论。令学者们困惑不解的是,该鬼魂一方面声称自己是在炼狱中洗罪的善良的亡魂,一方面却又提出有悖于基督教伦理原则的复仇要求;争论的焦点在于:它究竟是炼狱中的亡魂还是地狱中的魔鬼,抑或是来自异教世界的亡灵?[①] 此鬼魂身上的异教色彩主要源于莎士比亚对古罗马戏剧家塞内加的悲剧中的渴望复仇的鬼魂形象的模仿,然而这层异教色彩仅仅是披在此鬼

---

① 详见 Paul N. Siegel, "'Hamlet, Revenge!': the Uses and Abuses of Historical Criticism," in Stanley Wells ed., *Shakespeare Survey*, Cambridge: Cambridge University Press, 1993, pp.21 - 22。

魂身上的一件外衣而已。与塞内加剧作中的鬼魂相仿的是,它要求哈姆莱特为自己复仇;然而在与哈姆莱特分别时它的要求又突然变为:"哈姆莱特,记着我。"(一幕五场)①当它在王后的寝宫内再次向哈姆莱特显现时,所说的第一句话不是复仇,而是"不要忘记"(三幕四场)。其炼狱中的亡魂的身份提醒我们,此鬼魂想要真正表达的愿望并非复仇,而是被记念;它的焦虑不安缘于它正在被生者淡忘。正因为如此,当鬼魂离去时,它的吩咐留给哈姆莱特最为深刻的印象是记着它:"记着你! 是的,你可怜的亡魂,当记忆不曾从我这混乱的头脑里消失的时候,我会记着你的。记着你!"(一幕五场)鬼魂向哈姆莱特所提出的要求是推动《哈姆莱特》剧情发展的原动力,故而如何诠释鬼魂的话语是理解该剧的关键所在。内尔指出,《哈姆莱特》是一出由一个"其最为强烈的情感乃是惧怕被遗忘"的亡魂所支配的戏剧。② 然而只有将鬼魂的吩咐置于中世纪晚期的英国宗教文化背景中进行解读,我们才有可能准确把握它所渴望的记念以及它所惧怕的忘却的真正内涵。此外,若能进一步考察否定炼狱教义的宗教改革运动对于旨在记念死者的天主教仪式和习俗的破坏以及由此而导致的生者与死者之间的传统关系模式的崩溃,那无疑将有助于我们理解《哈姆莱特》中的鬼魂的悲剧命运的社会历史根源,并进而理解哈姆莱特在执行鬼魂的命令的过程中为何会显得如此的犹豫不决和力不从心。哈姆莱特的复仇之路既反映出英国的宗教改革对天主教文化传统的破坏,也揭示出这场改革自身在重塑生者与死者之间的关系模式时所经历的坎坷曲折的过程。

一

《哈姆莱特》中的鬼魂声称自己来自炼狱,"因为生前孽障未尽,……必须

---

① 本书的莎士比亚作品引文均出自朱生豪译本《莎士比亚全集》,沈林校,译林出版社,1998年。后文出自莎剧的引文,将随文在括号内标出该剧及幕次和场次,不再另注。

② Michael Neill, *Issues of Death*: *Mortality and Identity in English Renaissance Tragedy*, Oxford: Oxford University Press, 1997, p.46.

经过相当的时期，等生前的过失被火焰净化以后，方才可以脱罪"（一幕五场）。此番话语表明它属于中世纪晚期天主教文化语境中的亡魂。按照该时期的罗马天主教教会所宣扬的宗教观念，大多数基督徒在死去之后不能立即进入天国，而是必须在炼狱中洗涤他们生前的罪恶。近代欧洲宗教改革者声称炼狱是罗马教会的凭空杜撰，其理由是：首先，它缺少《圣经》依据；其次，在早期基督教神学家的著作中也很难发现有关炼狱的详尽论述。历史学家戈夫在研究了相关资料之后宣称："最早在 1170 年之前，炼狱并不存在。"①1274年的里昂会议和 1439 年的佛罗伦萨会议正式界定了炼狱的基本神学原理，并规定减轻炼狱中的亡灵的痛苦的方法包括为死者祷告、做弥撒以及向教会捐赠财物，等等。② 这些旨在帮助死者早日进入天国的善功被统称为"代祷"（suffrages），它们实则属于一种需要由死者亲属用金钱向教会购买的特殊"商品"，其极端表现形式即是中世纪晚期罗马教会向信徒兜售的赎罪券。炼狱教义以及由其衍生出来的仪式和习俗极为深刻地影响了此历史阶段欧洲社会中的生者与死者之间的关系模式。在这样的宗教文化语境中，记住死者并不仅仅意味着死者生前的形象和事迹被保存于生者的记忆当中，它更是特指生者为死者提供专门的代祷服务。16 世纪早期的英国各地区的死者遗嘱表明，该时期大多数濒临死亡的英国人希望神职人员在其死后为其祷告一段时间，通常是一年或者更久；此外，他们还要求为其做连续 30 天的追思弥撒（trental）。③ 格林布拉特指出，炼狱的存在使生者得以继续与死者保持一种并非仅仅依靠回忆维系着的活生生的关系，因为后者的亡魂需要生者提供帮助；④因此炼狱"使死者能够不完全死去——不像居留在地狱或天堂中的亡魂那样全然地逝去、消失、完结"⑤。马歇尔指出，在中世纪晚期的欧洲社会中，死者"是一种活跃的、间或具有控制力的社会性的存在"；其向生者所提出的

---

① Jacques Le Goff, *The Birth of Purgatory*, Chicago：Chicago University Press, 1981, p.135.

② 详见 Peter Marshall, *Beliefs and the Dead in Reformation England*, Oxford：Oxford University Press, 2002, p.8.

③ 详见 Peter Marshall, *Beliefs and the Dead in Reformation England*, p.20。

④ Stephen Greenblatt, *Hamlet in Purgatory*, Princeton：Princeton University Press, 2001, p.19.

⑤ Stephen Greenblatt, *Hamlet in Purgatory*, p.17.

记念它们的要求影响了包括宗教和经济等因素在内的社会生活的方方面面。① 此外,天主教的神学观念使生者与死者之间的关系具有一种互惠互利的性质:炼狱中的亡魂从生者所提供的代祷中获益匪浅;作为回报,这些亡魂在升入天国之后将会以为生者祷告的方式帮助后者获得永福。② 总之,在中世纪晚期的天主教世界中,生者与死者之间并不存在无法逾越的鸿沟,他们共存于一个由基督教信仰所构建的社会共同体中,彼此在通往天国的道路上并肩同行。

然而在莎士比亚的悲剧世界中,生者与死者之间的上述关系模式已经招致严重的破坏。令《哈姆莱特》中的鬼魂感到愤慨的是,克劳狄斯不但谋害了它的性命,而且"甚至于不给我一个忏悔的机会,使我在没有领到圣餐也没有受过临终涂膏礼以前,就一无准备地负着我的全部罪恶去对簿阴曹"(一幕五场)。鬼魂在此所提及的临终涂膏礼正是天主教的七项圣礼之一——死者临终之前所领受的终傅。中世纪晚期的天主教徒普遍相信,此项圣礼具有缩短死者的亡魂将来在炼狱中的受苦时间的功效,因为"终傅就是对那些将近死亡的信徒藉着膏抹圣油和神父的祈祷来领受特别的恩典,并靠赖神的怜悯抵挡魔鬼最后的攻击与试探"③。中世纪的作者所记载的重返人间的炼狱中的亡魂的遭遇大多与《哈姆莱特》中的鬼魂极为相似,即它们要么生前没有领受终傅,要么死后未能享有完备的葬礼仪式或代祷;它们返回世间向生者显现的主要目的在于向后者吁求帮助:它们需要生者以代祷的方式来减轻它们在炼狱中所忍受的痛苦。④ 与这些不幸的亡魂一样,《哈姆莱特》中的鬼魂因为生前被剥夺了领受终傅仪式的机会而在炼狱中遭受可怕的刑罚。如若结合中世纪晚期的天主教文化语境来阐释此鬼魂的话语中所隐含的意义,那么诸如"哈姆莱特,记着我"之类的要求就不仅仅是表明死者希望"长久地活在生者的记忆当中",它也意味着死者希望"尤其在祷告中被记住,而这种祷告被

---

① 详见 Peter Marshall, *Beliefs and the Dead in Reformation England*, pp.309 - 310.
② 详见 Stephen Greenblatt, *Hamlet in Purgatory*, p.144.
③ 伯克富:《基督教教义史》,赵中辉译,宗教文化出版社,2000 年,第 178 页。
④ 详见 Peter Marshall, *Beliefs and the Dead in Reformation England*, pp.16 - 17.

相信具有将死者的灵魂从炼狱的折磨中解脱出来的功效"。① 如果说生者是通过为死者代祷的方式来记念后者的话，那么当这种代祷停止时，那就意味着死者已经被生者遗忘。哈姆莱特本人似乎正是在这层意义上来理解鬼魂在其吩咐中所言及的记念与忘却的内涵的。在戏班子即将开演之前，哈姆莱特对奥菲利娅说："您瞧，我的母亲多么高兴，我的父亲还不过死了两个钟头。"当奥菲利娅提醒他"不，已经四个月了，殿下"时，他则回答说："这么久了吗？哎哟，那么让魔鬼去穿孝服吧，我可要做一身貂皮的新衣啦。天啊！死了两个月，还没有把他忘记吗？那么也许一个大人物死了以后，对他的记忆还可以保持半年之久；可是凭着圣母起誓，他必须造下几所教堂，否则他就要跟那被遗弃的木马一样，没有人再会想念他了。"（三幕二场）正如哈姆莱特所言，中世纪晚期的"大人物"为确保自己死后能够长久地被生者记住而不得不"造下几所教堂"。当时的教会为死者举行的追思弥撒的费用十分高昂，一些显贵人物为了确保神职人员在其死后能够每日为其做弥撒，往往会在生前出资建造附属于教会礼拜堂的小教堂。② 由此可见，我们有必要按照中世纪晚期的相关天主教习俗来理解《哈姆莱特》中的生者对死者的"想念"与"忘记"。故此一些西方评论家将鬼魂那夹杂着复仇的欲念与被记念的愿望的古怪命令视作为其提供代祷的委婉请求。而对于哈姆莱特来说，"复仇是一种为死者所做的祷告"③；"如何最好地实行复仇"这一问题等同于如何通过"减轻在来世中分配给已故国王的暂时的重罚"来"有效地记着他的父亲"。④

　　《哈姆莱特》的故事背景是中世纪的丹麦宫廷，然而正如波姆林所说，该剧中的很多象征源自对于天主教临终圣礼在新教世界中的丧失的深思。⑤ 路

① David Scott Kastan, *A Will to Believe*: *Shakespeare and Religion*, Oxford: Oxford University Press, 2014, p.127.

② 详见 Stephen Greenblatt, *Hamlet in Purgatory*, p.21。

③ John E. Curran JR, *Hamlet*, *Protestantism*, *and the Mourning of Contingency*, Hampshire: Ashgate Publishing Limited, 2006, p.81.

④ John E. Curran JR, *Hamlet*, *Protestantism*, *and the Mourning of Contingency*, p.91.

⑤ 详见 James S. Baumlin, *Theologies of Language in English Renaissance Literature*, Plymouth: Lexington Books, 2012, p.57。

德等宗教改革者只保留了洗礼和圣餐礼,并否认包括终傅在内的其余天主教圣礼的宗教意义;英国国教的《三十九条信纲》之关于圣礼的第二十五条信纲同样仅承认洗礼和圣餐礼的神圣性,并宣称其余五项天主教圣礼缺少《圣经》依据。此外,路德等宗教改革者宣称炼狱是违背《圣经》的凭空捏造,英国国教的《三十九条信纲》之关于炼狱的第二十二条信纲也重复了类似的观点。波姆林据此指出鬼魂的悲剧命运的社会历史根源:英国国教的《三十九条信纲》中的相关规定既否定了老哈姆莱特生前所渴望领受的临终圣礼的宗教意义,同时也否认了老哈姆莱特的故事及其鬼魂的显现之本身的真实性。① 不仅如此,鬼魂的复仇要求背后所暗含着的为其提供代祷的愿望也被证明是徒劳无益的。莎士比亚时代的英国宗教改革者宣称,尽管生者带着善意为死者祷告,但是这种祷告本身却不能够为死者带来任何益处。其理由是,炼狱并不存在,亡魂的归宿不是天国就是地狱;前者已经得救,无须生者为其祷告;后者根本没有救赎的希望,生者同样没有必要为其祷告。②

除了老哈姆莱特之外,《哈姆莱特》中的其他悲剧人物也遭遇了类似的结局,即他们不但死于非命,而且被剥夺了享有旨在记念死者并帮助其亡魂减轻痛苦的天主教仪式的权利。在中世纪晚期的天主教世界中,生者对死者的记念由葬礼拉开序幕。完备的葬礼过程包括:在举行葬礼的前夜为死者做晚祷;第二天为死者做晨祷和追思弥撒。这些仪式被认为具有减轻亡魂在炼狱中所遭受的折磨的功效,它们常常在一个月之后被重复举行。③ 此外,在死者去世一周年之际,生者通常还将为其重新举行葬礼仪式。④ 霍勒兰指出,在《哈姆莱特》中存在一个引人注目的现象,即包括波洛涅斯、罗森格兰兹和吉尔登斯吞等在内的主要人物皆死去了;此外,根据相关台词的提示,他们皆未能按照完整而得体的仪式被安葬。⑤ 例如令雷欧提斯悲愤填膺的是,他的父

---

① 详见 James S. Baumlin, *Theologies of Language in English Renaissance Literature*, p.58。
② 详见 David Scott Kastan, *A Will to Believe: Shakespeare and Religion*, pp.127 - 128。
③ 详见 Peter Marshall, *Beliefs and the Dead in Reformation England*, pp.18 - 19。
④ 详见 Peter Marshall, *Beliefs and the Dead in Reformation England*, pp.20 - 21。
⑤ 详见 James V. Holleran, "Maimed Funeral Rites in *Hamlet*," in Sandra l.. Williamson. ed., *Shakespearean Criticism*, vol.13, Gale Research Inc., 1991, p.268。

亲"死得这样不明不白,他的下葬又是这样偷偷摸摸的,他的尸体上没有一些战士的荣饰,也不曾为他举行一些哀祭的仪式"(四幕五场)。此外,其不幸溺水身亡的妹妹奥菲利娅也同样未能享有完整的葬礼仪式。雷欧提斯绝望地哀求主持葬礼的神职人员:"难道不能再有其他的仪式了吗?"他所得到的回答是:"她的葬礼已经超过了她所应得的名分。……倘不是因为我们迫于权力,……我们不但不应该为她念祷告,并且还要用砖瓦碎石丢在她的坟上;可是现在我们已经允许给她处女的葬礼,用花圈盖在她的身上,替她散播鲜花,鸣钟送她入土,这还不够吗?""不能再有其他的仪式了;要是我们为她奏安魂曲,……那就要亵渎了教规。"(五幕一场)很显然,雷欧提斯希望神职人员为其妹妹举行完整的天主教葬礼仪式,因为诸如为死者念祷告、鸣钟以及奏安魂曲等皆是天主教葬礼的必要组成部分。然而这种旨在记念死者并为其亡魂提供帮助的葬礼仪式却招致英国宗教改革者的质疑和否定,他们主张摈弃天主教葬礼中诸多旨在帮助亡魂早日从炼狱中被释放出来的仪式细节。例如米德尔顿主教(Bishop Middleton)在1583年巡视了由其管辖的教区之后,下令废除当时仍然被该教区中的一些牧师和民众所沿用的传统天主教葬礼习俗。他命令人们不得在葬礼上供放祭品、不得在屋内或在去教堂的路上为死者祷告以及不得在葬礼上鸣钟,等等。① 《哈姆莱特》中的奥菲利娅在死后被禁止享有完整的天主教葬礼仪式的不幸遭遇折射出这种仪式自身在宗教改革之后的英国所面临的没落结局。当为奥菲利娅举行完整的葬礼仪式的请求遭到拒绝后,雷欧提斯愤怒地斥责主持葬礼的教士。格林布拉特指出,雷欧提斯与教士在葬礼上的这场争执反映出贯穿全剧的一种现象:一切关乎寄托哀思、减轻个人与集体的焦虑的传统仪式已遭破坏。② 当然,这种现象也体现在老哈姆莱特在临死前被剥夺领受终傅的悲剧命运之中。霍勒兰也指出,在《哈姆莱特》中,"所有传统的仪式皆以某种方式被扭曲了"③。

《哈姆莱特》深刻地揭示出以否定炼狱教义作为前提的宗教改革运动对

---

① 详见 Peter Marshall, *Beliefs and the Dead in Reformation England*, p.128。
② 详见 Stephen Greenblatt, *Hamlet in Purgatory*, p.247。
③ James V. Holleran, "Maimed Funeral Rites in *Hamlet*," p.268.

传统天主教仪式和习俗的破坏以及由此所导致的对生者与死者之间的既定关系模式的全面颠覆。在中世纪晚期的天主教世界中,炼狱教义为生者规定了记念死者的基本神学原理;在这样的文化语境中,对炼狱教义的否定不但意味着生者对死者的忘却,而且割断了生者与死者之间的联系。① 如前所述,在传统的天主教文化语境中,死者的亡魂会向生者呼求帮助,而生者则可以通过代祷的方式慰藉死者;此外,在努力进入天国的过程中,生者与死者之间始终保持着一种互惠互利的伙伴关系。在这样的关系图景中,生者可以直接对死者说话,因为死者并未真正离去;从某种意义上说,死者依然存在于人类共同体中,这种存在藉着生者为死者所做的祷告和弥撒而得以维系。然而宗教改革者却有意让死者沉默,并使之远离生者;其对关乎死者的传统天主教仪式及习俗的激进改革导致生者不能再与死者直接说话,因为它们此时已经真正成为处于人类触及范围之外的逝者,即便是生者的祷告也无法对之产生任何影响。② 当生者与死者之间已经无法继续对话时,无怪乎《哈姆莱特》中的鬼魂会显得如此的沉默寡言。面对近乎处于失语状态的鬼魂,霍拉旭急切地催促它:"凭着上天的名义,我命令你说话!""不要走! 说呀,说呀! 我命令你,快说!"(一幕一场)然而它依旧一言不发地默然离去。

诚然如宗教改革者所言,炼狱教义以及相关仪式和习俗不仅缺少《圣经》依据,也导致了罗马天主教教会的日趋腐化堕落;然而尽管如此,源于此教义的仪式和习俗却仍旧在中世纪晚期的欧洲社会生活中成功地发挥出巨大的影响力。究其原因,乃是因为关乎炼狱中的亡魂的仪式和习俗触及存在于人类天性中的对于逝去的亲人的眷念挚情;这些仪式和习俗既为生者提供了寄托哀思的途径,同时满足了生者内心深处的潜在愿望,即将来在他们自己故去之后他们同样可以继续拥有世上亲友的想念与关爱。正因为如此,中世纪晚期的大多数欧洲人愿意向教会支付高昂的费用来尽自己对逝者的代祷义

---

① 详见 Peter Marshall, *Beliefs and the Dead in Reformation England*,p.4。
② 详见 Huston Diehl, *Staging Reform*,*Reforming the Stage*:*Protestantism and Popular Theater in Early Modern England*,Ithaca and London:Cornell University Press,1997,pp.122 - 123。

务。一些中世纪晚期的虔诚的作者们往往用亲情来劝诫生者重视对死者的代祷,他们用最富情感的语言将其笔下那些被囚禁在炼狱中的亡魂们描述为父亲们、母亲们、丈夫们以及妻子们,等等;这些亡魂恳求活着的亲属怜悯并帮助他们减轻其在炼狱中所忍受的酷刑的煎熬。① 与此相类似,《哈姆莱特》中的鬼魂形象的艺术魅力之一正体现为它在情感方面的感染力。在提出被记念的要求之前,此鬼魂先是向哈姆莱特暗示它在炼狱中所忍受的刑罚是如何的可怕,紧接着便以人类天性中的父子情义来赢得哈姆莱特的同情:"要是你曾经爱过你的父亲——""要是你有天性之情"(一幕五场)。

　　英国的天主教人士在与新教徒论敌辩论时往往也会采取类似的策略来为炼狱的存在以及相关的代祷习俗进行辩护。例如,针对英国新教徒人士对炼狱教义的攻击,著名的基督教人文主义者、后来因为拒绝放弃对罗马教皇和天主教信仰的忠诚而被亨利八世处以极刑的托马斯·莫尔于 1529 年写下《亡魂的恳求》(The Supplication of Souls)一书。与中世纪的作者们一样,莫尔在该书中主要借助于人类的情感(尤其是亲情和友情)来赢得读者对其笔下的亡魂的代祷请求的同情。全书以在炼狱之火中忍受煎熬的死者的口吻写成,它们最大的痛苦不是源自它们所遭遇的死亡或炼狱中的折磨,而是它们正在被生者遗忘。它们曾经能够藉着有德之士的祷告、神职人员所提供的每日的弥撒以及其他形式的代祷来获得慰藉,然而如今这些安慰和帮助即将消失,因为某些蛊惑人心的人(暗指新教徒论敌)散布了旨在使生者对炼狱的存在以及教会为死者所做的善功的功效产生怀疑的谣言。② 莫尔笔下的亡魂与《哈姆莱特》中的鬼魂存在诸多相似之处。例如其中的一些亡魂眼睁睁地看着它们的妻子在自己故去之后很快就变成荡妇,她们将曾经如此深爱她们并给她们留下丰厚遗产的丈夫抛之脑后,并且背弃自己所立下的不再嫁人的誓言,与其新欢寻欢作乐。③ 老哈姆莱特的遭遇与此十分相似,哈姆莱特悲叹父亲"刚死了两个月! 不,两个月还不满! ……那样爱我的母亲,甚至不愿

---

① 详见 Peter Marshall, *Beliefs and the Dead in Reformation England*,p.37。
② 详见 Stephen Greenblatt, *Hamlet in Purgatory*,p.137。
③ 详见 Stephen Greenblatt, *Hamlet in Purgatory*,p.146。

让天风吹痛她的脸庞。……只有一个月的时间,她那流着虚伪之泪的眼睛还没有消去它们的红肿,她就嫁了人了"(一幕五场)。面对生者对死者的淡忘,莫尔笔下的亡魂大声疾呼,声称它们拥有被记念和为其举行相关仪式的权利。为了感化冷漠的生者,亡魂反复向其强调彼此之间的亲情纽带:"我们那边的妻子们,记着你们这里的丈夫;我们那边的孩子们,记着你们这里的父母;我们那边的父母们,记着你们这里的孩子;我们那边的丈夫们,记着你们这里的妻子。"①如前所述,《哈姆莱特》中的鬼魂也试图以父子间的亲情来感动哈姆莱特并恳求他记着自己。莫尔通过其笔下的亡魂之口表明,为死者提供的代祷以维护人类亲情的方式来确保每一代的逝者都能够长久地被生者所记念。莫尔由此指责否定炼狱教义并破坏为死者代祷的传统习俗的新教徒论敌们是没有信仰、缺少人类天性之善的一类人。② 在莫尔看来,新教徒的异端观点破坏了由生者和死者所共同组成的一个互助互爱的人类共同体;剩下的将是一个愚昧无知的自私而贪婪的世界,其中的每一代人都将被与上一代人切断关联。③ 显而易见,与莫尔笔下的亡魂一样,《哈姆莱特》中的鬼魂所面临的是一个背离天主教传统的世界,一个力图割断死者与生者之间的依存关系并将其从生者的生存领域中驱逐出去的新教世界。

二

如果说导致莫尔笔下的亡魂陷入不幸境遇的元凶是否定炼狱之存在的英国新教徒人士,那么酿造老哈姆莱特的悲剧命运的罪魁祸首则是丹麦的新任国王、哈姆莱特的叔父——克劳狄斯。《哈姆莱特》通过克劳狄斯这一人物形象强化了在其复仇情节的背后所隐含的内在主题——揭示英国的宗教改革对相关天主教仪式和习俗的破坏以及由此所导致的对生者与死者之间的既定关系模式的全面颠覆。一些学者指出克劳狄斯的言语带有新教色彩,这

---

① 转引自 Stephen Greenblatt,*Hamlet in Purgatory*,p.148。
② 详见 Peter Marshall,*Beliefs and the Dead in Reformation England*,p.37。
③ 详见 Stephen Greenblatt,*Hamlet in Purgatory*,p.144。

尤其体现在其关于如何哀悼死者的言论之中。例如格林布拉特声称，在该剧中，致使传统天主教仪式遭破坏的祸根是克劳狄斯；此外，他"不仅篡夺了王位，也窃用了新教徒的哀悼语言"①。对此卡斯坦也抱有类似见解。② 我们无法确知，在克劳狄斯的统治下，老哈姆莱特的葬礼是否符合天主教仪式的相关要求；然而显而易见的是，克劳狄斯与其臣民对老哈姆莱特的哀悼时间远远短于传统的服丧期，以至于哈姆莱特不无心酸地讥讽道："葬礼中剩下来的残羹冷炙，正好宴请婚筵上的宾客。"（一幕二场）克劳狄斯宣称，对于老哈姆莱特的死亡，生者"一方面固然要用适度的悲哀纪念他，一方面也要为自身的利害着想"（一幕二场）。莎士比亚时代的英国新教徒神学家同样主张生者对死者应该表示有节制的哀悼，排斥天主教徒谨守漫长的哀悼期的哀悼习俗，并认为对死者的过度哀悼源自宗教信仰上的不虔诚和愚昧无知。例如霍德斯顿（Henry Hoddesdon）在其 1606 年的著作中论及对死者的哀悼时指出，"那些过分悲伤的人"是不相信天国与复活教义的人，他们追随着"没有希望的异教徒的习俗"。③ 在莎士比亚喜剧《第十二夜》的一幕五场中，当奥丽维娅因为哥哥的死亡而悲伤时，小丑以新教徒的口吻嘲笑她的愚蠢："你哥哥的灵魂既然在天上，为什么要悲伤呢？"当克劳狄斯看见哈姆莱特陷入丧父的伤痛之中而不能自拔时，他以类似的论调向侄儿指出，对死者的过度哀悼既是对上帝的不敬，也是对常理的违背。"它表现出一个不肯安于天命的意志，……一个缺少忍耐的头脑和一个简单愚昧的理性。……嘿！那是对上天的罪戾，对死者的罪戾，也是违反人情的罪戾。"（一幕二场）就连王后也以新教徒的口吻劝说儿子："好哈姆莱特，脱下你的黑衣，对你的父王应该和颜悦色一点；不要老是垂下眼皮，在泥土之中找寻你的高贵的父亲。你知道这是一件很普通的事情，活着的人谁都要死去，从生存的空间踏进了永久的宁静。"哈姆莱特则回答说："我的墨黑的外套、礼俗上规定的丧服、勉强吐出来的叹气、像滚滚

---

① Stephen Greenblatt, *Hamlet in Purgatory*, p.148.

② 详见 David Scott Kastan, *A Will to Believe: Shakespeare and Religion*, pp.124 - 125。

③ 详见 William R. Elton, *King Lear and the Gods*, San Marino, California: the Huntington Library and Art Gallery, 1966, p.255。

江流一样的眼泪、悲苦沮丧的脸色……都不能表示出我的真实的情绪。"(一幕二场)很显然,哈姆莱特对父亲的死亡所表现出的悲伤情绪已经超出英国宗教改革者所允许的程度。例如普莱费尔(Thomas Playfere)认为,既然得救的逝者在天国身穿象征胜利的白袍享受永福,那么生者就没有必要身着象征悲伤的黑色丧服为其过分悲哀;死亡的必然性和永生的应许这二者皆反对无节制的哀悼,它乃是不相信上帝之救赎的承诺的表现。[①]

总之,鬼魂所返回的世界是一个新教王国,其统治者正是剥夺了老哈姆莱特领受临终圣礼的权利的新教徒克劳狄斯。不仅如此,就连身为已故国王之子的哈姆莱特本人也受到新教文化的浸染。作为生活于 9 世纪的丹麦王子,哈姆莱特居然在德国的威登堡(Wittenberg)大学读书,在此莎士比亚似乎犯了一个常识性的错误。现实世界中的威登堡大学建立于 1502 年,德国宗教改革领袖路德于 1508 年来该校任神学教授,后来又以这里为主要阵地领导德国民众走上与罗马教皇相抗衡的宗教改革之路。在莎士比亚时代的英国人看来,威登堡大学的声誉主要源自路德的宗教改革事业,该校的教育内容也被等同于路德宗。[②] 莎士比亚让其笔下的中世纪悲剧主人公在建成于16 世纪的威登堡大学接受教育,这显然是暗示哈姆莱特思想观念中的新教背景。哈姆莱特的气质中的确存在受宗教改革影响的痕迹,例如他的大段自我审视似的经典独白与新教徒的自我反省似的忏悔独白如出一辙。在宗教改革者废除天主教的忏悔礼之后,神职人员在忏悔者与上帝之间所担任的中介角色也随之终止,忏悔成为忏悔者将自己交付给内在的自我去审视的反省过程。戴尔指出,哈姆莱特在独白中"对其自身动机与行为的拷问似的无情分析明显表现出新教徒的思维习惯"[③]。除了自我省察似的内倾型性格特征之外,哈姆莱特的怀疑主义、对罪的敏感以及由此而来的忧郁等也皆与路德

---

① 详见 David Scott Kastan, *A Will to Believe*:*Shakespeare and Religion*,p.125。
② 详见 David Scott Kastan, *A Will to Believe*:*Shakespeare and Religion*,pp.134 - 135。
③ Huston Diehl, *Staging Reform*,*Reforming the Stage*:*Protestantism and Popular Theater in Early Modern England*,p.90.

和对路德产生较大影响的使徒保罗等人十分相似。[1]

由于宗教改革者不主张对死者过度哀悼，尤其反对为死者提供代祷，故而死者在新教世界中丧失了其在中世纪晚期的天主教社会中所拥有的地位和影响力。此外，宗教改革者严格确立生者与死者之间的界限，致使后者不可能重返人间并向生者显现，从而将死者从生者的生存空间中彻底驱逐出去。所谓亡魂向生者显现的说法被文艺复兴时期的英国新教徒人士视为与《圣经》不相符合的天主教徒的迷信；[2]许多的相关见证被归因为目睹者本人的胆怯、幻觉、想象和病态，等等。[3] 这一观念也体现在该时期的英国戏剧文学中。例如尽管在剧作家查普曼（George Chapman）的《布西·德·安博瓦兹的复仇》（*The Revenge of Bussy D'Ambois*）以及图尔尼尔（Cyril Tourneur）的《无神论者的悲剧》（*The Atheist's Tragedie*）等作品中出现了重返人间的鬼魂形象，然而它们却被剧中的新教徒人士贬斥为纯属虚构的无稽之谈。[4]同样，与哈姆莱特同在威登堡大学接受新教教育的霍拉斯将马西勒斯等人所目睹的鬼魂解释为他们脑中的幻想。此外，王后也将哈姆莱特在其寝宫中所目睹的鬼魂理解为“这是你脑中虚构的意象；一个人在心神恍惚的状态中，最容易发生这种幻妄的错觉”（三幕四场）。在新教徒看来，炼狱并不存在，逝者的灵魂或是在天堂，或是在地狱，但绝不可能重现世间；魔鬼撒旦有时则会“显现为某位已故亲属的亡灵，以便向生者进行邪恶的教唆”[5]。哈姆莱特在初次目睹鬼魂的显现时，断定它不是来自天国就是来自地狱，但丝毫没有提及它有可能来自炼狱。“不管你是一个善良的灵魂或是万恶的妖魔，不管你带来了天上的和风或是地狱中的罡风，不管你的来意好坏……”（一幕四场）哈姆莱特后来在其独白中怀疑该鬼魂“也许是魔鬼的化身，借着一个美好的

---

[1] 详见 Huston Diehl，*Staging Reform*，*Reforming the Stage*：*Protestantism and Popular Theater in Early Modern England*，p.82。

[2] 详见 Peter Marshall，*Beliefs and the Dead in Reformation England*，pp.245 - 247。

[3] 详见 Peter Marshall，*Beliefs and the Dead in Reformation England*，p.250。

[4] Robert Rentoul Reed，Jr.，"Supernatural Intervention：Two Dramatic Traditions," in Michael Magoulias ed.，*Shakespearean Criticism*，vol.29，Gale Research Inc. 1996，pp.59 - 60。

[5] Paul H. Kocher，*Science and Religion in Elizabethan England*，New York：Octagon Books，1969，pp.124 - 125.

形状出现,魔鬼是有这一本领的;⋯⋯也许他看准了我的柔弱和忧郁,才来向我作祟,要把我引诱到沉沦的路上"(二幕二场)。很显然,哈姆莱特对鬼魂身份的推断受到新教徒观念的影响。哈姆莱特没有立即执行鬼魂的复仇命令,而是安排伶人在克劳狄斯面前表演一段与鬼魂所揭发的谋杀罪行相仿的戏剧情节。哈姆莱特的用意不只在于通过试探克劳狄斯来判断鬼魂的述说是否属实,也在于借此来确定此鬼魂究竟是来自炼狱的亡灵还是来自地狱的魔鬼。① 后者归根结底属于信仰问题,哈姆莱特必须在父辈的天主教传统与他自己所接受的新教教育之间做出抉择。正如波姆林所说,哈姆莱特所面临的不只是认知危机,也是信仰危机。"他不仅要决定做什么,也要决定信仰什么;后者先于前者⋯⋯在行动之前,哈姆莱特必须确定他的信仰。"② 由此可见,哈姆莱特不堪承受的重荷首先不是复仇任务,而是陷入两种相互冲突的信仰体系之间所导致的精神分裂中。波姆林指出,这部悲剧的复杂性部分源自两种神学语言之间的相互竞争,而哈姆莱特则置身于二者之间,即"由他的被谋杀的父亲、丹麦王哈姆莱特所代表的旧信仰与由其父之篡位的叔父克劳狄斯所代表的新信仰之间"③。

无论是德国宗教改革运动的引领人路德还是亨利八世时代的早期英国宗教改革者,他们在与罗马天主教教会相抗衡时,都将批判的矛头首先指向炼狱教义。宗教改革者将攻击对象选择得十分精准,因为有关炼狱的争论涉及意义重大的关键性神学问题,其中包括自由意志、恩典与称义这三者之间的关系,等等。炼狱教义以及与其相关的圣礼和为死者代祷的习俗皆源于天主教拯救论中肯定人类的自由意志及功德的神人合作说,而宗教改革者则针锋相对地提出否定人类的自由意志及功德的神恩独作说。在早期的新教徒看来,炼狱教义以及旨在减轻炼狱中的刑罚的代祷习俗"似乎是一个腐败的教会所信奉的功德神学的缩影,它与宗教改革的主要神学洞见——惟独因信

---

① 详见 Kurt A. Schreyer, *Shakespeare's Medieval Craft*, Ithaca and London: Cornell University Press, 2014, p.128。

② James S. Baumlin, *Theologies of Language in English Renaissance Literature*, p.52.

③ James S. Baumlin, *Theologies of Language in English Renaissance Literature*, p.55.

称义是互不相容的"①。例如弗里斯（John Frith）指出，如果死者需要在炼狱中洗罪，那么"基督真是白白死了"②。新教徒女殉教者阿斯蔻（Anne Askew）对其拷问者说："相信为死者所做的弥撒甚于相信基督为了我们的死，这是极大的偶像崇拜。"③如前所述，天主教人士往往从情感层面来替为死者代祷的传统习俗辩护。他们争辩说，新教徒反对为死者代祷，这其实是在压制一种正常的人类情感冲动。英国新教徒人士一方面承认生者为死者代祷是出于善意，源自生者对逝去的亲友的爱和敬重；一方面指责这是一种以迷信和偶像崇拜作为基础的不明智的爱，它反映出原罪发生之后的人类对于上帝的不顺服。例如主教巴丙顿（Gervase Babington）指出，为死者代祷表现出"对于死者的荒谬的爱"；这种爱力求"越过上帝的话语的根据，在狂热与情感之中擅自而为"。④ 在《哈姆莱特》中，克劳狄斯以类似的口吻向哈姆莱特指明，他对父亲的过分哀悼是一种不明智的爱。"哈姆莱特，你这样孝思不匮，原是你天性中纯笃过人之处；……然而固执不变的哀伤，却是一种逆天悖理的愚行……"（一幕二场）

格林布拉特指出，在都铎王朝时代与斯图亚特王朝时代的很多文本中，炼狱代表"一个恶作剧的笑话，一个错误"或是"一种虚构或者故事"，"但是它不能被描绘成一种令人恐惧的现实"；然而与同时期的其他剧作相比，《哈姆莱特》却似乎更趋向于将炼狱描述成真实的存在。⑤ 炼狱在马洛等与莎士比亚同时代的英国戏剧家的作品中招致无情的嘲讽。相比之下，《哈姆莱特》中期望唤起生者的同情的炼狱中的鬼魂形象显得有些不合时宜；倘若它进一步要求生者以代祷的方式记念它，那将更有悖于时代精神，无怪乎莎士比亚将鬼魂的真实愿望隐匿在其颇具异教色彩的复仇要求之中。鬼魂因为在生前未能领受临终圣礼而耿耿于怀，故而执行鬼魂的复仇命令意味着必须在一个由新教徒国王统治的新教世界中恢复天主教的圣礼传统。对于一个在威登

①　Peter Marshall, *Beliefs and the Dead in Reformation England*, p.63.
②　转引自 Peter Marshall, *Beliefs and the Dead in Reformation England*, p.62。
③　转引自 Peter Marshall, *Beliefs and the Dead in Reformation England*, p.62。
④　转引自 Peter Marshall, *Beliefs and the Dead in Reformation England*, p.146。
⑤　详见 Stephen Greenblatt, *Hamlet in Purgatory*, p.236。

堡大学接受新教思想熏陶的年轻人来说，这的确是一项棘手的任务。哈姆莱特首先尝试恢复的圣礼即是天主教的忏悔礼（告解），并藉着它来折磨与克劳狄斯苟合的母亲的良心。在王后的寝宫中，哈姆莱特使用极其残酷苛刻的措辞拷问母亲的灵魂并敦促其认罪悔改："向上天承认您的罪恶吧，忏悔过去，警戒未来。"（三幕四场）巴顿豪斯认为，哈姆莱特在这场戏中充当了聆听罪人忏悔的天主教神职人员。① 对此基尔罗伊抱有类似的见解。② 弗里曼指出，哈姆莱特试图通过天主教的忏悔礼来净化其母亲的灵魂；在此过程中，他所表现出来的天主教色彩甚至更甚于该剧中的鬼魂。③ 在接下来的一场戏中，哈姆莱特试图按照天主教徒的忏悔礼观念将克劳狄斯的灵魂引向毁灭。天主教的圣礼观念认为，忏悔礼具有减轻罪人在炼狱中所承受的刑罚的功效，它甚至可以使十恶不赦的罪人避免堕入地狱的厄运。因为"告解就是使罪得到宽恕的一种圣事。甚至死罪也可通过告解而得到宽赦，这就是说，它们已不再是不可救药的，非使罪人在地狱中永远受苦不可了"④。当哈姆莱特在暗中窥听到克劳狄斯的忏悔祷告时，他打消了当场杀死后者的念头。他决定等待更加合适的时机，以便实现既消灭克劳狄斯的肉体，也毁灭其灵魂的复仇目标。"现在他正在洗涤他的灵魂，要是我在这时候结果了他的性命，那么天国的路是为他开放着，这样还算是复仇吗？不！收起来，我的剑，等候一个更惨酷的机会吧；当他在酒醉以后、在愤怒之中，或是在荒淫纵欲的时候，……我就要叫他颠踬在我的脚下，让他幽深黑暗不见天日的灵魂永堕地狱。"（三幕三场）此时的哈姆莱特似乎忘记了克劳狄斯的新教徒身份，天主教的忏悔礼观念在后者身上是根本不起作用的。在古代教会中，罪人必须当众悔罪，其忏悔仪式是公开举行的；中世纪的罗马天主教教会则要求信徒向神父私下

---

① 详见 Roy Battenhouse, *Shakespeare's Christian Dimension: An Anthology of Commentary*, Bloomington, Ind.: Indiana University Press, 1994, p.397。

② 详见 Gerard Kilroy, "Requiem for a Prince: Rites of Memory in *Hamlet*," in Richard Dutton, Alison Findlay and Richard Wilson eds., *Theatre and Religion: Lancastrian Shakespeare*, Manchester: Manchester University Press, 2003, pp.148 – 149。

③ John Freeman, "This Side of Purgatory: Ghostly Fathers and the Recusant Legacy in *Hamlet*," in Dennis Taylor and David Beauregard eds., *Shakespeare and the Culture of Christianity in Early Modern England*, New York: Fordham University Press, 2003, p.248。

④ G. F.穆尔：《基督教简史》，郭舜平等译，商务印书馆，2000年，第156页。

忏悔,并宣称"藉此能使受洗后所犯的大罪得到赦免"①。如前所述,宗教改革者废除了天主教中包括忏悔礼在内的五项圣礼,使忏悔成为罪人独自对上帝做出的悔罪告白。很显然,克劳狄斯所做的认罪祷告是新教意义上的忏悔,因为当时并无神甫在场聆听。尤为重要的是,新教神学主张救赎之工是由上帝独自担当的,罪人能否得救完全取决于上帝的意志,对此包括忏悔礼等圣礼在内的一切人类善功皆无济于事。学者大多按照加尔文主义中的预定论来解释克劳狄斯在这场戏中忏悔失败的原因,而哈姆莱特本人似乎也认可加尔文的神学理论。② 按照这样的神学理论模式,哈姆莱特根本不可能掌控克劳狄斯的灵魂的终极命运;在新教神学语境中,哈姆莱特通过剥夺克劳狄斯临终前的忏悔机会来毁灭其灵魂的企图是注定无法实现的。

总之,置身于新教世界中的哈姆莱特无法按照天主教的圣礼观念去实施复仇计划,因为传统圣礼的宗教意义是以炼狱的存在作为前提条件的。此外,哈姆莱特也不可能实现鬼魂的复仇要求背后的隐秘愿望——以提供代祷的方式记念它,因为针对炼狱中的亡魂的代祷善功同样无法在新教世界中产生功效。然而在传统的天主教文化语境中,拒绝代祷就意味着生者对于死者的忘却。因为如此,文艺复兴时期的英国天主教人士阿兰(William Allen)抱

---

① 伯克富:《基督教教义史》,第 178 页。

② 在加尔文的神学观念中,上帝对万事万物拥有绝对的控制权,此种控制权致使人类的自由意志几乎没有任何发挥作用的余地。上帝的意志不仅决定了每一个灵魂的终极命运,也规定了每一桩事件的运作轨迹。哈姆莱特明显受到此种观念的影响。例如在答应与雷欧提斯比剑之后,哈姆莱特突然感觉到一种不祥的预兆。霍拉旭劝其回绝这场比赛,哈姆莱特则回答说:"不,我们不要害怕什么预兆;一只雀子的生死都是命运预先注定的。"(五幕二场)此段台词中最后一句的原文是"there's a special providence in the fall of a sparrow",其中的 special providence 也即加尔文所谓的神对每一个受造物所施行的"特别的护理"。哈姆莱特在此借用了《圣经》中的这一典故:"两个麻雀不是卖一分银子吗?若是你们的父不许,一个也不能掉在地上。"(《马太福音》10:29)无独有偶,加尔文在阐述上帝对每一个受造物的绝对掌控时,也引用了这一典故(详见约翰·加尔文《基督教要义》,钱曜诚等译,生活·读书·新知三联书店,2010 年,第 196 页)。一些学者认为,哈姆莱特在上述台词中表达了对于加尔文主义的预定论的认可(详见 James S. Baumlin, *Theologies of Language in English Renaissance Literature*, p. 69;同时可参考 Alan Sinfield, "Hamlet's Special Province," in Michelle Lee ed., *Shakespearean Criticism*, vol. 66, Gale Group, 2002, pp. 268 - 269)。在预定论的影响下,哈姆莱特发现自己不可能是一个积极主动的复仇者,而只能是上帝意志的被动服从者,其复仇过程中的每一个环节均源自上帝的预先设计。奄奄一息的哈姆莱特终于将毒剑刺向克劳狄斯,然而这最后的结局并非出自哈姆莱特自己的周密计划。正如他先前所说,"无论我们怎样辛苦图谋,我们的结果却早已有一种冥冥中的力量把它布置好了",因为"一切都是上天预先注定"(五幕二场)。

怨加尔文主义者令其所处的时代成为一个忘记死者的时代。① 随着剧情的逐步发展,此鬼魂果然被哈姆莱特淡忘了。哈姆莱特在第二幕中与鬼魂相遇过两次,然而在第三幕中他刚一登场就在其独白中感慨死后世界的神秘不可知:"因为当我们摆脱了这一具朽腐的皮囊以后,在那死的睡眠里,究竟将要做些什么梦,那不能不使我们踌躇顾虑。……谁愿意负着这样的重担,在烦劳的生命的压迫下呻吟流汗,倘不是因为惧怕不可知的死后,惧怕那从来不曾有一个旅人回来过的神秘之国……"(三幕一场)他似乎忘记了死后的世界存在着炼狱以及被囚禁于其中的鬼魂,它不久前曾返回人间并向他诉说自己的不幸遭遇。从第三幕开始,该鬼魂从生者的世界中彻底消失并被遗忘。在最后一幕中,尽管哈姆莱特结果了克劳狄斯的性命,但是他只字未提自己的复仇动机,也即他没有将鬼魂的故事向众人复述。正如格林布拉特所说:"在其命令最终被实现的那一刻,老哈姆莱特实际上已经被遗忘。"② 戴尔指出,宗教改革运动对生者与死者之间的传统关系模式的破坏引发了《哈姆莱特》等英国复仇剧对诸如人类对于已经全然离去的逝者的记忆能力以及如何重新设立生者与死者之间的界限等问题的探讨。③ 基尔罗伊也指出,《哈姆莱特》涉及在 16 世纪的英国可谓最具争论性的核心问题:在天主教的弥撒及葬礼等仪式遭破坏之后,"死者如何被记念?"④此类问题不仅令哈姆莱特困惑不已,也让英国的宗教改革者感到棘手;哈姆莱特艰难曲折的复仇之路恰恰折射出莎士比亚时代的英国之坎坷复杂的宗教改革历程。

三

格林布拉特推测,莎士比亚在《哈姆莱特》中所表现出的对于死者地位的敏感或许源自他在现实生活中先后丧失两位亲人时的切身体会。莎士比亚

---

① 详见 John E. Curran JR, *Hamlet*, *Protestantism*, *and the Mourning of Contingency*, p.84。

② Stephen Greenblatt, *Hamlet in Purgatory*, p.227.

③ Huston Diehl, *Staging Reform*, *Reforming the Stage*: *Protestantism and Popular Theater in Early Modern England*, p.123.

④ 详见 Gerard Kilroy, "Requiem for a Prince: Rites of Memory in *Hamlet*," p.144。

的儿子在 1596 年死亡,其名字"Hamnet"与"Hamlet"十分接近;而在当时的公共档案中,这两个名字是可以互换的。① 此外,莎士比亚的父亲于 1601 年去世,而这一年很可能是莎士比亚创作《哈姆莱特》的年份。② 与哈姆莱特被父亲的亡魂以复仇的名义要求为其代祷的境遇相似,莎士比亚很有可能也被其父要求提供死后的代祷服务。1757 年,有人在莎士比亚的诞生地发现其父约翰·莎士比亚留下的遗嘱。在这份具有浓厚天主教色彩的遗嘱中,老约翰要求临终前领受忏悔礼、弥撒,尤其是涂油礼(这正是老哈姆莱特生前渴望领受的临终圣礼);万一他因突然死去而未能领受上述圣礼(这正是老哈姆莱特的不幸遭遇),他请求上帝、圣母玛丽亚以及天使来帮助他;此外,他还请求亲友用祷告和善功(尤其是弥撒)来帮助他减轻他在炼狱中的痛苦。③ 威尔森指出,老约翰在遗嘱中担心自己死后因生前罪孽而在炼狱中受苦,并请求其后代为其代祷以缩短其在炼狱中的受刑时间,这正对应着老哈姆莱特的亡魂向哈姆莱特诉说其在炼狱中所遭受的刑罚之苦并恳请哈姆莱特记着它的情节。④ 不过学术界目前尚无法判断老约翰的遗嘱的真伪,故而它不能成为其天主教徒身份的确凿证据。与此相应的是,学术界也尚不能确定莎士比亚个人的信仰倾向。英国复辟时代的牧师戴维斯(Richard Davies)宣称莎士比亚是天主教徒;19 世纪的学者辛普逊(Richard Simpson)也将莎士比亚与天主教联系在一起;进入 20 世纪以后,持这种观点的学者逐渐增多。⑤ 然而目前学术界尚未发现能够证明莎士比亚天主教徒身份的可靠证据。不过,与同时期的其他英国戏剧家相比,莎士比亚在其作品中对天主教信仰的态度确实比较友善。也有学者认为,即便莎士比亚不信仰天主教,他至少在某些方面同情天主教;或者说,莎士比亚或许是新教徒,但有时会对宗教改革之前的天主

---

① 详见 Stephen Greenblatt, *Hamlet in Purgatory*, p.227。

② 详见 Peter Marshall, *Beliefs and the Dead in Reformation England*, p.63。

③ 详见 Stephen Greenblatt, *Hamlet in Purgatory*, pp.248 - 249。

④ Richard Wilson, *Secret Shakespeare*: *Studies in Theatre*, *Religion and Resistance*, Manchester and New York: Manchester University Press, 2004, p.51.

⑤ 详见 Richard Wilson, *Secret Shakespeare*: *Studies in Theatre*, *Religion and Resistance*, p.64。

教世界抱有怀旧之情。① 里德指出,由于英国国教否认死者的亡灵可以重返人间,故而自 1600 年起,与新教徒的信仰观念格格不入的英国戏剧中的复仇鬼魂形象开始走向没落;尤其是在 1612 年之后,英国戏剧家们几乎不再抱着严肃的态度去塑造此类鬼魂形象了。② 在《哈姆莱特》中,莎士比亚对天主教传统所持有的同情态度或许正是通过让观众既同情又敬畏的鬼魂角色而得以含蓄地表达出来。

尽管我们无法确知莎士比亚及其父亲老约翰的信仰倾向究竟是什么,但是毫无疑问,这位英国戏剧家所讲述的老哈姆莱特及其儿子的悲剧故事的确深刻揭示出英国的宗教改革对生者与死者之间的传统关系模式的破坏以及这场改革自身所走过的坎坷曲折之路。作为一个在威登堡大学接受新教教育的年轻人,哈姆莱特却被一个来自炼狱的天主教亡魂所缠扰;哈姆莱特的境遇折射出作为新教国家的英国在莎士比亚时代所面临的宗教困境,即长期以来,它的宗教改革事业难以摆脱天主教阴影的笼罩。与德国等国的宗教改革背景不同,天主教信仰在宗教改革之前的英国十分兴旺,它也并未在英国民众中引发不满情绪。英国的宗教改革是由亨利八世用行政手段强制推行的,其目的是强化英国的王权统治,而非教义教仪的改革;直至年幼的爱德华六世继位后,英国的宗教改革方才真正触及神学观念层面的变革;当"血腥的玛丽"在爱德华六世早夭后执掌英国政权时,英国重又恢复天主教的统治地位,新教势力遭到残酷迫害。很显然,当伊丽莎白一世登基时,新教信仰在英国社会的根基并不牢固,此前的宗教改革也未能清除天主教信仰在英国民众中间的影响。尽管伊丽莎白时代的英国毫无疑问属于新教国家,但是就如同《哈姆莱特》中那个天主教亡灵阴魂不散的新教王国一样,它始终未能彻底摆脱天主教传统的缠扰。如前所述,天主教的葬礼仪式以及为死者代祷的习俗关乎对于人类天性中的亲情的维系,故而其对英国民众的影响尤为根深蒂固,以至于相当一部分人对相关的宗教改革措施持抵触态度。研究表明,尽

---

① 详见 David Scott Kastan, *A Will to Believe: Shakespeare and Religion*, p.17.
② 详见 Robert Rentoul Reed, Jr., "Supernatural Intervention: Two Dramatic Traditions," pp.59–60.

管英国当局对违背英国国教的宗教行为采取惩戒措施,但是直至 16 世纪末与 17 世纪初,天主教的葬礼仪式以及相关代祷习俗在英国很多地区依然没有绝迹,这一现象一直延续到 17 世纪 20 年代。[①] 英国于 1548 年正式废除为死者代祷的宗教制度,然而旨在压制与此相关的"迷信"的战役在 16 世纪中期并未获得最终的胜利,而是一直持续到詹姆斯一世时代以及其后。因此在学者中间逐渐达成一种共识,即英国的宗教改革并非完成于伊丽莎白时代;英国民众其实经历了一场"缓慢"而又"漫长"的宗教改革运动。[②] 当莎士比亚于 1601 年写作《哈姆莱特》时,英国的新教徒牧师此前已经用了五十年的时间劝诫英国基督徒放弃炼狱观念和为死者祷告以及过分哀悼死者等天主教习俗;[③]然而莎士比亚仍旧在《哈姆莱特》中含蓄地表达了对天主教传统的眷念之情以及对此传统遭破坏的不满情绪。或许这正表明,英国民众对宗教改革者有关生者与死者的关系的新见解的全面接受是一个漫长而曲折的过程。对于该时期的英国民众来说,天主教是他们祖辈的信仰,将它完全当作迷信和偶像崇拜而加以否定,这势必将引起一个令人不安的问题:他们的父辈和祖辈是带着旧信仰死去的,将天主教斥为虚妄的谬误意味着逝去亲人的灵魂无法得救。[④] 不难理解,接受新教教育的哈姆莱特为何无法按照新教徒的观念将以父亲的形象显现并声称自己来自炼狱的鬼魂当作魔鬼而轻易打发掉。从某种意义上说,完全弃绝天主教传统,这不仅意味着对英国人的祖辈的背叛,也意味着对曾经身为天主教国家的英国之过往历史的否定。这正如伊丽莎白时期的英国天主教殉教者爱德蒙·甘平(Edmund Campion)在临终前所说:"你们给我们定罪,就是在给所有你们自己的祖先定罪——所有古代的教士、主教和君王——所有那些曾经是英国的荣耀的人们……"[⑤]这种早期现代英国的特殊宗教文化背景无疑是理解包括《哈姆莱特》在内的莎士比亚戏剧创作的关键因素之一。例如有学者认为,英国民众失去或被迫放弃的传统仪

---

① 详见 Peter Marshall, *Beliefs and the Dead in Reformation England*, pp.134 - 136。
② 详见 Peter Marshall, *Beliefs and the Dead in Reformation England*, p.310。
③ 详见 Stephen Greenblatt, *Hamlet in Purgatory*, p.247。
④ 详见 David Scott Kastan, *A Will to Believe: Shakespeare and Religion*, p.17。
⑤ 转引自 Gerard Kilroy, "Requiem for a Prince: Rites of Memory in *Hamlet*," p.154。

式和信仰如同天主教徒的亡魂一般也同样萦绕于《仲夏夜之梦》以及《李尔王》等莎剧中。①

当哈姆莱特试图遵行鬼魂的复仇命令时,受过新教思想熏陶的他发现自己"陷入天主教的圣礼主义与新教的信仰主义之间",而他的思维体系对于这二者似乎是兼而容之;这种宗教信仰上的两面性恰恰反映出莎士比亚及其父辈时代的英国民众的信仰状况:他们转向新教往往是由政治权力强加给他们的,其在内心深处并未能真正摆脱天主教传统的羁绊。② 因此早期现代英国社会中的个体的宗教身份是折中的和不稳定的,这种倾向在哈姆莱特身上体现得尤为明显。波姆林指出哈姆莱特在神学观念上的混乱:他的思想倾向时而是天主教,时而是路德宗,时而又是加尔文宗;哈姆莱特"发现他自己在新旧世界的信仰之间被撕扯着",其性格"反映出悬而未决、处于过渡期的伊丽莎白时代晚期的文化"。③ 的确,在一个由天主教过渡至新教的特殊历史阶段,伊丽莎白时代的英国国教表现出与哈姆莱特相类似的两面性:为了避免由宗教冲突引发的民族矛盾,它在教规上兼顾天主教的传统和新教的变革,并排斥一切宗教信仰上的偏颇立场。例如尽管该时期的英国宗教改革者厌恶天主教的炼狱教义和为死者代祷的传统习俗,但是他们并不采纳清教徒的激进改革主张(后者彻底否认旨在记念死者的相关仪式的宗教意义,如反对由神职人员主持葬礼,主张取消葬礼中的一切宗教成分,等等),而是力图在以《圣经》作为依据的基础上改革相关仪式并重建生者与死者之间的关系(例如在葬礼上以布道代替弥撒、以为众人祷告代替为死者祷告,等等)。然而,尽管伊丽莎白时代的英国国教采取兼容并蓄和宽松包容的宗教政策,但它却未能真正消解各种宗教派别之间的矛盾纷争,其自身也不断遭到天主教的复辟势力和清教徒中的激进分子的攻击、威胁。与此类似,置身于新旧信仰之

---

① 详见 Richard Wilson, "Introduction: a Torturing Hour—Shakespeare and Martyrs," in Richard Dutton, Alison Findlay and Richard Wilson eds., *Theatre and Religion: Lancastrian Shakespeare*, p.13.

② 详见 James S. Baumlin, *Theologies of Language in English Renaissance Literature*, pp.54 - 55。

③ James S. Baumlin, *Theologies of Language in English Renaissance Literature*, pp.64 - 65.

间的哈姆莱特无法维持精神上的平衡状态,或许他正是以装疯的方式来试图掩饰自身的精神分裂。哈姆莱特告诉伶人:"自有戏剧以来,它的目的始终是反映人生,……给它的时代看一看它自己演变发展的模型。"(三幕一场)毫无疑问,《哈姆莱特》是一面反映人生的杰出镜子,它从生者与死者的关系这一角度为伊丽莎白时代晚期的英国观众提供了一个该时代的宗教信仰之演变发展的精致模型。

第二章
莎士比亚戏剧中的天使与魔鬼

　　理查三世、麦克白等莎士比亚笔下的戏剧人物在作品中不仅经常被比喻为恶魔，而且被视为与魔鬼、地狱之间存在实质性的联系。在此类人物中，伊阿古最具典型性。伊阿古的作恶动机一直是西方学术界的争论焦点；由此引发的疑问是，在《奥瑟罗》中，他究竟是恶人还是魔鬼？伊阿古既类似于英国传统戏剧中的魔鬼角色，也符合莎士比亚时代的英国人的魔鬼观念。在该时期的英国宗教文化语境中，伊阿古的身份具有两种可能性：其一是魔鬼，其二是魔鬼的人类代理者。文本自身暗示后者的可能性更大。莎士比亚通过这一角色既揭示了在失去天主教教会提供的保护措施之后的新教世界中所盛行的对魔鬼的诱惑力量的恐惧心理，也表达了他对代表社会发展趋势的"新人"的态度。宗教性与世俗性由此在伊阿古这一人物身上高度融合，而这正体现出早期现代英国的文化特征。与此同时，《奥瑟罗》在情节结构上受到传统道德剧的影响，即表现个体在天使的帮助与魔鬼的诱惑之间如何做出选择以及此种选择对个体灵魂的最终命运将会产生何种决定性影响。不少学者认为，苔丝狄蒙娜与伊阿古分别代表道德剧中的天使与魔鬼，奥瑟罗需要在前者的爱情与后者的引诱之间做出选择，而错误的抉择则最终导致奥瑟罗走向毁灭。

一

　　作为《奥瑟罗》中最为复杂的角色之一,伊阿古一直是研究者的关注焦点;其中的核心问题:伊阿古邪恶行为背后的动机是什么? 19 世纪的阐释者柯勒律治指出,伊阿古在其言语中所声称的毁灭奥瑟罗的若干理由的实质是"为无动机的恶意寻找动机"①。后世的学者大多赞成柯勒律治的这一观点。例如著名学者布拉德雷在 20 世纪初指出,作为一个精明而有洞察力的人,驱使伊阿古铤而走险地实施其阴谋的动机必然是极具激情的野心和仇恨;然而伊阿古仅仅是在口头上声称自己拥有这种野心或仇恨而已,他其实较常人更少具有此类激情。② 斯皮瓦克在其堪称学术经典的一部著作中也指出,无论是作为未被提拔的下属,还是作为怀疑妻子不贞的丈夫,伊阿古从未表现出与仇恨或嫉妒等符合人之常情的复仇动机相吻合的激情。③ 拉兹奇指出,尽管伊阿古提及自己作恶的三种理由——奥瑟罗没有提拔他、奥瑟罗可能和他的妻子通奸以及他对金钱的贪婪,然而这三种理由皆无法成为他的一系列行为的总体动机。④ 他认为,伊阿古的邪恶可能是一种无条件的绝对的恶。⑤斯皮亚特也认为,除非借助于"一种形而上学的恶的概念",否则我们无法解释这种"纯粹的恶意";因此,"《奥瑟罗》的神秘完全是恶的神秘"。⑥ 在全剧的开始部分,伊阿古告诉罗德利哥,他仇恨奥瑟罗的主要原因是奥瑟罗提拔远不如他的凯西奥作为自己的副将。然而在一幕三场的结尾部分,伊阿古突然

---

　　① 详见 Richard Harp and Steven Hrdlicka, "The Critical Backstory," in Robert C. Evans ed., *Othello*: *A Critical Reader*, London, New Delhi, New York and Sydney: Bloomsbury, 2015, p.25。

　　② 详见 A. C. Bradley, *Shakespearean Tragedy*, New York: Palgrave Macmillan, 2007, pp.167 - 168。

　　③ 详见 Bernard Spivack, *Shakespeare and the Allegory of Evil*, New York and London: Columbia University Press, 1958, p.22。

　　④ 详见 Richard Raatzch, *The Apologetics of Evil*: *the Case of Iago*, Princeton and Oxford: Princeton University Press, 2009, pp.15 - 16。

　　⑤ 详见 Richard Raatzch, *The Apologetics of Evil*: *the Case of Iago*, p.2。

　　⑥ Robert Speaight, *Nature in Shakespearean Tragedy*, London: Hollis & Carter, 1955, p.69.

又提出截然不同的复仇理由,即他怀疑奥瑟罗和自己的妻子私通。这两种理由可能皆非伊阿古的真实动机。关于未被提拔一事,布拉德雷以文本自身作为依据,认为伊阿古的说法极有可能是谎言。[①] 此外,伊阿古或许并不相信奥瑟罗和自己的妻子之间存在奸情;即便他当真相信,那也无法证明这就是他的复仇动机。纵观全剧,我们没有发现任何表明奥瑟罗有可能和伊阿古的妻子之间存在奸情的蛛丝马迹。伊阿古对此的陈述是:"我恨那摩尔人,有人说他和我妻子私通……"(一幕三场)此处台词的原文是:"I hate the Moor,/ And it is thought abroad,that 'twixt my sheets/He's done my office." 雷诺尔德等人(在分析完其中的内在逻辑关系后)指出,伊阿古使用"and"一词来连接他所陈述的两种事实("我恨那摩尔人"与"有人说他和我妻子私通");这表明在这两种事实之间存在着的逻辑关系不是 A then B,而是 A and B,也即伊阿古并非在陈述一个行为动机,因为这两种事实之间并不存在因果关系。[②] 雷诺尔德等人的结论是,伊阿古将这两种事实并列在一起,乃是因为他意识到奥瑟罗与妻子之间可能存在的奸情可以为他先前就对奥瑟罗怀有的无动机的仇恨提供理由充足的动机。[③] 明白真相后的奥瑟罗想从伊阿古口中知晓他陷害自己的原因,然而伊阿古拒绝对自身的作恶动机做出任何解释:"什么也不要问我;你们所知道的,你们已经知道了。从这一刻起,我不再说一句话。"(五幕二场)斯皮亚特认为,在伊阿古的所有行为中,这一拒绝乃是最为意味深长的。[④] 总之,伊阿古这一角色令我们为其所"行出的一种没有真实动机的残酷行为"而感到震惊。[⑤]

由于伊阿古的邪恶行为缺少清晰确凿的动机,一些学者将他的邪恶乃至他本人视为一种神秘而不可知的存在。例如詹姆斯(D. G. James)认为,伊阿

① 详见 A. C. Bradley, *Shakespearean Tragedy*, pp.158 - 159。

② 详见 Bryan Reynolds and Joseph Fitzpatrick, "Venetian Ideology or Transversal Power?: Iago's Motives and the Means by Which *Othello* Falls," in Philip C. Kolin ed., *Othello: New Critical Essays*, New York and London: Routledge, 2002, p.214。

③ 详见 Bryan Reynolds and Joseph Fitzpatrick, "Venetian Ideology or Transversal Power?: Iago's Motives and the Means by Which *Othello* Falls," p.214。

④ Robert Speaight, *Nature in Shakespearean Tragedy*, p.81.

⑤ Robert H. West, *Shakespeare & the Outer Mystery*, Lexington: University of Kentucky Press, 1968, p.105.

古是"我们道德天性中之无法说明但却无可置疑的恶"①。威斯特宣称:"与星辰、命运和运气一样,伊阿古的出身及目的是神秘的。与地狱一样,他的神秘是一种邪恶的神秘。"②斯泰姆佩尔指出:"伊阿古体现了邪恶意志的神秘,一个莎士比亚努力再现而非分析的谜。"③与此同时,一些学者力图探究伊阿古作恶动机不明确的根本原因,并进而对这一人物自身的性质做出准确界定。例如布拉德雷指出,在着手实施一项强烈吸引其欲望的计划的同时,伊阿古意识到自身对于这种欲望的抵触,于是他无意识地通过提供实施该计划的若干理由来将这种抵触打发掉;与哈姆莱特一样,伊阿古受他自己所不理解的力量驱动。④ 此外,不少学者认为《奥瑟罗》深受传统道德剧的影响,并按照道德剧中的反面角色的固有意义来阐释伊阿古。在道德剧中存在着两类反面角色:魔鬼(the Devil)和罪恶(the Vice)。争论的焦点是:伊阿古这一人物的原型究竟是魔鬼还是罪恶?伯兰德尔(Alois Brandl)早在 1898 年就指出,伊阿古类似于道德剧中的引诱者——罪恶这一角色。⑤ 这种观点在斯皮瓦克于 1958 年出版的前述著作中得到最为经典的表述。在该著作中,斯皮瓦克详细回顾了道德剧中的罪恶角色的发展历程,并将其与伊阿古这一人物进行比较。斯皮瓦克指出,伊阿古"本质上不是一个被激怒而去行恶的人";虽然他在表面上像人一样地行动,但他其实是被改头换面的、代表抽象的道德概念的罪恶一角。⑥ 伊阿古这一角色的意义源自道德剧中的罪恶,后者"除了用一系列说明其抽象名字的意义的诡计来挫败人类的受害者之外,并无进一步的动机"⑦。然而,也有学者对斯皮瓦克的结论表示质疑并提出不同观点。例如斯科拉格于 1968 年在一篇论文中指出,在罪恶这一角色出现之前,在道德剧

---

① 详见 Helen Gardner, "*Othello*: A Retrospect, 1900 - 67," in Kenneth Muir and Philip Edwards eds., *Aspects of Othello*, London, New York and Melbourne: Cambridge University Press, 1978, p.2.

② Robert H. West, *Shakespeare & the Outer Mystery*, p.99.

③ Daniel Stempel, "The Silence of Iago," in Dana Ramel Barnes ed., *Shakespearean Criticism*, vol.35, Detroit: Gale Research, 1997, p.336.

④ 详见 A. C. Bradley, *Shakespearean Tragedy*, p.169。

⑤ 详见 Leah Scragg, "Iago-Vice or Devil?" in *Aspects of Othello*, p.48。

⑥ 详见 Bernard Spivack, *Shakespeare and the Allegory of Evil*, p.55。

⑦ Bernard Spivack, *Shakespeare and the Allegory of Evil*, p.56.

中充当人类的诱惑者的角色是魔鬼,而魔鬼角色的起源可以追溯到中世纪的神秘剧。斯科拉格以多部神秘剧中的魔鬼角色作为例证,指出魔鬼与罪恶这两个角色之间存在诸多相似之处,而后者显然受到前者影响。两者之间的区别是,与无具体作恶动机的罪恶不同,魔鬼具有仇恨人类并欲使其败坏的较为明确的行为动机。斯科拉格指出,斯皮瓦克等学者将伊丽莎白时代以及詹姆斯一世时代的英国舞台上的自我表白的恶棍角色的诸多特征归因于受罪恶这一角色的影响,然而此类人物的戏剧特征其实应该追溯至神秘剧中的魔鬼角色。① 斯科拉格认为,伊阿古所继承的角色是魔鬼而非罪恶;伊阿古并非没有行为动机,与魔鬼一样,他有着明确的复仇动机。② 再比如,莫里斯认为,伊阿古不仅是一个恶棍,而且是来自另一个世界的魔鬼。③ 不过,也有学者认为,伊阿古并非魔鬼,他只是与魔鬼相似而已。例如柯勒律治称伊阿古是"一种接近于魔鬼而又不完全是魔鬼的存在"④。威斯特指出,尽管其纯粹的邪恶和堕落使得其酷似魔鬼,然而伊阿古并非魔鬼,他仅仅是一个邪恶的人而已。⑤ 与此同时,苔丝狄蒙娜被相关学者视作类似于传统道德剧中的天使角色。如果想要确知伊阿古究竟是否是魔鬼的化身,那么我们必须既要在文本自身内寻找相关证据,也要探究伊阿古这一角色是否具有基督教观念中的魔鬼的本性。

二

　　一些学者在《奥瑟罗》中发现大量暗示伊阿古与魔鬼和地狱等有关联的相关证据。例如伊阿古在一幕一场中如此评价自己:"世人所知的我,并不是实在的我。"(一幕一场)这句台词的原文是:"I am not what I am."贝塞尔指

　　① 详见 Leah Scragg, "Iago-Vice or Devil?" p.52。

　　② 详见 Leah Scragg, "Iago-Vice or Devil?" p.56。

　　③ 详见 Harry Morris, *Last Things in Shakespeare*, Tallahassee: Florida State University Press, 1985, pp.112-113。

　　④ 详见 Leah Scragg, "Iago-Vice or Devil?" p.56。

　　⑤ 详见 Robert H. West, *Shakespeare & the Outer Mystery*, p.107。

出,伊阿古是从反面戏拟了上帝在《圣经》中对自己本性的宣告:"我是自有永有的。"(I am that I am.)(《出埃及记》3:14)对于熟知《圣经》的伊丽莎白时代的英国观众来说,伊阿古无异于是在暗示他的魔鬼本性。① 埃文斯也认为,这句台词表明伊阿古对上帝的亵渎、不虔诚和反基督教。② 斯科拉格指出,从该剧剧情的开始部分起,"伊阿古与黑暗力量的关系就不断被强调——他正是向地狱不断地寻求灵感,他总是在口中念叨着地狱和魔鬼,频繁地向它们祈求……"③。此外,伊阿古在其独白中直截了当地将自己与"地狱""恶魔"和"最恶的罪行"等联系在一起。埃文斯由此指出:在莎士比亚创作的角色中,伊阿古"最接近于真正的撒旦似的人物";"他不只是仅仅作恶;而且是以作恶为乐"。④ 当伊阿古的阴谋败露之后,一些剧中人也暗示了他魔鬼般的本性。例如罗多维科称伊阿古为"恶魔般的奸徒"(hellish villain),奥瑟罗称其为"顶着人头的恶魔"(demi-devil)(五幕二场)。贝塞尔指出,在《奥瑟罗》中有三场戏发生在夜间,伊阿古均在其中起主导作用;这表明"他是黑暗王子,完全醉心于黑暗"⑤。科拉格也指出,该剧中的很多情节发生在夜间和地狱般的恐怖之中,而其中的掌管者正是恶魔般的伊阿古。⑥ 在《圣经》中,上帝和基督被比喻为光明,而魔鬼和罪恶则被比喻为黑暗。

那么,上述证据是否表明伊阿古是该剧中的魔鬼? 威斯特一方面承认伊阿古酷似地狱中的魔鬼,一方面认为这仅仅是一种比喻说法,因为《奥瑟罗》并不关乎超自然观念。⑦ 相反,普尔认为,该剧中的人物口中的魔鬼不只是比喻或谩骂性质的,剧中人"在彼此身上看见——或者以为他们看见,或几乎看

---

① 详见 S. L. Bethell, "Shakespeare's Imagery: the Diabolic Images in *Othello*," in *Aspects of Othello*, p.40。

② 详见 Robert C. Evans, "New Directions: King James's Daemonologie and Iago as Male Witch in Shakespeare's *Othello*," in Robert C. Evans ed., *Othello: A Critical Reader*, p.136。

③ Leah Scragg, "Iago-Vice or Devil?" p.57。

④ Robert C. Evans, "New Directions: King James's Daemonologie and Iago as Male Witch in Shakespeare's *Othello*," p.144.

⑤ S. L. Bethell, "Shakespeare's Imagery: the Diabolic Images in *Othello*," p.41。

⑥ 详见 Leah Scragg, "Iago-Vice or Devil?" p.58。

⑦ 详见 Robert H. West, *Shakespeare & the Outer Mystery*, pp.108–109。

见——魔鬼"①。那么伊阿古究竟是被比喻为魔鬼的恶人呢？还是实质意义上的魔鬼？为了辨明伊阿古的真实身份，我们有必要重新分析他的作恶动机。如前所述，一些学者指出，伊阿古始终没有表现出与其在口头上所提供的那些复仇动机相吻合的激情，故而他是一个没有明确动机的作恶者。这恰恰表明，我们需要在这些表面的复仇动机的背后寻找伊阿古作恶的深层次动机。为此，我们有必要将其置入莎士比亚时代的英国社会的宗教伦理体系中加以审视。

按照正统的基督教观念，作为终极善的上帝所创造的世界本身也是善的，那么罪从何而来？作为上帝的被造物，尽管世间的每一种存在物皆是善的，但与造物主相比，它们是次一级的善，并且它们按着各自善的程度的不同而被安置在不同的等级次序上。如此一来，整个宇宙必然是一个体现了上帝的创世目的且有着严格的等级秩序的统一体。罪源于被造物以破坏统一体中的等级秩序的方式来反叛上帝的统治，因此在基督教观念中，"罪是一种悖逆和不顺服"②。根据《圣经》记载，罪源于一些试图取代上帝的统治的天使们的叛乱。这些堕落了的天使变成魔鬼，其首领即是撒旦。人类的罪恶源于其始祖在魔鬼的诱惑下，"他们反抗上帝权威，违抗了上帝"③。人类始祖由此使得自身及其后裔陷入罪的状态之中。中世纪的天主教按照上述观念定义罪的本质："人在神性秩序中带进混乱，而且挟持某一小有的不当行为来对抗存有本身。"④此外，天主教神学大师托马斯·阿奎那借助亚里士多德等异教哲学家的宇宙观来为中世纪欧洲的社会等级提供合适的理论框架，从而使社会等级与宇宙秩序相互对应。此种观念依然是伊丽莎白时代的英国社会的主流思想。该时期的宗教社会伦理观念认为，宇宙中的自然等级秩序在人类社会中体现为具体的社会等级秩序，即臣民服从君主、仆人服从主人、妻子服

---

① Kristen Poole, *Supernatural Environments in Shakespeare's England: Space of Demonism, Divinity, and Drama*, Cambridge: Cambridge University Press, 2011, p.87.

② 米拉德·J.艾利克森：《基督教神学导论》，陈知纲译，上海人民出版社，2012 年，第257 页。

③ 米拉德·J.艾利克森：《基督教神学导论》，第 257 页。

④ 吉尔松：《中世纪哲学精神》，沈清松译，上海人民出版社，2008 年，第107 页。

从丈夫以及子女服从父母，等等；由每一种存在物所构成的存在之链上的各个环节是紧密相连的统一体，因此，如果人类社会的等级秩序遭到破坏，那么它不仅将造成地上的混乱，而且会引起天上的异常反应。"地上的等级秩序象征着天上的等级秩序，由国王、牧师、父亲和主人在各自的领域行使神所认可的权威……这种'巨大的存在之链'中的任何一部分出了乱子，都会影响到整个存在之链，任何一个环节上的缺陷都会导致重大的变化，甚至会使人与上帝及获救的希望隔绝开来。"①

　　莎士比亚的悲剧创作体现出上述秩序观念。例如在《裘力斯·凯撒》《哈姆莱特》《李尔王》以及《麦克白》等剧作中，当君主或父亲被臣子或儿女陷害时，这种由人类社会等级秩序的被破坏所造成的混乱会在自然宇宙中引发一系列的反常现象。莎士比亚在其悲剧作品中深刻表达了伊丽莎白时代的正统宗教社会伦理观念：善是通过个体之间的顺服和爱来维系由等级秩序所建构的人类社会的统一体；恶是对这种统一体的蓄意破坏，其实质是对上帝的亵渎和冒犯，其具体表现是叛逆和仇恨。如果按照这种观念来审视伊阿古的所作所为，那么他的作恶动机就不仅仅是源于个人恩怨的嫉妒或复仇了，其罪行的性质也远比世俗意义上的犯罪更为恶劣。斯皮瓦克指出，莎士比亚戏剧中的恶"要比仅仅是侵犯人与人之间的私人性质的爱情及天生的忠诚更为深远"，其实质是对宇宙世界的统一与和谐的破坏。莎士比亚笔下的罪行所造成的后果是："社会的宗教基础被动摇，宇宙被混乱无序所折磨。""它们侵犯了人的天性、社会的天性和宇宙的天性……它们其实都是一种罪。"②总之，在莎士比亚悲剧中，"恶最大程度地表达了分裂与无序"③。受此种恶的精神支配而犯下的欺骗以及血腥暴力等罪行所造成的危害远甚于其给受害者自身所酿成的不幸，其后果具有形而上学意义上的严重性，即"它割断爱与忠诚的'神圣纽带'，消除和撕碎使宇宙井然有序的伟大联结"④。

　　① Richard B. Sewall, "'King Lear'," in Laurie Lanzen Harris & Mark W. Scott eds., *Shakespearean Criticism*, vol.2, Gale Research Company, 1985, p.226.

　　② Bernard Spivack, *Shakespeare and the Allegory of Evil*, p.49.

　　③ Bernard Spivack, *Shakespeare and the Allegory of Evil*, p.49.

　　④ Bernard Spivack, *Shakespeare and the Allegory of Evil*, p.50.

　　身为奥瑟罗的下属,伊阿古坦言道:"有一辈天生的奴才,他们卑躬屈膝,拼命讨主人的好,甘心受主人的鞭策,……这种老实的奴才是应该抽一顿鞭子的。还有一种人,他们表面上尽管装出一副鞠躬如也的样子,骨子里却是为他们自己打算;看上去好像替主人做事,实际却靠着主人发展自己的势力,一旦捞够油水,才知道这种人其实是唯我独尊。这种人还有几分头脑,我自认为自己也属于这一类。"(一幕一场)这表明伊阿古不甘心顺服于既有的社会等级秩序,他是一个撒旦似的叛逆者。伊阿古陷害其受害者的动机并非仅是出于人类天性中的嫉妒情绪;他对奥瑟罗与其妻子苔丝狄蒙娜之间的爱情以及奥瑟罗与其下属凯西奥之间的友情的破坏,是对人类社会统一体的蓄意侵犯。斯皮瓦克指出,我们无法领悟伊阿古对其受害者的作恶行为的深刻的道德后果,除非我们能够理解他对于"神圣联结"的攻击的充分意义;这种联结是"将自然、人类社会与宇宙结合进等级秩序及统一体之中并产生由神所命定的宇宙的和谐的黏合剂。在人类的小世界中,它们是责任、虔诚和人类情感的连接,它们使一切家庭关系及社会关系具有宗教意义……"①。斯皮瓦克在分析伊阿古的罪行时指出:"他在舞台上的目的是胜利地展示其破坏感情、责任和虔诚的天分,而正是这些产生出人类社会的秩序与和谐。他的天赋是破坏统一和爱。他的天才在仇恨与混乱无序中得到肯定。"②理伯纳也指出:"我们在伊阿古身上看到,罪恶是欺骗和对宇宙秩序与和谐的直接挑战。""伊阿古代表社会的瓦解。""他是一个总是寻求自我利益的人。他不分担'爱和责任',而这二者结合了社会秩序,并且将这种秩序同上帝自身连接起来。"③

　　总之,伊阿古陷害奥瑟罗等人的深层次动机并非源自由个人恩怨所酿就的报复欲望。正如斯皮瓦克所说,以伊阿古为代表的莎士比亚悲剧中的恶人们的作恶动机并非仅是出于实用性目的,"最终他们的攻击指向团结、秩序和

---

①　Bernard Spivack, *Shakespeare and the Allegory of Evil*, p.48.

②　Bernard Spivack, *Shakespeare and the Allegory of Evil*, pp.46 - 47.

③　Irving Ribner, "The Pattern of Moral *Choice*: 'Othello'", in Mark W. Scott ed., *Shakespearean Criticism*, vol.4, Detroit: Gale Research Company, 1987, p.560.

一切形式的爱的虔诚"①。斯皮瓦克由此将伊阿古等同于道德剧中的罪恶角色。然而很显然，斯皮瓦克对伊阿古的作恶动机的分析揭示出此人物身上的魔鬼特性，因为"魔鬼的目的是使秩序再次退回到原初的混乱"②。宗教改革者加尔文指出，魔鬼"使人类的头脑陷入谬误之中，他激起仇恨，他挑起争论和争战"③。由此可见，伊阿古以挑起争端和制造矛盾的方式破坏人类社会统一体的恶行与基督教观念中的魔鬼在人世间的邪恶作为具有相同本质。伊阿古一方面极力诋毁其受害者的个人品质，一方面又不得不承认他们自身所具有的美德。例如他在污蔑奥瑟罗的同时又断言"那摩尔人是一个坦白爽直的人"（一幕三场）；"这摩尔人我虽然气他不过，却有一副坚定仁爱正直的性格"（二幕一场）。他在诽谤苔丝狄蒙娜的同时又认为"她的为人是再慷慨热心不过的了"，她具有"善良的心肠"，等等。（二幕三场）这不得不令人怀疑他在口头上所提供的那些复仇动机的真实性。例如他在该剧的开场部分声称他的复仇理由是奥瑟罗提拔在各方面远不如他的凯西奥作为自己的副将，然而在最后一幕中他却表明他憎恨凯西奥的原因在于："要是凯西奥活在世上，他那种翩翩风度，叫我每天都要在他的旁边相形见绌……"（五幕一场）这句台词的原文是："If Cassio do remain，he hath a daily beauty in his life. That makes me ugly..."这清楚地表明，伊阿古憎恨凯西奥的根本原因在于后者身上具有一种他所不具备的美好品质和状态。斯皮瓦克指出，伊阿古等莎士比亚悲剧中的恶人们将攻击对象直接指向受害者自身的美德和价值观。④ 这些美德和价值观的意义集中体现为其对人类社会统一体的维系和忠诚。斯科拉格也指出，伊阿古仇恨其受害者所拥有的美德，他的作恶动机类似于撒旦诱惑人类始祖时的作恶动机，即"他反对一切形式的美德，暗中嫉妒他所不断否定的某种状态，他是美德的根深蒂固的对手、人类的诱惑者，使用诡计令其

---

① Bernard Spivack，*Shakespeare and the Allegory of Evil*，p.45.

② S．L. Bethell，"Shakespeare's Imagery：the Diabolic Images in *Othello*，" p.41.

③ 转引自 Roland Mushat Frye，*Shakespeare and Christian Doctrine*，Princeton：Princeton University Press，1963，p.143.

④ 详见 Bernard Spivack，*Shakespeare and the Allegory of Evil*，p.45。

受害者从他们原先的蒙福状态堕落至哀伤、死亡与地狱"①。

　　尽管伊阿古酷似道德剧中的罪恶，然而正如斯科拉格所说，罪恶的戏剧特征归根结底源自魔鬼；因此，伊阿古也同样类似于传统的魔鬼角色。事实表明，魔鬼影响英国戏剧舞台的历史要远远长于罪恶。斯科拉格指出，即便是在罪恶出现于英国道德剧中之后的历史阶段，魔鬼仍然继续以人类诱惑者的身份现身于英国戏剧舞台；魔鬼对罪恶的影响如此深远，以至于在一些都铎王朝时期的英国戏剧家的头脑中，这两类角色常常被混淆。② 考克斯对此抱有类似见解。他指出，罪恶角色是由魔鬼角色演变而来；罪恶在英国戏剧舞台上仅仅存在了大约五十年的时间，而魔鬼在英国戏剧史上的存在时间则长达近三百年；在偏爱罪恶角色的道德剧盛行于英国的年代里，偏爱魔鬼角色的神秘剧仍然在英国舞台上上演；在罪恶逐渐过时之后，作为其前辈的魔鬼则依旧活跃于英国的戏剧舞台。③ 考克斯认为，在英国戏剧发展史上，与其说罪恶是对魔鬼的取代，不如说罪恶是魔鬼的一个发展阶段；与其说莎士比亚及其同时代的英国戏剧家们在其创作中特别注重吸纳罪恶角色的影响，不如说他们继承了在舞台上表现魔鬼这一英国戏剧传统。④ 就莎士比亚本人而言，他的戏剧创作或许受到神秘剧的影响，因为在其少年时代，考文垂神秘剧（Coventry Mystery Plays）一直在距离其家乡仅数英里处上演。⑤ 考克斯的研究表明，在神秘剧等英国传统戏剧中，魔鬼嫉恨其受害者自身的美德，这些美德有利于维护有着严格等级秩序的人类社会统一体的和谐与稳定；魔鬼将其受害者引向道德腐化并藉此在人世间制造分裂和混乱，其最终目的是破坏并瓦解人类社会统一体。⑥ 伊阿古的作恶动机与此十分相似。由此看来，与道德剧中的罪恶一样，伊阿古这一角色很有可能受到神秘剧中的魔鬼角色的

---

① Leah Scragg, "Iago-Vice or Devil?" p.59.

② 详见 Leah Scragg, "Iago-Vice or Devil?" pp.55 – 56。

③ 详见 John D. Cox, *The Devil and the Sacred in English Drama*, 1350 – 1642, Cambridge: Cambridge University Press, 2000, pp.76 – 77。

④ 详见 John D. Cox, *The Devil and the Sacred in English Drama*, 1350 – 1642, p.77。

⑤ 详见 Helen Cooper, *Shakespeare and the Medieval World*, London: Bloomsbury Publishing Plc, 2010, p.8。

⑥ 详见 John D. Cox, *The Devil and the Sacred in English Drama*, 1350 – 1642, pp.19 – 59。

启发。如果伊阿古的魔鬼身份确凿无疑,那么对奥瑟罗的灵魂产生相反影响的苔丝狄蒙娜就毫无疑问类似于传统的天使角色了。不过,为了准确判断伊阿古是否是《奥瑟罗》中的魔鬼这一问题,我们尚需进一步考察莎士比亚时代的英国人的魔鬼观念。

三

在传统的基督教观念中,作为超乎人类之上的灵界存在,天使与魔鬼皆具备某种超自然的属性。然而我们在苔丝狄蒙娜或伊阿古身上却看不到这种超自然属性存在的痕迹,那么这是否表明他在该剧中仅仅是一个被比喻为魔鬼的恶人呢? 在中世纪英国人的魔鬼观念中,魔鬼被赋予浓厚的超自然色彩:魔鬼是无所不在的,由于他与上帝相对立,故而他被解释成一切不好的事情的缘由。其中不仅包括宗教和道德意义上的罪恶,而且包括疾病、死亡、意外、庄稼歉收以及社会冲突,等等。[1] 文艺复兴时期的大多数英国人依然相信魔鬼的存在的真实性。无论是天主教徒还是新教徒,无论是普通民众还是哲学家、医生、神学家或君王,等等,甚至包括像培根这样的近代科学思想先驱,他们皆认为存在着一个由魔鬼组成的恶的世界。[2] 魔鬼不仅经常成为英国新教徒神学家廷代尔(William Tyndale)、贝肯(Thomas Becon)等人的神学著作中的论述主题,[3]而且遍布于该时期的英国大众文化中,其中包括小册子、布道文、戏剧、歌谣以及日记,等等。[4] 以早期现代英国戏剧为例,从 16 世纪 70 年代起,到 1642 年所有剧院因为议会的法案而被迫关闭时为止,魔鬼一直活跃在英国的戏剧舞台上。[5] 不过,该时期英国戏剧中的魔鬼观念已经与中世纪的魔鬼观念大相径庭。

---

① 详见 John D. Cox, *The Devil and the Sacred in English Drama*, 1350 – 1642, p.11。
② 详见 Walter Clyde Curry, *Shakespeare's Philosophical Patterns*, Gloucester, Mass: Peter Smith, 1968, pp.58 – 59。
③ 详见 Nathan Johnstone, *The Devil and Demonism in Early Modern England*, Cambridge: Cambridge University Press, 2006, pp.29 – 30。
④ 详见 Nathan Johnstone, *The Devil and Demonism in Early Modern England*, pp.18 – 19。
⑤ 详见 John D. Cox, *The Devil and the Sacred in English Drama*, 1350 – 1642, p.150。

伊丽莎白时期的新兴魔鬼观念吸纳了同时代的生理学和心理学等学科的发展成果，它将科学研究中的理性主义融入自身，并试图对魔鬼做出科学的解释。[①] 最为突出的表现是，魔鬼的超自然色彩被淡化了，其自身的能力也受到严格限制。例如达罗（Lambert Daneau）于 1575 年在一本关于女巫的著作中指出，魔鬼在其所行的一切事情中必须遵循自然律，否则他什么也做不了；故此魔鬼无法行出奇迹，因为行奇迹需要破坏或除去由上帝所赋予的事物的本性，而撒旦无法做到这一点；奇迹只属于全能的上帝，因为既然上帝能够创造事物并赋予其本性，那么他也可以颠覆或破坏这种本性。[②] 再比如，莎士比亚时代的一名研究魔鬼的英国人威尔肯（Hermann Wilken）在强调上帝的全能的同时，否认魔鬼在没有上帝许可的情况下能够干预自然的进程；在他看来，魔鬼和女巫皆无法改变自然，他们的所有把戏不过是欺骗性的幻觉而已。[③] 这种观念在早期现代英国的戏剧文学中也有所体现。例如，莎士比亚笔下的悲剧主人公麦克白因受到女巫的预言及其魔法的愚弄而走向毁灭；在他的历史剧《亨利八世》的一幕二场中，白金汉公爵的管家声称："我曾告诉我的主人公爵大人说，那个修士可能是被魔鬼的假象欺骗了……"再比如，在与《麦克白》同一年上演的巴恩斯（Barnabe Barnes）的剧作《魔鬼的许可证》（*The Devil's Charter*）中，教皇亚历山大六世与魔鬼签署了一份契约；结果，与《麦克白》中女巫的预言一样，这份契约含糊其词、模棱两可。[④]

如此一来，魔鬼撒旦在物质世界中的能力被大大削弱，其发挥影响的领域也仅局限于精神世界。例如斯科特（Reginald Scot）于 1563 年在其著作中指出，魔鬼属于灵界的存在，因此他只能在无形的世界中运用其自身的力量。撒旦既无力呼风唤雨，也不能附在人的身体之中或使人患上疾病。撒旦发挥

---

① 详见 Paul H. Kocher, *Science and Religion in Elizabethan England*, New York: Octagon Books, 1969, p.127。

② 详见 Paul H. Kocher, *Science and Religion in Elizabethan England*, p.122。

③ 详见 Verena Theile, "Early Modern Literary Engagements with Fear, Witchcraft, the Devil, and that Damned Dr. Faustus," in Verena Theile and Andrew D. Mccarthy eds., *Staging the Superstitions of Early Modern Europe*, Farnham and Burlington: Ashgate Publishing Company, 2013, pp.71 - 72。

④ 详见 John D. Cox, *The Devil and the Sacred in English Drama*, 1350 -1642, p.182。

其作用的领域是精神性的,他仅有的能力是用罪恶来诱惑人类的灵魂。与此同时,《圣经》中一切有关魔鬼附在人的身体之中的描述皆被斯科特视为一种道德寓言。① 伊丽莎白时期具有早期现代科学思想的英国人士的此种魔鬼观念并未在当时的英国宗教界招致抵触;事实上,一些神职人员反而积极投身于这场旨在削弱魔鬼在物质世界中的掌控力量的思想运动。在他们看来,既然魔鬼对人类精神世界的威胁并未被削弱,而其掌控自然现象的力量在被科学掳去之后最终仍被归于上帝,那么基督教信仰就没有遭受严重损失。② 例如英国神职人员哈斯内特(Samuel Harsnett)于1603年在其著作中拒斥魔鬼附身观念以及通过圣物和宗教仪式等驱逐魔鬼的天主教驱魔法。③ 英国官方教会同样反对人类会被魔鬼附身之说,并在1604年的教规中正式禁止驱魔。④

　　英国新教徒的魔鬼观念在剥夺了撒旦在物质世界中的超自然能力的同时,反而尤为强调其败坏人类灵魂的内在诱惑本领。与此相应的是,早期现代英国戏剧中的魔鬼角色以诱惑者的身份被更多地与道德意义上的恶联系在一起。尽管《奥瑟罗》中的伊阿古并未在物质世界里行出超自然意义上的奇迹,但是他在该剧中却自始至终扮演着魔鬼般的角色,即诱惑其受害者偏离正道并走向堕落。例如他用劝诱的手段将凯西奥灌醉并致使其闯下大祸。事后,凯西奥懊恼地将使自己惹祸上身的美酒称作魔鬼:"啊,你空虚缥缈的美酒的精灵,要是你还没有一个名字,让我们叫你作魔鬼吧!"他还断言:"每一杯过量的酒都是魔鬼酿成的毒水。"(二幕三场)很显然,此番话语暗示伊阿古诱惑凯西奥时所使用的手段与魔鬼相关。沃德(Samuel Ward)于1622年在布道时指出,酒是撒旦的毒液,它将恩典的灵从人的心中驱逐出去,"使人仅仅沦为撒旦及其圈套的奴隶和猎物"⑤。

　　此外,伊阿古将奥瑟罗引向堕落时所使用的手段也与魔鬼十分相似。伊

---

①　详见 Paul H. Kocher, *Science and Religion in Elizabethan England*, pp.129 - 130。

②　详见 Paul H. Kocher, *Science and Religion in Elizabethan England*, p.140。

③　详见 John D. Cox, *The Devil and the Sacred in English Drama*, 1350 - 1642, p.153。

④　详见 John D. Cox, *The Devil and the Sacred in English Drama*, 1350 - 1642, p.153。

⑤　详见 Nathan Johnstone, *The Devil and Demonism in Early Modern England*, p.81。

丽莎白时期的英国新教徒神学家帕金斯（William Perkins）指出，魔鬼在引诱人类犯罪时，往往通过内在的暗示或外在的对象来将犯罪动机或意识植入其头脑中。[①] 伊阿古正是利用心理上的暗示和一块手帕将罪恶的欲念植入奥瑟罗的意识之中，从而导致后者犯下杀妻之罪。在早期现代英国社会的大众观念中，魔鬼的诱惑被认为是犯罪者堕落的起因。在该时期大量廉价而较易购得的记述犯罪事件的小册子中，可怕的罪行往往被归咎于魔鬼对犯罪者的邪恶诱惑。[②] 例如在一些关于谋杀案件的小册子中通常贯穿着这样的观念：犯罪者在魔鬼撒旦的诱惑下连续犯下一桩又一桩罪行；当这一过程达到顶点时，犯罪者最终犯下尤为上帝所痛恨的罪行——谋杀，并由此招致堕入地狱的命运。[③] 在记述杀妻罪行的小册子中，魔鬼利用性欲、贪婪以及愤怒、嫉妒、失望等负面情绪来怂恿丈夫萌生杀妻的欲念。[④] 与此相类似，伊阿古的引诱起初令奥瑟罗产生嫉妒和愤怒之情，而这两种情绪在基督教观念中皆被视为罪；当这种诱惑的影响力达到顶峰时，它致使奥瑟罗产生杀害妻子的犯罪意图。伊阿古如此描述自己对奥瑟罗的影响力的持续不断的升级效果："这摩尔人为我的毒药所中，他的心理上已经发生变化了；危险的思想本来就是一种毒药，虽然在开始的时候尝不到什么苦涩的味道，可是渐渐在血液里活动起来，就会像火山一样轰然爆发。"（三幕三场）总之，伊阿古引诱奥瑟罗犯罪时所采用的手段与记述杀妻案件的小册子中的魔鬼的诱惑手段如出一辙。除此之外，伊阿古的诱惑手段与神秘剧以及道德剧等英国传统戏剧中的魔鬼也十分相似。后者与伊阿古有着类似的舞台表现，即一方面以伪装成受害者之诚实可靠的朋友的方式诱骗其上当，一方面向观众坦然展现自己的真实面目。[⑤]

如前所述，莎士比亚时代的英国新教徒神学家强调魔鬼对人类的影响主要表现为精神层面上的无形诱惑；此外，就连魔鬼自身也被认为是无形的。

---

① 详见 Nathan Johnstone, *The Devil and Demonism in Early Modern England*, pp.72-73。
② 详见 Nathan Johnstone, *The Devil and Demonism in Early Modern England*, pp.142-143。
③ 详见 Nathan Johnstone, *The Devil and Demonism in Early Modern England*, pp.146-147。
④ 详见 Nathan Johnstone, *The Devil and Demonism in Early Modern England*, pp.161-162。
⑤ 详见 Leah Scragg, "Iago-Vice or Devil?" pp.49-55。

例如克兰默(Thomas Cranmer)指出,"因为魔鬼是一种灵界的存在,我们既感觉不到他,也看不见他",故而当他在我们心中点起欲火时,我们却不知道这欲火来自何处。① 此外,同时期具有早期现代科学思想的英国人士认为,魔鬼无法将自己由一种无形体的存在变成某种可以使人类看得见的有形体的存在。例如柯塔(John Cotta)于 1616 年在一本有关女巫的著作中指出,魔鬼受自然律约束,他不可能使自己或其他物质变形。② 这种观念与中世纪天主教世界所流行的魔鬼观念大相径庭,后者赋予魔鬼神奇的超自然能力,即他不仅可以在精神世界中对人类施加无形的影响,而且可以在物质世界中发挥有形的影响;除此之外,他还能以变形为看得见的存在形式出现在人类面前。与新教思想界对天主教魔鬼观念的革新并行不悖的是,在 16、17 世纪的英国,传统的有形体的魔鬼观念在民众中间依然十分流行。人们普遍相信,撒旦能够以看得见的形体显现,以便欺骗或诱惑人类丧失灵魂。在一些关于巫术的记述中,撒旦往往显现为可见的人类或动物的形体。③

不过,思想界的学说对大众的魔鬼观念是有渗透作用的,前者所强调的魔鬼之无形的内在诱惑与后者之看得见的魔鬼形象往往会融合在一起。这一倾向在文艺复兴时期的英国大众文学中有着鲜明的体现。在当时的一些民谣以及舞台剧中,以可见的形式显现的魔鬼具有诱发人类天性中的败坏倾向的本领。例如在 1621 年的一部名为《埃德蒙顿的女巫》(*The Witch of Edmonton*)的戏剧中,男主人公在以一条黑狗的形状显现的魔鬼的诱惑下,突然萌生谋杀的欲念;在 17 世纪早期的一首民谣中,一个埃塞克斯郡的乞丐遭遇以人类的形体显现的魔鬼的引诱。④ 再比如,在大约上演于 1606 年的米德尔顿(Thomas Middleton)的剧作《一个疯狂的世界,我的主人》(*A Mad World，My Masters*)中,出现了一个化作女人的形象以便诱惑男主人公的魔

① 详见 Nathan Johnstone, *The Devil and Demonism in Early Modern England*, p.72。
② 详见 Kristen Poole, *Supernatural Environments in Shakespeare's England：Space of Demonism，Divinity，and Drama*, pp.52 - 53。
③ 详见 Nathan Johnstone, *The Devil and Demonism in Early Modern England*, pp.6 - 7。
④ 详见 Nathan Johnstone, *The Devil and Demonism in Early Modern England*, pp.170 - 173。

鬼;[1]在戴科(Thomas Dekker)1620 年的剧作《童贞女殉道者》(*The Virgin Martyr*)中,有一个以人类形象出现在舞台上的魔鬼角色;此角色虽然没有明说,但却经常暗示观众,他自己是一个魔鬼。[2] 这一特征与伊阿古十分相似,后者虽然拥有人类的形体,但却经常在独白中将自己与魔鬼以及地狱等联系在一起。由此看来,尽管伊阿古以人类形象出现在舞台上,但这并不表明他不可能是《奥瑟罗》中的魔鬼。20 世纪初的学者查姆伯斯(E. K. Chambers)在评论伊阿古时就曾指出,尽管"他拥有人类的外在形态","但是他的戏剧职责"却是充当"恶的力量的化身"以及"魔鬼他自己"。[3] 莫里斯也认为,在该剧中,莎士比亚力图将伊阿古塑造成"一位来自地狱的来访者,一个以人的形体显现以便于虐待人类的灵魂并引诱其堕入地狱的魔鬼"[4]。库珀指出,在英国传统戏剧中,魔鬼身着特定的服装和面具;然而从 16 世纪 70 年代起,与美德以及罪恶等角色一样,魔鬼更可能以人类形象出现在舞台上,莎士比亚戏剧中最类似于此类魔鬼角色的人物即是伊阿古。[5]

四

传统的天主教观念并不认为每一个基督徒都必然会遭遇魔鬼的诱惑;一旦发生这种情况,教会将承担保护个人免于继续遭受此种诱惑的折磨的责任。在天主教世界中,教会的宗教仪式和神职人员的介入被认为具有防止或中止魔鬼的诱惑的功效。[6] 此外,在传统天主教观念中,个体的灵魂还受到天使的庇护。与此相反,莎士比亚时代的英国新教徒认为,任何外在形式的介入(无论是天使、宗教仪式,还是神职人员)都无法使人避免魔鬼的内在诱惑,

① 详见 John D. Cox, *The Devil and the Sacred in English Drama*, 1350 - 1642, p.177。

② 详见 John D. Cox, *The Devil and the Sacred in English Drama*, 1350 - 1642, pp.171 - 172。

③ E. K. Chambers, "'*Othello*'", in *Shakespearean Criticism*, vol.4, p.441.

④ 详见 Harry Morris, *Last Things in Shakespeare*, p.86。

⑤ 详见 Helen Cooper, *Shakespeare and the Medieval World*, pp.84 - 85。

⑥ 详见 Nathan Johnstone, *The Devil and Demonism in Early Modern England*, pp.60 - 61。

抵御此种诱惑的责任只能由个人独自承担。此外，新教徒相信遭受魔鬼的引诱是每一个基督徒都必将不断经历的生命体验，魔鬼的目的是将人类的灵魂引入地狱。欧洲宗教改革运动的先驱路德就曾坦言，尽管他是精通《圣经》的学者且传道多年，然而他依然没有办法摆脱撒旦的纠缠。[①] 同样，对于英国新教徒来说，进入信仰就意味着进入与魔鬼的诱惑的终身搏斗之中。[②] 路德将自己的日常生活体验为不断地被魔鬼所束缚；[③]莎士比亚时代的英国新教徒神学家们也同样着重于在人们日常生活的内在体验中揭示魔鬼无形的诱惑力，例如愤怒、嫉妒、贪食、性欲、贪图安逸的欲望，以及不上教堂而去酒馆的欲念，等等。[④] 早期现代英国的普通新教徒们也大多相信魔鬼在人类的日常生活中无孔不入，并留下大量详细记载他们遭遇魔鬼诱惑的个人经历的一手资料。[⑤] 威尔肯于 1597 年在其著作中揭示了该时期的英国人热衷于"讨论、迫害和审判"女巫这一社会现象背后的宗教文化心理——人们相信他们不只是在对付诸如女巫之类看得见的生物；上帝的话语以及自身的经历告诉他们，他们周围的"泥土、水、空气充满魔鬼和邪恶的看不见的幽灵，他们嫉妒人类所享有的恩典，对它满怀仇恨，并将其视为他们的仇敌"[⑥]。《奥瑟罗》表达了类似的观念，它通过一个嫉妒的丈夫与其天使般圣洁的妻子的婚姻悲剧，揭示出一种酷似魔鬼的邪恶力量以侵入受害者的精神世界的方式对人类的日常婚姻生活所造成的破坏。正如贝塞尔所说"魔鬼最忙于插手家庭中的琐碎争吵……"，该剧表明"善与恶的古老战争的中心无处不在，即便是在家庭私生活中"。[⑦] 善与恶之间的争战正是传统道德剧中的核心主题，其代表性角色分别是天使与魔鬼。

在失去天主教教会所提供的旨在避免遭受魔鬼引诱的传统保护措施之

---

① 详见 Ewan Fernie, *The Demonic*：*Literature and Experience*，London and New York：Routledge，2013，p.38。

② 详见 Nathan Johnstone, *The Devil and Demonism in Early Modern England*，p.288。

③ 详见 Ewan Fernie, *The Demonic*：*Literature and Experience*，p.35。

④ 详见 Nathan Johnstone, *The Devil and Demonism in Early Modern England*，p.76。

⑤ 详见 Nathan Johnstone, *The Devil and Demonism in Early Modern England*，p.107。

⑥ 转引自 Verena Theile, "Early Modern Literary Engagements with Fear, Witchcraft, the Devil, and that Damned Dr. Faustus," p.59.

⑦ S. L. Bethell, "Shakespeare's Imagery：the Diabolic Images in *Othello*," p.46.

后,不得不独自应对撒旦的进攻的新教徒们对魔鬼的诱惑力量有着更为真切的个人体会,故而新教世界中的人们对于此种力量普遍怀有恐惧心理。这种生存体验对文艺复兴时期的英国戏剧文学产生了深刻影响。鲁塞尔指出"现在是由你来与魔鬼相对抗;你独自一人具有阻挡他的责任";新教徒的此种处境使得"该时代的文学主人公们是半夜独自伫立在十字路口遭遇梅菲斯特的浮士德,以及独自在荒凉的荒野与三女巫相遇的麦克白。孤立激起恐惧,而恐惧则激起对于魔鬼力量的夸张的看法"①。与浮士德、麦克白等文学人物的处境相类似,奥瑟罗必须独自面对魔鬼般的伊阿古的邪恶诱惑,而他的悲剧结局则揭示出此种诱惑所具有的毁灭性力量。

在基督教观念中,魔鬼主要是以引诱并毁灭人类灵魂的方式来实现其破坏上帝的创世之功的深层次作恶动机。魔鬼的引诱往往会使受害者在其所犯的罪行中背离信仰的正道,从而令其灵魂为魔鬼所俘获并最终堕入地狱。在神秘剧等传统戏剧中,舞台上往往会直接呈现受害者的灵魂最终被魔鬼拖至地狱的场景。在《奥瑟罗》中,伊阿古的诱惑在奥瑟罗的身上产生了类似的效果,也即,致使后者的灵魂失去救恩。新教徒认为,魔鬼的诱惑是一种经由上帝允许的对个体信仰的检验,被诱惑者通过藉着倚靠上帝来抑制魔鬼的力量这种方式来表达他们的虔诚信仰。② 作为一个摩尔人,奥瑟罗自认为他已经成为一名有别于野蛮人以及异教徒的基督徒,然而由伊阿古的诱惑所带来的考验却令他的基督教信仰暴露出其自身的脆弱性。莫里斯等学者认为,苔丝狄蒙娜在剧中是一个基督似的人物。③ 如果说苔丝狄蒙娜象征基督,那么奥瑟罗对妻子的背叛就意味着他对自己所皈依的基督教信仰的亵渎。瓦特逊(Robert Watson)认为,《奥瑟罗》是一出新教徒的道德剧,其中奥瑟罗与妻子的婚姻是一种隐喻关系,它象征罪人的灵魂与其拯救者之间的珍贵但却不稳定的联姻;奥瑟罗之所以不信任妻子,乃是因为他没有完全皈依基督教。④

---

① 转引自 Ewan Fernie, *The Demonic: Literature and Experience*, p.37。
② 详见 Nathan Johnstone, *The Devil and Demonism in Early Modern England*, p.61。
③ 详见 Harry Morris, *Last Things in Shakespeare*, pp.95-96; See also Irving Ribner, "The Pattern of Moral Choice: 'Othello'", p.560。
④ 详见 Richard Harp and Steven Hrdlicka, "The Critical Backstory," pp.37-38。

伊阿古对奥瑟罗的基督教信仰的破坏性影响在后者此后的一系列暴力行为中暴露无遗。雷诺尔德等人指出,奥瑟罗谋杀苔丝狄蒙娜、用剑刺伤伊阿古以及最终自杀等行为皆是对"不可杀人"等基督教意识形态中最基本的训诫的藐视,他的旨在伸张正义的残忍行径违背了基督教的基本命令——"以仁慈调和公义"。[1] 明白真相之后的奥瑟罗在苔丝狄蒙娜的尸首旁说:"我们在天庭对簿的时候,你这一副脸色就可以把我赶下天堂,让魔鬼把它抓去。……魔鬼啊,把我从这天仙一样美人的面前鞭逐出去吧!让狂风把我吹卷,硫磺把我熏烤,沸汤的深渊把我沉浸!"(五幕二场)贝塞尔以及莫里斯等人认为,奥瑟罗的此番话语不仅表明他当时的绝望心境,而且预示他来世的永恒命运。[2] 奥瑟罗在绝望中发出疑问:"你们问一问那个顶着人头的恶魔,为什么他要这样陷害我的灵魂和肉体?"(五幕二场)奥瑟罗自己也很清楚,伊阿古的诱骗不仅使他失去肉体的生命,而且令他丧失灵魂的救恩。总之,奥瑟罗的结局表明,伊阿古的诱惑具有与魔鬼的诱惑相类似的效果——使受害者的灵魂在地狱中沉沦。故此,有学者将奥瑟罗的命运与马洛笔下的悲剧主人公浮士德的遭遇相提并论;对于奥瑟罗而言,伊阿古就是他的梅菲斯特。[3]

传统道德剧中的道德寓言似的主题、情节及人物等因素对 16 世纪晚期的英国文学产生较为明显的影响,这其中既包括斯宾塞的诗作《仙后》,[4]也包括马洛的悲剧《浮士德博士》,等等。[5] 这种影响也同样体现在莎士比亚的《奥瑟罗》中。一些学者认为,《奥瑟罗》蕴含传统的道德剧所惯常表达的宗教寓言主题:善(天使)与恶(魔鬼)为了争夺人的灵魂而进行争战。例如莫里斯指出,奥瑟罗是"道德剧中的悲剧受害者,其中为其灵魂而斗争者是他的天使般

---

①　详见 Bryan Reynolds and Joseph Fitzpatrick, "Venetian Ideology or Transversal Power?: Iago's Motives and the Means by Which *Othello* Falls," p.208。

②　S . L. Bethell, "Shakespeare's Imagery: the Diabolic Images in *Othello* ," p.45; See also Harry Morris, *Last Things in Shakespeare* , p.86.

③　详见 R. M. Christofides, *Shakespeare and the Apocalypse* , London and New York: Continuum International Publishing Group, 2012, p.106。

④　详见 Helen Cooper, *Shakespeare and the Medieval World* , p.106。

⑤　详见 Helen Cooper, *Shakespeare and the Medieval World* , pp.117 - 118。

的妻子与一个实际上的魔鬼"①。对此,理伯纳抱有类似的观点。② 库珀也认为,"苔丝狄蒙娜实际上是奥瑟罗的善的天使",伊阿古是"伪装成善的天使的使人堕落的魔鬼",奥瑟罗及其灵魂的命运"取决于他选择跟随何者"。③ 莫里斯进一步指出,奥瑟罗的命运轨迹表明,该剧暗含与传统的道德剧相类似的情节结构:在戏剧的开始部分,主人公处于恩典之中,他的朝圣之路面临着两条结局迥异的路线,"沿着其中的一条路线,他将拒绝邪恶,持守恩典,在审判之时接受上帝的仁慈,并且在至福中安息;或者他将陷入谴责之中,在那种状态中死去,在审判之时被抛出",并且遭受地狱中的刑罚。④ 奥瑟罗的悲剧结局由此折射出在早期现代英国社会中所盛行的对于魔鬼的诱惑力量的恐惧心理。在该时期的英国新教徒看来,"人类的存在是一场人类意志与地狱的诱惑之间的不断斗争;堕入地狱者是那些输掉这场战斗、屈服于魔鬼的人"⑤。

五

综上所述,伊阿古作恶的动机、方式及效果皆表明,他不仅酷似英国传统戏剧中的魔鬼角色,而且在很大程度上也符合莎士比亚时代的英国人的魔鬼观念。作为其对立面,苔丝狄蒙娜在剧中则担任天使角色。不过,《奥瑟罗》是否涉及超自然界中的恶这一问题在学术界一直是众说纷纭。例如布拉德雷认为,与莎士比亚其他三大悲剧相比,《奥瑟罗》较少暗示巨大的宇宙力量在个体的命运和激情中的运作;也即,它较少旨在指涉超自然界的象征性。⑥ 与此相类似,斯皮瓦克认为《奥瑟罗》不关乎超自然意义上的恶。⑦ 如前所述,威斯特等人也认为《奥瑟罗》是一出不涉及超自然观念的世俗戏剧,故而伊阿

---

① Harry Morris, *Last Things in Shakespeare*, p.89.

② 详见 Irving Ribner, "The Pattern of Moral Choice: 'Othello'", p.560。

③ Helen Cooper, *Shakespeare and the Medieval World*, pp.121 - 122.

④ Harry Morris, *Last Things in Shakespeare*, p.77.

⑤ Verena Theile, "Early Modern Literary Engagements with Fear, Witchcraft, the Devil, and that Damned Dr. Faustus," p.60.

⑥ 详见 A. C. Bradley, *Shakespearean Tragedy*, p.137。

⑦ 详见 Bernard Spivack, *Shakespeare and the Allegory of Evil*, p.51。

古在剧中仅仅是被比喻为魔鬼的恶人而已。然而也有学者持相反观点。例如米利克指出,在《奥瑟罗》中,"关于永恒的思考并非一种突然闯入最后一幕里的几段文字中的新想法。……诸如下地狱、魔鬼,地狱、天国以及灵魂之类的关键词从该悲剧的第一幕至最后一幕被一遍遍地重复着;在《奥瑟罗》中,这些词语比在莎士比亚的任何其他剧作中都出现得更为频繁。"[①]普尔认为,尽管《奥瑟罗》以世俗家庭生活作为背景,但是它却是莎士比亚戏剧中最关乎超自然,尤其是魔鬼的作品之一。[②] 由此看来,为了准确界定伊阿古的身份,我们必须进一步考察这部悲剧自身的性质:它究竟是宗教性的还是世俗性的? 为此我们有必要理解文艺复兴时期的欧洲文化特征——世俗性与宗教性的高度融合。贝塞尔指出,《奥瑟罗》全剧共有 64 个与魔鬼有关的意象,而此类意象在该剧的题材来源——辛西奥(Cinthio)创作的故事素材中却一个也没有。[③] 那么莎士比亚为何要在一部以世俗家庭生活作为背景的悲剧作品中加入极具宗教色彩的魔鬼意象? 这恰恰反映出前述早期现代英国人的宗教观念:作为邪恶的诱惑者,魔鬼在人们的日常生活中无孔不入。

文艺复兴时期的欧洲文化一方面朝着世俗化的方向发展,一方面并未与传统的宗教精神决裂。莫里斯以早期现代英国社会中流行的祷告书、教堂里的艺术品以及同时期的大量英国诗歌与散文等作为佐证,指出该时期的英国人依旧关注那些曾经占据中世纪晚期欧洲人头脑的关乎来世命运的事物,其中包括死亡、地狱、魔鬼以及末日审判,等等。[④] 里德指出,对于都铎王朝时期的英国人来说,女巫和魔鬼都是毋庸置疑的事实,只有叛教者才会对此表示怀疑。[⑤] 由此可见,与后启蒙时代的欧洲文化精神不同,在文艺复兴时期的欧洲文化中,世俗性与宗教性并非处于互相排斥的对立状态;相反,两者之间存

---

① Kenneth O. Myrick, "The Theme of Damnation in Shakespearean Tragedy," in *Shakespearean Criticism*, vol.4, p.484.

② 详见 Kristen Poole, *Supernatural Environments in Shakespeare's England: Space of Demonism, Divinity, and Drama*, p.63。

③ S. L. Bethell, "Shakespeare's Imagery: the Diabolic Images in *Othello*," p. 38.

④ 详见 Harry Morris, *Last Things in Shakespeare*, pp.8 - 11。

⑤ 详见 Robert Rentoul Reed, Jr., "Supernatural Intervention: Two Dramatic Traditions," in Michael Magoulias ed., *Shakespearean Criticism*, vol.29, Gale Research Inc. 1996, p.54。

在着相互渗透、彼此包容的共生关系。

上述文艺复兴时期的欧洲文化精神势必会影响到该时期的英国戏剧文学创作。里德指出："包括莎士比亚在内的文艺复兴时期的英国戏剧家们被恰当地描述为'世俗的';然而这种评价可能比任何其他因素都更为遮蔽他们全神贯注于神秘世界之无与伦比的程度。对于他们来说,神秘世界当然拥有为现代人的头脑所难以理解的真实和实在。他们对超自然现象的兴趣——这种兴趣远远超乎英国任何时代的世俗戏剧家对此类现象的兴趣——与他们的世俗冲动其实并不矛盾……他们不断使用巫士、魔鬼和女巫作为他们的剧情之不可或缺的动力,这完全符合伊丽莎白时代的信仰,即超自然界与俗世并不相互排斥。"①前述早期现代英国人的魔鬼观念正体现出此种将超自然界与尘世融为一体的信仰观念,即作为超自然界中的恶的魔鬼通过无形的内在诱惑来影响世俗世界中的人类日常生活的方方面面。如前所述,《奥瑟罗》揭示了一种酷似魔鬼的邪恶力量通过将犯罪的欲念置入受害者的精神世界这一方式对包括婚姻家庭在内的人类社会生活的侵犯和破坏,故而这部悲剧体现出宗教性与世俗性相互交融的文艺复兴时期的欧洲文化特质。由此可见,我们切不可按照将宗教性与世俗性截然对立起来的现代人的思维模式去解读《奥瑟罗》等早期现代英国戏剧。

与天使角色逐渐走向衰落的命运不同,在自 14 世纪晚期至 17 世纪晚期的大约三百年的时间里,魔鬼这一角色始终活跃在英国的各类戏剧舞台上,直至 1642 年所有的剧院被关闭为止。② 在这一过程中,英国舞台上的魔鬼形象逐渐向着世俗化的方向发展。里德指出,在中世纪英国戏剧中的宗教性魔鬼与伊丽莎白时代晚期及詹姆斯一世时代的英国戏剧中的世俗性魔鬼之间存在着重要的连接环节——16 世纪英国道德剧幕间戏中的魔鬼。在一个由宗教性文化向世俗性文化转变的历史过渡阶段,道德剧幕间戏中的魔鬼也呈现出过渡性特征:它一方面继承中世纪戏剧中的魔鬼的宗教性因素,一方面预示早期现代英国的成熟戏剧中的魔鬼的世俗性因素。在幕间戏中,魔鬼置

① Robert Rentoul Reed, Jr., "Supernatural Intervention: Two Dramatic Traditions," p.53.
② 详见 John D. Cox, *The Devil and the Sacred in English Drama*, 1350-1642, p.5。

身于诸如酒馆、赌馆及妓院等之类的世俗环境之中。尤为重要的是,这些幕间戏的作者们开启了英国戏剧舞台上的新风尚——"将魔鬼描绘成当代世俗社会中的人物";幕间戏中的魔鬼由此为即将登上早期现代英国舞台的世俗魔鬼铺平道路。至 1550 年,幕间戏中的魔鬼已经具备其前辈所缺少的特征——拥有相当数量的人性,而它自己也即将被伊丽莎白时代晚期英国戏剧中的世俗魔鬼所替代。① 如前所述,尽管莎士比亚时代的英国文化已经高度世俗化,但是它并未彻底丧失传统文化中的宗教精神;故而与道德剧幕间戏中的魔鬼一样,莎士比亚笔下的世俗魔鬼——伊阿古在拥有世俗人性的同时也具备基督教意义上的魔鬼本性。

此外,这一角色折射出由宗教性文化走向世俗性文化的早期现代欧洲人关于恶及魔鬼的观念的变迁。学者鲁塞尔(Jeffrey Burton Russell)指出,16 世纪与 17 世纪的欧洲经历着将恶由灵界向人类世界引渡的变迁过程。由人类来体现的恶最早表现为伊阿古等悲剧文学中的人物形象;尽管这些人物是人类,但是他们的邪恶却带有魔鬼的特征。故此,16、17 世纪的魔鬼观念介于作为宇宙中的恶的中世纪魔鬼与后启蒙时代的纯粹人类的恶之间;作为启蒙运动的先驱,欧洲早期现代文化开始在人类身上寻找宇宙中的恶。②

当然,我们在流行于早期现代英国社会的记述谋杀案件的小册子中也能发现此种观念上的变迁。如前所述,在早期现代英国涉及家庭谋杀案的小册子中,魔鬼通常被认为是导致凶杀谋害其配偶性命的罪魁祸首。其理由是,尽管人类的意识充满罪孽,但是倘若没有撒旦的影响,它自身不会设想出谋杀这一罪行。③ 例如约翰·金尼斯特(John Kynnester)在 1573 年供认,他的杀妻罪行源自一个侵入他心中的魔鬼的声音催促他去谋害妻子。④ 这一观念在同时期的英国戏剧中也有所体现。例如安东尼·蒙代(Anthony Munday)于 1591 年记述了一位心有所属却被父亲强迫嫁给另一位男子的女人在婚后

---

① 详见 Robert Rentoul Reed, Jr., "Supernatural Intervention: Two Dramatic Traditions," p.63。

② 详见 Nathan Johnstone, *The Devil and Demonism in Early Modern England*, p.11。

③ 详见 Nathan Johnstone, *The Devil and Demonism in Early Modern England*, p.159。

④ 详见 Nathan Johnstone, *The Devil and Demonism in Early Modern England*, p.167。

谋杀自己丈夫的犯罪过程。当这个女人与情人密谋如何杀害自己的丈夫时，蒙代告诉读者，此时魔鬼正在这二人心中发挥着影响力。1599 年，戏剧家本·琼生（Ben Jonson）和戴科根据这一真实案件合写了现已失传的剧作《普利茅斯的佩杰的不幸悲剧》（*The Lamentable Tragedy of Page of Plymouth*）；本森认为，莎士比亚的《奥瑟罗》极有可能受到此剧的影响。[①] 再比如，在米德尔顿于 1605 年根据真实案件创作的戏剧《约克郡的悲剧》（*A Yorkshire Tragedy*）中，男主人公因为怀疑妻子与别人通奸而企图杀害她。其男仆将主人的杀妻欲念归因于受到魔鬼的影响，因此在他试图劝阻主人而遭到斥责之后，他认为自己输给了魔鬼。此外，男主人公的妻子也认为丈夫是被魔鬼附身。[②]

在另外一些关于家庭谋杀案的小册子中，魔鬼并未直接对犯罪者产生影响，而是由诸如妓女、情人、天主教徒等引诱罪人犯下谋杀罪的人类中的诱惑者们充当撒旦的替身；这些诱惑者的诱惑手段与魔鬼如出一辙，小册子的作者们在描述其诱惑行为时所使用的词汇通常也被用于描述撒旦对于人类的诱惑。[③] 总之，在此类小册子中，这些诱惑者被视作魔鬼引诱犯罪者杀害自己家人的工具或媒介，其邪恶的影响力归根结底源自撒旦。以此类推，引诱奥瑟罗犯下杀妻罪行的伊阿古即便不是魔鬼，那他也很可能是魔鬼的工具或代理人。路德就曾指出，魔鬼往往凭借其人类代理者来影响这个世界；魔鬼"不仅通过动物来说话，而且也通过人类来说话，现今他在更大程度上是通过后者"[④]。在文艺复兴时期的欧洲社会，魔鬼的人间代理者往往被认为是男巫或女巫。在 1621 年的前述戏剧《埃德蒙顿的女巫》中，当男主人公犯下杀妻之罪后，他的岳父将其罪行归咎于魔鬼借助女巫引诱其产生杀妻欲念。[⑤] 埃文斯在详细考察有关莎士比亚时代的英国男巫的历史资料的基础上提出如下

---

① 详见 Sean Benson，*Shakespeare，Othello and Domestic Tragedy*，London and New York：Continuum，2012，pp.9 - 10。

② 详见 Sean Benson，*Shakespeare，Othello and Domestic Tragedy*，p.131。

③ 详见 Nathan Johnstone，*The Devil and Demonism in Early Modern England*，pp.157 - 159。

④ 转引自 Roland Mushat Frye，*Shakespeare and Christian Doctrine*，p.142。

⑤ 详见 Sean Benson，*Shakespeare，Othello and Domestic Tragedy*，p.126。

观点：在有多处台词提及魔鬼和巫术的《奥瑟罗》中，伊阿古是一个借助巫术对奥瑟罗产生邪恶影响力的男巫。① 笔者认为这一观点具有一定的合理性。

综上所述，在莎士比亚时代的英国宗教文化语境中，作为引诱奥瑟罗犯罪的邪恶诱惑者，伊阿古的身份具有两种可能性：其一是魔鬼撒旦，其二是魔鬼对人类发挥邪恶的影响力的工具或人类代理者。如果联系文本自身来考虑这一问题，那么后者的可能性更大。例如奥瑟罗在企图用剑杀死伊阿古时说："据说魔鬼的脚是分趾的，让我看看他的脚是不是这样。要是你真的是一个魔鬼，我也不能杀死你。"受伤后的伊阿古说："我不过流了点儿血，还没有给他杀死。"（五幕二场）这暗示着伊阿古拥有真实的人类身体。斯皮亚特指出："伊阿古既非一种怪物，也非一种抽象概念。他乃是一个人。"② 与此同时，斯皮亚特将伊阿古视为不自觉地被魔鬼加以利用的工具，其作恶动机不明确的根本原因"只是在于他的动机在其眼前被隐匿了。在全剧的大部分内容中，他是一个不自觉的恶魔崇拜者。然而，在他自身内运作的是纯粹而完整的恶的精神"③。如前所述，伊阿古在其独白中经常将自己与地狱、黑夜以及魔鬼等联系在一起；斯皮亚特指出，正是在这些时刻，伊阿古意识到他所隶属的恶的空间——由魔鬼掌控的地狱。④ 总之，《奥瑟罗》中的邪恶力量归根结底来自超自然界。该剧并非如一些学者所言，仅仅是在象征意义上指涉超自然界中的恶；相反，它是在实实在在的意义上揭示魔鬼对于人类的内在诱惑力。如前所述，普尔认为剧中人口中的魔鬼并非仅仅是比喻或谩骂性质的，他们其实是在表述自己遭遇魔鬼的真实经历。普尔是在参考大量相关史料的基础上提出这一观点的。

贝塞尔指出，我们可以从三个层面去解读《奥瑟罗》。首先，从私人层面看，该剧是一出改编自辛西奥的故事素材的简单的家庭悲剧；其次，从社会层面看，该剧表现代表马基雅维利主义无神论者的纯粹自利原则的文艺复兴时

---

① 详见 Robert C. Evans, "New Directions: King James's Daemonologie and Iago as Male Witch in Shakespeare's *Othello*," pp.125–148。

② Robert Speaight, *Nature in Shakespearean Tragedy*, p.87.

③ Robert Speaight, *Nature in Shakespearean Tragedy*, p.88.

④ 详见 Robert Speaight, *Nature in Shakespearean Tragedy*, p.88。

期的"新人"与代表社会秩序与道德的传统价值观念的骑士式人物之间的冲突;再次,从形而上学层面看,奥瑟罗和伊阿古等剧中人体现并参与了宗教意义上的善与恶之间的永恒争战。① 以此类推,我们可以从三种层面去解读伊阿古这一人物形象:首先,从私人层面看,伊阿古仅仅是一个一般意义上的恶人;其次,从社会层面看,伊阿古代表对以基督教信仰为核心的传统价值观构成威胁的文艺复兴时期的"新人"——马基雅维利主义的无神论者;再次,从形而上学层面看,伊阿古是基督教观念中的魔鬼或其代理者。在莎士比亚笔下,伊阿古形象中的这三重意义相互交织,故而此角色的世俗性或现实性与其宗教性是合而为一的。贝塞尔认为,莎士比亚通过伊阿古这一角色将文艺复兴时期"蔑视传统道德与宗教"的"'新人'"理解为"一种力求破坏作为宇宙秩序之一部分的社会秩序的分裂性的力量——实际上(当然是无意识的)是魔鬼不断努力使宇宙处于混乱中的一种工具"②。与此相类似,斯皮亚特一方面认为伊阿古的恶与魔鬼有关联,一方面指出此角色身上的现实主义因素:与《李尔王》中的爱德蒙一样,"伊阿古是不效忠的大胆而又不负责任的'新人'"③。再比如,如前所述,斯皮瓦克将伊阿古等同于道德剧中代表抽象道德概念的罪恶角色;即便如此,他也没有忽视这一人物的现实意义,即伊阿古是与莎士比亚时代的正统价值观相对立的"新人",一个马基雅维利似的人物。④

考克斯对无名氏的《快乐的埃德蒙顿魔鬼》(Merry Devil of Edmonton)以及莎士比亚的《亨利六世》等早期现代英国戏剧的研究表明:与传统戏剧不同,这些剧作在涉及魔鬼主题时,将戏剧的表现重点从由上帝(或天使)与魔鬼之间的善恶对立所构成的道德灵性冲突转向由两代人之间的矛盾或敌对民族之间的矛盾等所构成的世俗社会冲突。⑤ 正如考克斯所说,与神秘剧等英国传统戏剧相比,17 世纪英国戏剧最为显著的变化"包含舞台上的魔鬼的

---

① 详见 S. L. Bethell, "Shakespeare's Imagery: the Diabolic Images in *Othello*," p. 38。
② 详见 S. L. Bethell, "Shakespeare's Imagery: the Diabolic Images in *Othello*," p. 38。
③ Robert Speaight, *Nature in Shakespearean Tragedy*, p.84.
④ Bernard Spivack, *Shakespeare and the Allegory of Evil*, p.423.
⑤ 详见 John D. Cox, *The Devil and the Sacred in English Drama*, 1350 - 1642, pp.136 - 149。

社会功能"①。在《奥瑟罗》中,莎士比亚通过伊阿古这一角色来表达他对代表其所处时代的社会发展趋势的"新人"的态度,其思考的原动力来自与魔鬼相关的宗教上的形而上学观念以及盛行于早期现代英国社会中的对于魔鬼的诱惑力量的恐惧心理。如果我们仅仅局限于从世俗层面去探究莎士比亚笔下的文学世界而忽视其中所蕴含的宗教文化精神,那么伊阿古的作恶动机自然就显得令人费解。考克斯指出,一些学者在以世俗化眼光解读早期现代英国戏剧中的魔鬼角色时所表现出的对于该时期英国社会文化精神的误读,归根结底源自启蒙运动对由上帝与魔鬼所代表的善与恶之间的对立所构成的传统西方二元对立观念的冲击和改变。② 对于深受后启蒙时代的理性主义精神影响的当代学者来说,客观了解早期现代英国社会的宗教文化观念无疑是研究莎士比亚戏剧中的超自然主题的必要前提。正如托马斯所说,当代人理解早期现代英国社会的魔鬼观念的最大困难在于,"魔鬼……难以让今天的我们认真对待。但是在一切有组织的宗教力量已经在若干世纪里构想一种人格化的撒旦概念的十六世纪,他既真实又直接,因此他不可能抓不住最坚强的心灵"③。约翰斯通也指出,在早期现代英国文化中,魔鬼对人类的内在诱惑并非"一种比喻说法,而是对真实事件的描述"④。这种观点无疑也适用于对伊阿古这一角色的诠释。与此同时,他与苔丝狄蒙娜对奥瑟罗所产生的对比性的影响也体现出传统道德剧的情节模式对该剧的内在影响:个体在天使的拯救与魔鬼的诱惑之间如何做出选择以及此种选择对个体灵魂的终极命运所具有的决定性影响。

---

① John D. Cox, *The Devil and the Sacred in English Drama*, 1350-1642, p.188.

② 详见 John D. Cox, *The Devil and the Sacred in English Drama*, 1350-1642, pp.7-9。

③ Keith Thomas, *Religion and the Decline of Magic*, New York: Charles Scribner's Sons, 1971, p.470.

④ Nathan Johnstone, *The Devil and Demonism in Early Modern England*, p.293.

第三章
莎士比亚戏剧中的罪与巫术

在《亨利六世》等莎士比亚作品中均存在描写巫术如何使人步入罪恶深渊的戏剧场景,《奥瑟罗》中的邪恶诱惑者——伊阿古甚至被一些西方学者认为是使用巫术蛊惑人心的男巫的化身。在此类作品中,《麦克白》通过主人公麦克白由堕落走向毁灭的悲剧命运,尤其突出了罪与巫术之间的关系。该剧不仅体现出文艺复兴时期的西方人关于巫术以及女巫等的宗教观念,也涉及在该时期的西方思想界争论较为激烈且极为重要的基督教神学命题,即罪与自由意志之间的关系。

一

三女巫的预言是导致麦克白堕落的首要诱因,因此若要阐释清楚麦克白所犯之罪的性质及内涵,首先需要对女巫的性质进行必要的分析。一些学者强调三女巫身上的异教因素①,也有学者认为她们表现出异教与基督教相融合的特征②。另有学者认为,尽管三女巫具有异教因素,但她们主要源自在莎

①　详见 Walter Clyde Curry, *Shakespeare's Philosophical Patterns*, Gloucester, Mass.：Peter Smith, 1968, p.54。

②　详见 Robert H. West, *Shakespeare & the Outer Mystery*, Lexington：University of Kentucky Press, 1968, p.71。

士比亚时代的西方基督教世界中普遍流行的女巫观念。比如卡里指出,《麦克白》中的三女巫符合伊丽莎白时代的英国公众所熟知的女巫的基本特征。[1] 对于巫术的迷信在文艺复兴时期的西方社会十分盛行,《麦克白》创作于詹姆斯一世统治的初期阶段,这位君主本人对巫术就持有浓厚的兴趣,并且发表过关于巫术的论文。[2] 有学者指出,《麦克白》的创作不仅参照了詹姆斯一世的苏格兰祖先的历史,而且明显受到这位君主对于巫术之关注的影响。[3]

基督教对巫术一直持贬斥态度,圣经中就有很多与此相关的戒律。[4] 在旧约时代,"无论男女,是交鬼的,或行巫术的,总要治死他们……"[5]。基督教对巫术的排斥态度一直持续到近代。1484 年,教皇英诺森三世颁布训谕,禁止巫术;相信女巫作怪以及迫害女巫的风气在 1490 年至 1650 年之间达到高潮。[6] 在文艺复兴时期的英国,一些女性因为被指控行巫术而遭处决,包括《麦克白》在内的一些英国戏剧作品反映出该时期英国公众对于女巫话题的关注。[7] 基督教之所以贬斥巫术,乃是因为巫术被视为源自魔鬼的邪恶把戏,故而与罪恶有着直接的关联。奥古斯丁就指出:"所有魔法幻术都是该谴责的,这些都是鬼怪们的教导和做法。"[8]近代西方世界之所以热衷于迫害女巫,主要也是因为巫术被认为来自魔鬼,女人通过与魔鬼私通的途径掌握巫术,从而成为女巫。[9]

西方学者大多同意,《麦克白》中的女巫象征着恶,争论的焦点在于此种恶的性质,即三女巫代表的究竟是主观的、精神性的恶,还是客观的、形而上

---

① Walter Clyde Curry, *Shakespeare's Philosophical Patterns*, pp.53 - 54.

② 详见 Lisa Hopkins & Mathew Steggle, *Renaissance Literature and Culture*, Shanghai: Shanghai Foreign Language Education Press, 2009, p.20。

③ 详见 Lisa Hopkins & Mathew Steggle, *Renaissance Literature and Culture*, p.74。

④ 比如,"不可偏向那些交鬼的和行巫术的;不可求问他们,以致被他们玷污了。我是耶和华你们的神。"(《利未记》19:31)"也不可有占卜的、观兆的、用法术的、行邪术的、用迷术的、交鬼的、行巫术的、过阴的。凡行这些事的,都为耶和华所憎恶……"(《申命记》18:10—12)

⑤ 《利未记》(20:27)。

⑥ 详见爱德华·傅克斯《欧洲风化史·文艺复兴时代》,侯焕闳译,辽宁教育出版社,2000 年,第 510 页。

⑦ 详见 Lisa Hopkins & Mathew Steggle, *Renaissance Literature and Culture*, pp.20 - 21。

⑧ 奥古斯丁:《上帝之城:驳异教徒》(上),吴飞译,上海三联书店,2007 年,第 305 页。

⑨ 详见爱德华·傅克斯《欧洲风化史·文艺复兴时代》,第 523 页。

学的恶。该悲剧中的女巫只是预言麦克白将成为未来的苏格兰君王,并没有怂恿他去犯弑君之罪,结果预言却使麦克白在头脑中产生杀人的恶念和罪恶的幻象。因此有些学者认为,从表面上看,三女巫似乎代表着某种超人类的恶,但其实这种恶很可能源于麦克白夫妇内心的邪恶欲望,三女巫只是这种主观性的恶在舞台上的具体呈现而已。[①] 卡里反对此类说法,他赞成另外一种观点,即该悲剧中的女巫体现的是宇宙间一种独立存在的、客观性的恶的力量,它旨在破坏和否定秩序,用撒旦似的狡诈去捕猎人类的灵魂,从而使其沉沦于罪恶之中。[②] 卡里指出,莎士比亚时代的人们相信,恶除了以主观的、精神性的形式(比如人头脑中的恶念)存在之外,它还以客观的形式存在于一个不依赖于人的主观思想的形而上学的世界当中,该世界由诸如魔鬼撒旦之类的邪恶精灵掌控。[③] 如前所述,在文艺复兴时期的基督教世界,女巫及其巫术被视为与魔鬼有关联,卡里据此认为,《麦克白》中的三女巫代表基督教中一个由邪恶的精灵组成的形而上学的世界,她们的力量来自魔鬼。[④]

卡里进一步提出如下设想,即《麦克白》中的三女巫其实是以女巫面目出现的魔鬼,代表着同善相对立的黑暗世界。[⑤] 他指出,该悲剧中的三女巫能够以可见的形体出现在人的视线当中,然后又突然"消失在空气之中,好像是有形体的东西,却像呼吸一样融化在风里了"(一幕三场)。此外,他们还可以在某一瞬间出现在某一地点,在下一瞬间又出现在另一地点,似乎完全不受时空规律的约束,等等。这些都暗示着她们是伪装成女巫的魔鬼,因为普通的女巫根本不具备这样的能力。[⑥] 那么莎士比亚为何不让魔鬼以本来面目出现,就如马洛的《浮士德博士》一样,而是让魔鬼乔装成女巫出现在该悲剧中呢?卡里对此做出如下解释:在中世纪的宗教剧中,魔鬼只是丑角似的喜剧性角色;到了莎士比亚时代,舞台上的魔鬼更是沦为滑稽可笑的角色;对于该

---

① 详见 Robert H. West, *Shakespeare & the Outer Mystery*, p.70。
② Walter Clyde Curry, *Shakespeare's Philosophical Patterns*, pp.56-57.
③ Walter Clyde Curry, *Shakespeare's Philosophical Patterns*, p.58.
④ Walter Clyde Curry, *Shakespeare's Philosophical Patterns*, pp.59-60.
⑤ Walter Clyde Curry, *Shakespeare's Philosophical Patterns*, p.61.
⑥ Walter Clyde Curry, *Shakespeare's Philosophical Patterns*, p.79.

时代的观众来说,以本来面目出现在舞台上的魔鬼很难唤起他们对于一个形而上学的恶的世界的恐惧感;为了获得理想的悲剧效果,莎士比亚便塑造出以女巫的面目出现的魔鬼。① 《麦克白》中也确实有几处台词暗示三女巫可能是魔鬼,比如班柯从一开始就断定她们是魔鬼:"什么!魔鬼居然会说真话吗?"(一幕三场)他告诫被女巫的预言弄得心神入迷的麦克白:"魔鬼为了要陷害我们起见,往往故意向我们说真话,在小事情上取得我们的信任,然后在重要的关头我们便会堕入他的圈套。"(一幕三场)

无论该悲剧中的三女巫是伪装成女巫的魔鬼,还是只是普通的女巫,其力量皆源自魔鬼,因此麦克白所受的诱惑归根结底来自魔鬼的邪恶引诱。如前所述,一些学者认为,女巫的预言只是陈述了未来的事实而已,她们并没有暗示麦克白用何种方式去登上王位,麦克白的堕落完全源自其内心的主观性的恶。卡里援引中世纪天主教神学家阿奎那的魔鬼理论来驳斥上述观点。阿奎那认为,魔鬼有能力通过制造幻觉等方法来操纵人的感觉和想象,并且支配人的意志;魔鬼通过劝诱的方式激起人的欲望的激情,有时会把人引向毁灭。② 女巫的预言不仅使麦克白的思想中"浮起了杀人的妄念"(一幕三场),而且后来还使他的眼前出现了一把带血的刀子的幻象。麦克白惊恐地意识到,这把刀子在告诉他,他该用何种凶器去邓肯的房间行凶。"你指示着我所要去的方向,告诉我应当用什么利器。"(二幕一场)按照阿奎那的魔鬼理论,该幻象的出现并非如一些学者所说,只是源于麦克白极度紧张的情绪所导致的幻觉,而很可能是魔鬼的邪恶伎俩。故此,麦克白是在以女巫作为中介的魔鬼的诱惑下走向堕落的深渊。根据基督教的说法,人类的原罪也是源于魔鬼的诱惑。一些西方学者将麦克白的堕落与人类始祖的堕落进行类比,认为二者所犯的罪在性质上是等同的。比如巴顿豪斯认为,麦克白夫妇的堕落与亚当、夏娃的堕落,这二者之间存在关联。③ 再比如库尔森也认为,《麦克

---

① Walter Clyde Curry, *Shakespeare's Philosophical Patterns*, pp.60 - 61.

② 详见 Walter Clyde Curry, *Shakespeare's Philosophical Patterns*, pp.75 - 76。

③ 详见 Roy W. Battenhouse, "Shakespeare and the Tragedy of Our Time," in Laurie Lanzen Harris & Mark W. Scott eds., *Shakespearean Criticism*, vol. 3, Gale Research Company, 1986, p.270。

白》表现的是《圣经》中关于亚当堕落的神话。[①] 麦克白末了才恍然大悟,原来女巫那允诺他不会被打败的似是而非的预言,不过是引诱他走向毁灭的谎言。"愿这些欺人的魔鬼再也不要被人相信,他们用模棱两可的话愚弄我们……"(五幕七场)麦克白的遭遇与《圣经》中的扫罗十分相似,后者也是因为受女巫的迷惑而走向失败与毁灭。有学者指出,女巫诱骗麦克白的手段与《圣经》中魔鬼诱骗人类始祖的手段如出一辙,魔鬼撒旦也是用模棱两可的虚假承诺[②]来引诱夏娃犯罪。[③] 既然麦克白的堕落与人类始祖的堕落极其相似,那么考察基督教中原罪的涵义,将有助于理解麦克白弑君之罪在莎士比亚时代的基督教文化语境中的深层次意义以及它与巫术之间的关系。

二

基督教中的罪(Sin)具有多重涵义,其中包括"越过界限""违背规矩""未尽本分",等等。[④] 所谓"界限""规矩",以及"本分"等皆是由全能的造物主制定的。上帝是至高的善,祂使万物按其自身所具有的善的高低程度而构成了一个严格的等级秩序。被造物若是对这种等级秩序提出异议,试图越过造物主在万物的等级秩序中为其安排的位置,这便是"越过界限""违背规矩""未尽本分",也即犯罪。其中最大的罪恶莫过于被造物试图与上帝平起平坐,甚至凌驾于上帝之上。"……因为从无中生有的万物不可能与上帝平等。"[⑤]魔鬼撒旦曾是荣耀的六翼天使卢奇菲罗(Lucifero),后来在由骄傲催生的野心的激励之下,他带领一部分天使反叛上帝,妄求获得更高的荣耀,即和上帝平起平坐,由此堕落成地狱里的魔鬼。堕落后的魔鬼嫉妒处于无罪状态且享受

---

① 详见 Hebert R. Coursen, Jr., "In Deepest Consequence: '*Macbeth*,'" in Laurie Lanzen Harris & Mark W. Scott eds., *Shakespearean Criticism*, vol. 3, Gale Research Company, 1986, p.318。

② 魔鬼对夏娃说,吃下禁果之后,"你们不一定死"(《创世纪》3:4)。

③ 详见 Susan Snyder, "Theology as Tragedy in *Macbeth*," in Michelle Lee ed., *Shakespearean Criticism*, vol.44, Gale Research Company, 1999, p.375。

④ 详见丁光训等主编《基督教文化百科全书》,济南出版社,1991年,第21页。

⑤ 奥古斯丁:《上帝之城:驳异教徒》(中),第121页。

着上帝恩典的人类始祖,便去劝诱他们说,若是吃了禁果,"你们便如神能知道善恶"①。这便是引诱他们犯和自己同样的罪,即反叛上帝,将自己变成至高者。正如奥古斯丁所说:"因魔鬼的堕落是由骄傲来的,而罪是从魔鬼来的;……他用那使自己堕落的骄傲去陷害人。"②人类始祖与魔鬼犯的是一样的罪,这也就意味着,麦克白的弑君之罪与魔鬼撒旦反叛上帝之罪在性质上也是等同的,因此也有学者将麦克白的堕落与魔鬼的堕落相提并论。③

上述基督教之罪的观念以及与之相关的等级秩序观念,在西方神学思想史上被一以贯之地传承下来。中世纪的天主教神学也认为,"罪乃一种不中矩的行动,那就是一种相反于行动者之本性所要求的秩序的行动"④。"这更是一种对天主的冒犯,而天主本身便是秩序与立法理性的创造者……一切秩序,甚至自然秩序既是天主所造,自亦秉具神圣之性格。"⑤"所以一切故意与自然秩序所依循的神圣律则对立者,皆因此种对立而成为一种恶意。"⑥在伊丽莎白时代的英国,上述观念依旧占据主流地位。该时期英国社会的正统思想认为,每一种被造物按照其同神的完美的不同距离而得到一个分配给它的位置,被造物被统一而连续地进行等级排列。⑦ 自然宇宙中的等级秩序与人类社会中的等级秩序相互对应,"地上的等级秩序象征着天上的等级秩序,由国王、牧师、父亲和主人在各自的领域行使神所认可的权威"⑧。由这种等级秩序观念可以得出推论,即在由女巫所象征的魔鬼力量的诱惑下,麦克白所犯的弑君之罪的真正内涵及性质。上帝将麦克白安排在臣子的位置上,并让

---

① 《创世纪》(3:5)。

② 奥古斯丁:《恩典与自由》,奥古斯丁著作翻译小组译,江西人民出版社,2008 年,第 185 页。

③ 详见 Hebert R. Coursen, Jr., "In Deepest Consequence: '*Macbeth*,'" p.318. See also Helen Gardner, "The Tragedy of Damnation," in R. J. Kaufmann ed., *Elizabethan Drama: Modern Essays in Criticism*, New York: Oxford University Press, 1961, p.338。

④ 吉尔松:《中世纪哲学精神》,第 262 页。

⑤ 吉尔松:《中世纪哲学精神》,第 271 页。

⑥ 吉尔松:《中世纪哲学精神》,第 270 页。

⑦ William R. Elton, "Shakespeare and the Thought of His Age," in Stanley Wells ed., *The Cambridge Companion to Shakespeare Studies*, Shanghai: Shanghai Foreign Language Education Press, 2000, p.18.

⑧ Richard B. Sewall, "'*King Lear*'," in Laurie Lanzen Harris & Mark W. Scott eds., *Shakespearean Criticism*, vol.2, Gale Research Company, 1985, p.226.

其在该位置上享受极大的尊荣,但是他却渴望获得比臣子身份更高的地位。理伯纳指出,麦克白的罪象征着魔鬼撒旦之野心的罪恶;在文艺复兴时期的人们所构想的井然有序的宇宙中,这种罪具有双重意义,即违抗上帝的意志与违背自然的秩序。他由此认为,该悲剧表现的是使用极为传统的术语定义的罪,即基督教意义上的罪。[①] 这种罪表现为,野心勃勃的人类力争在存在之链上攀升到比上帝为其安排的位置更高的地位。[②] 莫斯利也认为,《麦克白》体现出伊丽莎白时代的英国社会对于中世纪由等级秩序构成的宇宙图景的继承;麦克白悲剧的意义在于,"他拒绝接受他在苏格兰乃至整个宇宙的等级秩序中的荣耀而有德的位置,却觊觎王位,从而使自己沦为虚无"[③]。

作为上帝的敌人,魔鬼总是试图破坏由上帝制定的秩序,巫术便是实现这种邪恶目的的一种手段。斯多力布拉斯指出,《麦克白》中的三女巫总是与自然中的混乱现象(比如雷鸣闪电、污浊的空气,等等)联系在一起。[④] 麦克白的一段台词表明,女巫具有颠覆自然秩序的本领,比如她们能够"放出狂风,让它们向教堂猛击";使"汹涌的波涛会把航海的船只颠覆吞噬";使"谷物的叶片会倒折在田亩上,树木会连根拔起";使"城堡会向它们的守卫者的头上倒下;"使"宫殿和金字塔都会倾圮"(四幕一场)。作为人类社会秩序的最高代表——君主,同样是魔鬼攻击的目标。艾尔略特指出,麦克白的意志一旦被僭越的欲念所玷污,他就沦为女巫所象征的恶之力量的工具;这种恶之力量的目的是要使人类社会陷入无秩序的混乱状态,莎士比亚时代的人将这种力量最终追溯至魔鬼撒旦。[⑤] 贝塞尔也指出,在莎士比亚悲剧中,恶人被"看作破坏作为宇宙秩序之一部分的社会秩序的破坏性的力量",是"魔鬼不断尝

---

① Irving Ribner, "'*Macbeth*':The Pattern of Idea and Action ," in Laurie Lanzen Harris & Mark W. Scott eds., *Shakespearean Criticism*, vol.3, Gale Research Company, 1986, p.290.

② Irving Ribner, "'*Macbeth*':The Pattern of Idea and Action ,"p.290.

③ Charles Moseley, "Macbeth's Free Fall," in Michelle Lee ed., *Shakespearean Criticism*, vol. 44, Gale Research Company, 1999, p.363.

④ Peter Stallybrass, "*Macbeth* and Witchcraft," in John Russell Brown ed., *Focus on Macbeth*, London, Boston and Henley:Routledge and Kegan Paul Ltd, 1982, p.195.

⑤ G. R. Elliott, "Introduction:On '*Macbeth*'" as Apex of Shakespearean Tragedy," p.288.

试使宇宙处于混乱的一个工具"。①

在文艺复兴时期的英国,也确实有过类似于麦克白的野心家借助巫术来对君主形成威胁。比如1521年,布金翰公爵(Duke of Bukingham)被指控谋反。他之所以图谋不轨,乃是因为他曾受到声称他将成为国王的预言的怂恿。再比如,安东尼爵士(Sir Anthony Fortescue)因为行巫术而于1558年被捕。据说他曾通过占星术预测女王将活不过来年春天。② 英国政府就一系列针对女王的巫术活动于1580年通过一项法案,该法案禁止任何人试图通过预言、巫术、咒语等方法伤害君主或干涉其事务。③ 1590年,有三百多位女巫在苏格兰遭审讯,她们被迫供认曾参与由伯思威尔伯爵(Earl of Bothwell)领导的、旨在反对当时的苏格兰君主詹姆斯六世(即后来的英国君主詹姆斯一世)的阴谋,詹姆斯王本人也亲自参与审讯。④ 詹姆斯一世指出,如果君主是上帝在尘世中的代表,那么有谁会比君主更有可能成为魔鬼法术的牺牲品呢? 他认为,君主政体处于魔鬼的攻击之下,这反倒使君主政体得到荣耀,因为这暗示该政体是保护这个世界免于让撒旦得胜的堡垒之一。⑤ 斯多力布拉斯认为,即便《麦克白》没有受到詹姆斯一世本人观念的直接影响,二者在有关巫术与君权之关系的观念方面也依然存在相似之处。⑥

莎士比亚时代的普遍观念是,按照等级秩序组成的存在之链上的各个环节是紧密相连和相互对应的,因此"这种'巨大的存在之链'上的任何一个部分出了乱子,都会影响到整个存在之链,任何一个环节上的缺陷都会导致重大的变化,甚至会使人同上帝及获救的希望隔绝开来"⑦。因此如果人类社会中的等级秩序遭到破坏,那么这不仅将在人世间造成混乱,而且会在自然宇宙中引起异常现象。麦克白刺杀邓肯之后,自然界中出现了许多反常可怕的

---

① S. L. Bethell,"Shakespeare's Imagery in'*Othello*'," in Mark W. Scott ed., *Shakespearean Criticism*, vol.4, Gale Research Company,1987,p.518.

② 详见 Peter Stallybrass,"*Macbeth* and Witchcraft," p.190。

③ 详见 Peter Stallybrass,"*Macbeth* and Witchcraft," p.191。

④ 详见 Peter Stallybrass,"*Macbeth* and Witchcraft," p.191。

⑤ 详见 Peter Stallybrass,"*Macbeth* and Witchcraft," pp.191 - 192。

⑥ 详见 Peter Stallybrass,"*Macbeth* and Witchcraft," p.192。

⑦ Richard B. Sewall," 'King Lear'," p.226.

现象。比如:"刮着很厉害的暴风,……空中有哀哭的声音,有人听见奇怪的死亡的惨叫,还有人听见一个可怕的声音,预言着将要有一场绝大的纷争和混乱,降临在这不幸的时代。"(二幕三场)再比如:"照钟点现在应该是白天了,可是黑夜的魔手却把那盏在天空中运行的明灯遮蔽得不露一丝光亮。"(二幕四场)一老翁指出:"在上星期二那天,有一头雄踞在高岩上的猛鹰,被一只吃田鼠的鸱鸮飞来啄死了。"(二幕四场)鹰是鸟中之王,鸱鸮啄死鹰的行为破坏了由上帝制定的等级秩序,这正对应着身为臣子的麦克白刺杀国王邓肯的谋反行为。

斯多力布拉斯认为,《麦克白》充满了对于一个君权被颠覆的混乱世界的恐惧。[①] 奈特也指出,《麦克白》使观众面对神秘、黑暗、反常、恐怖,由此使人心生畏惧,且该剧中的人物也均感觉到一种无名的恐惧;总之,整出戏好像一场噩梦,这是一个不可知的、可怕的、混乱的和不可理喻的世界,使人感觉像是在接触一种绝对的恶。[②] 在莎士比亚时代的基督教文化语境中,此种恶无疑源自魔鬼。总之,在女巫预言的诱惑下,麦克白所犯的绝不仅仅只是世俗意义上的弑君之罪;他破坏了由上帝订立的等级秩序,因此他是在违抗上帝,使自己沦为魔鬼的工具,从而由令人称羡的"尊贵的壮士"(一幕二场)堕落为遭人唾弃的"地狱里的恶狗"(五幕七场)。

三

关于《麦克白》,西方学者有着诸多争论,争论的焦点之一便是悲剧主角的命运与其自由意志之间的关系。麦克白正是受着女巫预言的诱哄而走向毁灭,那么女巫的预言是否意味着麦克白的沉沦堕落是不可避免的呢?麦克白的命运是命定论的悲剧吗?抑或他的结局是其主观意志之自由选择的结果?西方学者在该问题上的分歧较大。一些学者认为麦克白的自由意志是

① Peter Stallybrass, "*Macbeth* and Witchcraft," p.192.

② G. Wilson Knight, "'*Macbeth*' and the Metaphysics of Evil," in Laurie Lanzen Harris & Mark W. Scott eds., *Shakespearean Criticism*, vol.3, Gale Research Company, 1986, pp.233 - 244.

影响其命运的决定性因素,比如莫斯利指出,女巫的预言只是陈述未来,并没有涉及如何实现该未来;预言本身并无控制麦克白的力量,它们只是使麦克白内心深处的野心外在化而已,麦克白是被自己的野心推向毁灭的。[①] 也有学者认为麦克白的命运是宿命论的悲剧。[②] 菲尔培林则指出,中世纪宗教剧中的预言大多语言清晰透明,不存在产生歧义的可能性;《麦克白》中三女巫的预言则不同,其措辞模棱两可、似是而非,具有字面与隐喻性上的双重意义。[③] 如此一来,女巫的预言既有命定论的色彩,同时似乎也为人的自由意志预留了余地。这种争论其实涉及了基督教神学史上一个极其重要的神学命题,即罪与自由意志的关系。

关于罪与自由意志的问题,这在基督教思想史上是一个较容易引起争议的神学主题,尤其是在文艺复兴时期的西方思想界,关于该问题的争论显得尤为激烈。此争论最早产生于奥古斯丁与帕拉纠(Pelagius)之间的论战。奥古斯丁认为,全能至善的造物主不应被视为罪的始作俑者,罪源于犯罪者之被滥用的自由意志。无论是后来成为魔鬼的堕落的天使,还是犯罪的人类始祖,上帝创造他们时赋予其好的本性,罪源于其自由意志的错误选择。[④] 上帝将理性赐予天使和人类,使其能够区分正义和不义,从而使其拥有在善恶之间进行选择的自由意志,故而犯罪者是明知故犯,因此对罪的惩罚足以彰显上帝的公义。[⑤]

原罪源于人类始祖之自由意志的错误选择,西方神学家们关于这一点并无太大的争议。问题是,原罪发生之后,人类是否依然存有选择善恶的自由意志? 奥古斯丁对此给予否定的回答。原罪使包括理性在内的人类的本性被全然败坏,堕落后的人类或是失去区分善恶的理性判断力,或是凭着残存

---

① Charles Moseley, "Macbeth's Free Fall," in Michelle Lee ed., *Shakespearean Criticism*, vol. 44, Gale Research Company, 1999, p.363.

② 详见 James L. O'Rourke, "The Subversive Metaphysics of *Macbeth*," in Michelle Lee ed., *Shakespearean Criticism*, vol.44, Gale Research Company, 1999, p.368。

③ 详见 Howard Felperin, "A Painted Devil: *Macbeth*," in Michelle Lee ed., *Shakespearean Criticism*, vol.44, Gale Research Company, 1999, pp.346 - 347。

④ 详见奥古斯丁《上帝之城:驳异教徒》(中),第94—96页;奥古斯丁《恩典与自由》,第161页。

⑤ 详见奥古斯丁《上帝之城:驳异教徒》(中),第120页。

的理性之光虽能认识善,却因受败坏的身体的辖制而行不出善来。① 总之,人类的意志已经被罪所奴役,丧失了自由选择的能力,因为"意志的抉择只有在不服务于过与罪时,才是真正自由的。这自由是上帝赐给的,因自己的罪过而丧失了……"②。麦克白的理智清楚地知道,刺杀君主是对神圣等级秩序的破坏,"按照各种名分绝对不能干这样的事";他也明白犯下弑君之罪的后果,"结果自己也会饮鸩而死,这就是一丝不爽的报应"(一幕七场)。然而他还是臣服于罪恶的欲念,"可是我的跃跃欲试的野心,却不顾一切地驱着我去冒颠蹶的危险"(一幕七场)。《圣经》中保罗也是如此描述人陷在罪中的困境:"因为立志为善由得我,只是行出来由不得我。故此,我所愿意的善,我反不作;我所不愿意的恶,我倒去作。"③

帕拉纠的观点与奥古斯丁相反,他否认原罪说,认为亚当后裔的本性并没有受到损害,因此人可以单凭本性或自由意志选择公义良善或是不义邪恶。④ 为了驳斥帕拉纠的这种论调,奥古斯丁指出,人性的败坏使其无法凭借本性或自由意志来摆脱罪的束缚,唯一能够使人从罪中得释放的是神的恩典。⑤ 由对罪与自由意志之关系的争辩引发而来的是如何看待救恩的问题。由于帕拉纠相信人有择善选恶的自由意志,因此他认为救恩是神对义人自身之功德所理应给予的报酬;奥古斯丁则认为,本性败坏了的人类无法行出真正的义来,故此救恩是神白白赐予的恩典,是罪人本"不配得的礼物"⑥。总之,帕拉纠主张"借功德得救",而奥古斯丁则主张"借恩典得救"。⑦ 奥古斯丁的论点以《圣经》作为依据,⑧其对手帕拉纠的观点则被教会定为异端,然而罪、自由意志与恩典的关系此后却一直是基督教思想史上一个容易引起争端

---

① 详见奥古斯丁《恩典与自由》,第 130 页。

② 奥古斯丁:《上帝之城:驳异教徒》(中),第 205 页。

③ 《罗马书》(7:18—19)。

④ 详见奥古斯丁《恩典与自由》,第 162—164 页。

⑤ 详见奥古斯丁《恩典与自由》,第 224 页,第 185 页。

⑥ 详见阿利斯特·麦格拉思《宗教改革运动思潮》,蔡锦图等译,中国社会科学出版社,2009年,第 70 页。

⑦ 阿利斯特·麦格拉思:《宗教改革运动思潮》,第 70 页。

⑧ 比如:"因为世人都犯了罪,亏缺了神的荣耀,如今却蒙神的恩典,因基督耶稣的救赎,就白白地称义。……既是这样,哪里能夸口呢? 没有可夸的了。"(《罗马书》3:23—27)

的论题。

　　一些学者认为,《麦克白》暗含着人必须借助神的恩典而非自由意志才能够摆脱罪的束缚这一神学观念。比如巴顿豪斯指出,暗示"罪—恩典"之语境的单词在该悲剧中出现达四百多次。① 莎士比亚将原先史料中的班柯由麦克白的同谋改为他的对立面:同样是面对女巫的预言,班柯成功地抗拒了恶魔的诱惑。理伯纳指出,由于原罪的缘故,人自身总是存在作恶的倾向;三女巫是罪恶的象征,她们试图通过预言来使人的作恶倾向得以实现;她们成功地激活了麦克白身上的恶,而班柯之所以能够免于堕落,乃是因为他有上帝之恩典的帮助。② 剧中有这样一个细节:班柯随邓肯及众贵族在麦克白的府邸过夜时,他梦见了三女巫,一些罪恶的念头也随之出现在其梦中。卡里在分析该情节时指出,基督教中的魔鬼可以通过制造一些不虔诚的梦境来引诱沉睡的人萌发犯罪的欲念。③ 惊醒后的班柯立即向上帝求助:"慈悲的神明! 抑制那些罪恶的思想,不要让它们潜入我的睡梦之中。"(二幕一场)正如奥古斯丁所说,为了防御罪的诱惑,人必须祈求上帝的帮助,"不叫我们遇见试探"④。"纵使有魔鬼的攻击,人能靠着上帝的帮助得以完全。"⑤相反,麦克白倚靠自身的良知却终究未能抗拒恶魔的引诱。尽管麦克白心生踌躇,他最终还是将邪恶的欲念付诸实践。艾略尔特指出,麦克白能否从罪恶中获得解脱,全凭其有无上帝之恩典的眷顾;他最终沉沦堕落了,因为他失去了上帝的恩典。⑥

　　一些学者指出,该剧中有一从未出场的人物是麦克白真正的对立面,这便是英格兰国王爱德华。奈特等学者认为,同为君主,与被恶魔掌控的麦克白不同,爱德华是上帝眷顾的对象;马尔康等人借助爱德华的军队来讨伐麦

---

① Roy W. Battenhouse, "Shakespeare and the Tragedy of Our Time," p.271.
② 详见 Irving Ribner, "'*Macbeth*': The Pattern of Idea and Action," pp.290 - 291.
③ Walter Clyde Curry, *Shakespeare's Philosophical Patterns*, p.81.
④ 奥古斯丁:《恩典与自由》,第 225 页。
⑤ 奥古斯丁:《恩典与自由》,第 215 页。
⑥ 详见 G. R. Elliott, "Introduction: On '*Macbeth*'" as Apex of Shakespearean Tragedy," p.288。

克白,其实就是藉着上帝的恩典来战胜恶的力量。[①] 在马尔康等人对爱德华的描述中,最为强调的就是上帝对他的恩宠。上帝赐予爱德华治病的"奇妙无比的本领",此外"他还是一个天生的预言者,福祥环拱着他的王座,表示他具有各种美德"(四幕三场)。此句台词的原文"He hath a heavenly gift of prophecy; and sundry blessings hang about his throne, that speak him full of grace",清楚地表明了上帝对爱德华的眷顾,尤其是最后一句中的"full of grace"(充满神的恩典)。艾略尔特认为,马尔康等正面人物也是麦克白的对立面;同样,马尔康等人与麦克白的不同之处也在于,他们有神之恩典的帮助。[②] 总之,莎士比亚通过上述一系列与被恶魔辖制的麦克白相对立的正面人物,来突出恩典在克服罪恶中所起的作用。该悲剧表达了这样的观念,即天性中的善无法使人经受住来自超自然的恶(即魔鬼或女巫)的欲望的攻击;人只有凭借来自超自然的善(即上帝)的帮助才能克服这种欲望。[③] 的确,麦克白的天性中不乏善的成分,但是他却堕落了。麦克白的悲剧表明,"邪恶的意图最后一定会产生邪恶的行为,除非该意图不仅只是被主人公内心的善良的情感所抑制,而且要在神的恩典的帮助下,在意志的最深处被完全拔除"[④]。那么麦克白为何没有上帝之恩典的眷顾? 或者说,他如何才能获得上帝的恩典? 该问题涉及宗教改革时期新教与天主教争论的焦点,即如何获得救恩的问题,此争论归根结底在于如何看待罪与自由意志的问题。

中世纪天主教神学家认为,尽管原罪使人败坏,但堕落后的人类并未失去上帝赐予的理性,因此人依然保存完整无损的选择善恶的自由意志,此自由乃是人之不可被剥夺的本性。[⑤] 新教神学家则追随奥古斯丁的教诲,强调原罪对于人的理性判断力的破坏,以及由此造成的自由意志的丧失。比如加

---

① G. Wilson Knight, "'*Macbeth*' and the Metaphysics of Evil," p.233. See also Irving Ribner, "'Macbeth': The Pattern of Idea and Action," p.292; Robert G. Hunter, *Shakespeare and the Mystery of God's Judgments*, Athens: the University of Georgia Press, 1976, p.164.

② G. R. Elliott, "Introduction: On '*Macbeth*' as Apex of Shakespearean Tragedy," p.288.

③ G. R. Elliott, "Introduction: On '*Macbeth*' as Apex of Shakespearean Tragedy," p.289.

④ G. R. Elliott, "Introduction: On '*Macbeth*' as Apex of Shakespearean Tragedy," p.287.

⑤ 详见吉尔松《中世纪哲学精神》,第 246 页。

尔文宣称:"人已完全丧失自由选择而悲惨地做罪的奴仆"①;"在重生之前,人完全没有属灵的辨别力"②;"我们的意志若无圣灵的帮助,不会渴慕向善"③。路德也表示:"自从亚当堕落,或本罪之后,自由意志就名存实亡。当其按所能行事,它就犯罪。"④"凭实而论,如果没有上帝的恩典,人靠自身的意志所产生的行为是堕落的和邪恶的。"⑤关于罪与自由意志的问题的争论在文艺复兴时期的西方思想界十分激烈,这场争论不只是发生在新教神学与天主教神学之间,路德等人极端否定人类自由意志的观点也导致人文主义者的质疑。例如著名的人文主义者伊拉斯谟于 1524 年在《论自由意志》(De libero arbitrio diatribe)一书中坚决捍卫人类的自由意志,路德则在《论意志的捆绑》(De servo arbitrio)一书中对伊拉斯谟的观点予以反驳;这场争论导致二人彻底决裂。⑥

　　关于罪与自由意志问题的分歧导致天主教与新教在救恩论上的争端。如前所述,奥古斯丁采取神恩独作说的观念,将救恩视作神白白赐予的恩典,人在其中没有任何功劳可言。不仅如此,奥古斯丁还主张预定论,认为"此恩典是不可抗拒的",因为"这恩典是神预定的果实,是按照神主权的美意……"。⑦至于哪些人蒙恩得救、哪些人沉沦灭亡,那也是由神预定的。⑧ 总之,上帝在永恒中决定了每个人的终极命运,人类意志对此无能为力。宗教改革者吸纳了奥古斯丁的救恩论思想,无论是路德"因信称义"的神学主张,还是加尔文的预定论,皆强调上帝意志的至高性与人类意志的软弱无力。⑨

---

①　约翰·加尔文:《基督教要义》,钱曜诚等译,生活·读书·新知三联书店,2010 年,第 233 页。

②　约翰·加尔文:《基督教要义》,第 254 页。

③　约翰·加尔文:《基督教要义》,第 264 页。

④　路德文集中文版编辑委员会编:《路德文集》(第 1 卷),上海三联书店,2005 年,第 580 页。

⑤　《路德文集》(第 1 卷),第 4 页。

⑥　详见 Johan Huizinga, *Erasmus and the Age of Reformation*, New York: Harper & Publishers, 1957, pp.162 – 163。

⑦　伯克富:《基督教教义史》,第 151 页。

⑧　"从他诞生了人类,其中一些与坏的天使共同受罚,一些与好天使一起得奖,这根据的是上帝隐秘但正义的判断。"奥古斯丁:《上帝之城:驳异教徒》(中),第 150 页。

⑨　路德与加尔文皆接受"因信称义"与预定论的神学主张,只是他们对新教神学这两个纲领性的教义各有侧重而已。加尔文也认为人是因着神白白赐予的信心而得救的:"我们既因借着信心称义,就毫无自夸的根据。""而且,神之所以称信为义,是因为这信出于神白白的恩典。"(约翰·加尔文:《基督教要义》,第 744,746 页。)路德同样认为获得恩典的人是由上帝预定的:"获得恩典最好最可靠的准备,以及转向恩典惟一的前提,是上帝永恒的选择和预定。"[《路德文集》(第 1 卷),第 6 页。]

与此相反,天主教救恩论的前提是承认人类拥有自由意志:尽管救恩是神白白赐予的恩典,但此恩典需要人的主观努力方能获得,因此天主教救恩论具有神人合作说或半帕拉纠主义的倾向。天主教神学认为,人的意志具有抗拒或顺服神的恩典的自由,"藉着顺服与神合作,他们为称义之恩预备自己"①。因此天主教十分重视包括忏悔、认罪以及赦罪等在内的补赎之礼,并且强调藉着守诫命、行善事来保守称义。总之,与新教神学相反,天主教将人自身的终极命运交给其自由意志来掌控,"因为人既是自由的,便须为自己达到终向与否负责任。选择幸福之路或选择永祸,完全在人"②。

如前所述,由于没有神的恩典的帮助,麦克白沉沦堕落了,这符合新教神学的观念。正如路德所说:"没有恩典时,人不可能不犯罪。"③因为失去恩典眷顾的人类意志"是魔鬼的不能自为的囚房,却只能按魔鬼的意志行事"④。那么究竟是麦克白拒绝接受神的恩典,还是神预定了其灭亡沉沦的命运? 麦克白的悲剧结局与其自由意志之间究竟存在何种关系? 该悲剧在此问题上的神学立场是倾向于新教还是倾向于天主教? 卡里根据天主教的神学观念阐释该悲剧,认为三女巫所象征的魔鬼的邪恶力量并不能强迫麦克白去犯罪,但是她们所唤起的欲望却可以迷惑麦克白的理性,使其做出错误选择;因此麦克白是自由的,其毁灭沉沦的结局源于其违背理性、滥用了自由意志。⑤艾略尔特也认为,麦克白拥有自由意志,其悲剧的根源在于,他不愿意谦卑地接受上帝恩典的帮助,而是骄傲地倚靠自己的力量来抵挡魔鬼的诱惑,从而走向沉沦堕落。⑥ 再比如莫斯利指出,麦克白具有健全的理性判断力,他十分清楚,用弑君的手段获得王位有可能使自己招致毁灭的结局,因此其行为源于其意志的自由选择;他进一步指出,麦克白对自己所犯罪行的反应不是忏悔,而是绝望;他在绝望中忘记罪人的救赎之路,即真诚的忏悔可以洗涤最严

---

① 伯克富:《基督教教义史》,第 157—158 页。
② 吉尔松:《中世纪哲学精神》,第 246 页。
③ 《路德文集》(第 1 卷),第 54 页。
④ 《路德文集》(第 1 卷),第 581 页。
⑤ 详见 Walter Clyde Curry, *Shakespeare's Philosophical Patterns*, pp.118 - 119, 133 - 136。
⑥ G. R. Elliott, "Introduction: On 'Macbeth' as Apex of Shakespearean Tragedy," p.289.

重的罪行。① 天主教神学将忏悔、悔罪等视作罪人为获得上帝的赦免及救恩而进行主观努力的有效手段，新教神学则否认能够产生赦罪功效的忏悔来自罪人自身的努力，而是宣称真正的忏悔源自神的恩典。比如加尔文认为："悔改和赦罪……都是基督赐给我们的"②，"人之所以悔改是出于恩典本身和救恩的应许"③；此外，"神使那些罪不得赦免且被遗弃之人刚硬"④，因此被神预定灭亡的人无法真正悔改。那么麦克白究竟是其主观意志不愿意真诚忏悔的天主教意义上的沉沦者，还是新教神学观念中的遭神弃绝因而无法忏悔的沉沦者？

马洛的悲剧作品《浮士德博士》中的浮士德和麦克白有着相似的遭遇，二者皆是在魔鬼的巫术的诱惑下走向沉沦，因此也有学者将他们进行类比。浮士德决定放弃他所追求的魔法，在上帝面前忏悔以便获得宽宥和救恩；然而他发现尽管他愿意忏悔，他的心却是刚硬的，因此无法忏悔。浮士德的台词使用的是被动结构（My heart is hardened；I cannot repent. Scarce can I name salvation，faith，or heaven.），普尔指出，该句中的被动结构显得意味深长，它暗示另有一种力量让浮士德的心刚硬，使其无法忏悔。⑤ 在加尔文主义的神学语境中，该力量无疑来自上帝。路德、加尔文等人的神学主张皆是以圣经作为依据，圣经中的上帝有时使其所不喜悦的人心刚硬，从而令其无法悔改。⑥ 麦克白在杀害邓肯之后，听见有人在祈求"上帝保佑我们"，麦克白想说声"阿门"，却说不出口。理伯纳指出，这表明麦克白已经与上帝相隔绝。⑦ 那么究竟是麦克白主动离弃上帝，还是上帝预先将其弃绝？与浮士德

---

① 详见 Charles Moseley，"Macbeth's Free Fall，" pp.364-365.
② 约翰·加尔文：《基督教要义》，第 582 页。
③ 约翰·加尔文：《基督教要义》，第 583 页。
④ 约翰·加尔文：《基督教要义》，第 605 页。
⑤ Kristen Poole，"Dr. Faustus and Reformation Theology"，in Garrett A. Sullivan，Jr. ed.，Early Modern English Drama：A Critical Companion，Oxford：Oxford University Press，2006，p.104.
⑥ 比如上帝使埃及法老的心刚硬，令其屡次阻拦摩西带领以色列人离开埃及，上帝借此屡次将重灾降于埃及人。"我要使法老的心刚硬，也要在埃及地多行神迹奇事。……我伸手攻击埃及，将以色列人从他们中间领出来的时候，埃及人就要知道我是耶和华。"（《出埃及记》7:3—5）
⑦ Irving Ribner，"'Macbeth'：The Pattern of Idea and Action，" p.292.

的遭遇十分相似,麦克白的主观意愿是想获得上帝的怜悯,但他却失败了,"我想要说'阿门',却怎么也说不出来。"(二幕二场)他为此痛苦且困惑:"可是我为什么说不出'阿门'两个字呢? 我才是最需要上帝垂恩的,可是'阿门'两个字却哽在我的喉头。"(二幕二场)此后麦克白一边为自己的罪孽懊悔自责,一边却在罪的泥潭中越陷越深。路德认为,失去上帝恩典之人的悔罪是无法获得上帝的怜悯的,"因为撒旦和所有被打入地狱的人都这样悔过罪",他称之为"犹大的悔罪"或"绞架下的悔罪"。[①] 与加尔文一样,路德认为真正的悔罪源于上帝的恩典,人凭借自身的意志无法产生具有赦罪功效的悔罪之心。"不藉上帝的恩典认罪思过,只能使其有增无减";"因为凡事若非出于上帝的恩慈作为,便毫无益处"。[②] 因此"悔罪之心委实少见,但却是恩典显著的恩赐"[③]。

　　加德纳认为,浮士德、麦克白,以及弥尔顿史诗中的撒旦等皆是 17 世纪英国文学中因被上帝咒诅而遭受地狱中的永罚的文学形象,其悲剧命运的根源在于其陷入了"撒旦似的困境"[④]。魔鬼撒旦曾是荣耀的六翼天使卢奇菲罗,后来在由骄傲催生的野心的激励之下,他带领一部分天使反叛上帝,妄求获得更高的荣耀,即和上帝平起平坐,由此堕落成地狱里的魔鬼。堕落后的魔鬼嫉妒处于无罪状态且享受着上帝恩典的人类始祖,便去劝诱他们说,若是吃了禁果,"你们便如神能知道善恶"(《创世纪》3:5)。这便是引诱他们犯和自己同样的罪,即反叛上帝,将自己变成至高者。正如奥古斯丁所说:"因魔鬼的堕落是由骄傲来的,而罪是从魔鬼来的;……他用那使自己堕落的骄傲去陷害人。"[⑤]人类始祖曾与魔鬼犯一样的罪,但是亚当的后裔有获救的希望,因为上帝将救恩赐予人类;魔鬼撒旦的困境在于,他永远没有得救的可能,因为上帝咒诅其遭受地狱中的永罚。按照加德纳的观点,受女巫引诱的

---

① 《路德文集》(第 1 卷),第 526 页。
② 《路德文集》(第 1 卷),第 527 页。
③ 《路德文集》(第 1 卷),第 526 页。
④ 详见 Helen Gardner, "The Tragedy of Damnation,", in R. J. Kaufmann ed., *Elizabethan Drama: Modern Essays in Criticism*, Oxford: Oxford University Press, 1961, pp.321-322.
⑤ 奥古斯丁:《恩典与自由》,第 185 页。

麦克白属于被上帝预定毁灭的罪人,故而他无法靠其自由意志去抵御魔鬼的诱惑。总之,《麦克白》通过主人公的悲剧命运体现出莎士比亚时代的欧洲人关于罪与巫术、自由意志之间的关系的宗教观念。

第四章
莎士比亚戏剧中的爱情与救赎

　　本章从爱情与救赎的关系这一角度入手,探讨莎士比亚戏剧中的爱情观所体现出的文艺复兴时期复杂矛盾的西方宗教文化思想。莎士比亚的早期作品表现出乐观的世俗人文主义人性观,即相信人类的爱情可以拯救世界、消除罪恶。文艺复兴晚期的西方社会危机四伏;与此相应,莎士比亚成熟期的作品对世俗人文主义人性观提出批判性的质疑。在救赎问题上,这些作品表现出对基督教价值观念的回归,即人性的罪恶使得以爱情为代表的世俗人类情感无力承担拯救灵魂的重任,人的灵魂不可能在此岸世界找到永恒的归宿。以传奇剧为代表的莎士比亚晚期作品在涉及爱情问题时则构想出基督教思想与世俗人文主义观念之间由冲突走向融合的救赎之路。

　　《圣经》的启示向世人传递着如下救赎观念:人性以及尘世中的罪恶使人类不可能在现世中找到永恒的归宿;它排斥了对于此岸世界的一切期待,将生命的终极目标指向天国。文艺复兴时期的世俗人文主义思想追随古代异教精神,以人性取代神性,以情爱取代圣爱,以尘世取代天堂;总之,它将生命引向一条世俗化的救赎之路。因此在文艺复兴时期,有大量赞美爱情的文学作品涌现出来,其字里行间充满着对人性的肯定以及对现世的热爱和眷恋。然而,文艺复兴时期是一个充斥着各种矛盾复杂的人性观念的时代:既赞美人性,又怀疑人性;既迷恋肉体的欲望享乐,又厌恶它的龌龊卑俗;既留恋现世的生活,又向往来世的天国。因此,"文艺复兴时期的思想虽然比中世纪更

加以人为中心，更加世俗化，但它的宗教性不一定不如后者"①。在热情歌颂
爱情的同时，此历史时期的文学作品也对爱情本身的价值产生怀疑。综观文
艺复兴时期西方文学的最高成就——莎士比亚的戏剧作品，其爱情观念也是
矛盾复杂的。此历史时期的爱情观念背后所深藏的是对人性的分裂矛盾的
深切感受，这在莎士比亚戏剧中得到了充分体现。

一

　　在文艺复兴时期的欧洲传统文化观念中，无论是柏拉图的哲学，还是基
督教的教义，二者对人的血肉之躯都是持轻视态度的。柏拉图不仅贬斥肉体
的感官欲望，而且蔑视由它的七情六欲所造成的种种情感上的冲动。柏拉图
认为，这些情感应该受到理性的严格控制。他之所以要贬低以悲剧为代表的
古希腊文艺作品，乃是因为悲剧迎合并放纵人类情感中的"感伤癖"和"哀怜
癖"。② 同样，基督教将人类灵魂的救赎希望指向来世中的天国，它不仅要求
信徒抵御肉体欲望的诱惑，而且要求信徒将对上帝的爱置于现世中人类种种
的情爱之上。如耶稣说，他来到人世间"本是叫人与父亲生疏，女儿与母亲生
疏，媳妇与婆婆生疏。人的仇敌就是自己家里的人。爱父母过于爱我的，不
配作我的门徒；爱儿女过于爱我的，不配作我的门徒……"③。人如果想通过
爱天父来获得灵魂的救赎，就必须疏远肉体所牵挂的尘世和七情六欲，"不要
爱世界和世界上的事。人若爱世界，爱父的心就不在他里面了。……这世界
和其上的情欲都要过去，惟独遵行神旨意的，是永远常存"④。奥古斯丁也劝
诫人们应该将灵魂的归宿投靠在上帝的怀抱之中，而不是对现世中人和事的
深深眷恋。他指出，即便是对世上最美好的人和事物的爱恋，最终也只能使
人陷入痛苦之中，因为"它们有生有灭，由生而长，由长而灭，接着便趋向衰老

———

　　① 转引自阿伦·布洛克《西方人文主义传统》，董乐山译，生活·读书·新知三联书店，1997
年，第40页。
　　② 详见朱光潜《西方美学史》（上卷），人民文学出版社，1963年，第53页。
　　③ 《马太福音》（10：35—37）。
　　④ 《约翰一书》（2：15—17）。

而入于死亡;而且还有中途夭折的,但一切不免于死亡。……这是一切事物的规律"①。"这些事物奔向虚无,它们用传染性的欲望来撕裂我们的灵魂,因为灵魂……欢喜安息于所爱的事物群中,可是在这些事物中,并无可以安息的地方,因为它们不停留,它们是在飞奔疾驰,谁能用肉体的感觉追赶得上?即使是近在目前,谁又能抓住它们?"②一位好友的去世使奥古斯丁陷入巨大的痛苦之中:"何以这痛苦能轻易地深入我内心呢? 原因是由于我爱上一个要死亡的人,好像他不会死亡一样,这是把我的灵魂洒在沙滩上。"③他由此领悟到人的希望不在尘世间;因为即便是自己最亲爱的人,作为肉身存在的他,最终也是要离开这个世界的。因此,人的灵魂无法在人世间的友情中找到真正安稳的栖息地,它只能在上帝那儿寻到安定的居所。因为"除了你,我们的天主,创造天地并充塞天地,充塞天地而创造天地的天主外,能有不会丧失的东西吗? 没有一人能丧失你,除非他离弃你,而离弃了你能走往哪里,能逃往哪里去呢?"④。

与文艺复兴时期乐观的世俗人文主义人性论不同,基督教十分强调人性中罪的存在。基督教教义将肉体的欲望视作罪恶的根源,不仅主张克制它,而且蔑视由其所造成的种种情感上的冲动。基督教将人类灵魂的救赎希望指向来世中的天国,因此它不仅要求信徒抵御肉体欲望的诱惑,而且要求他们将对上帝的爱置于现世中为肉身所牵挂的种种世俗情爱之上。作为西方文学的卓越代表,莎剧在充分体现文艺复兴的时代精神的同时,也深受西方文化的根基——基督教思想——的熏陶。"从某种意义上说,莎士比亚对于基督教实质性观念的理解和表达,注定了后世西方文学在这一大背景下的发展方式。对莎士比亚作品的重新分析,也因而使我们得以窥见西方文学中基督教思想痕迹的大体轮廓。"⑤对人性大唱赞歌的世俗人文主义在解放被中世纪的禁欲主义思想严重束缚的肉体生命的同时,也给西方社会造成了很多负

---

① 奥古斯丁:《忏悔录》,商务印书馆,1963 年,第 60—61 页。
② 奥古斯丁:《忏悔录》,第 61 页。
③ 奥古斯丁:《忏悔录》,第 59。
④ 奥古斯丁:《忏悔录》,第 60 页。
⑤ 丁光训等主编:《基督教文化百科全书》,第 351 页。

面效应,这在文艺复兴晚期表现得尤为突出。作为生活于这一时期的颇具敏锐感受力的戏剧家,莎士比亚在早期作品中极力张扬世俗人文主义人性观,而以其伟大悲剧为代表的创作成熟期的作品则对之进行了全面深刻的审视。以对早期人文主义思想过于乐观的人性论的批判性反思为基础,莎士比亚的伟大悲剧表现出同基督教精神相通的、对于人性和现世的深刻怀疑;毋庸置疑,这种怀疑的矛头同样也指向了爱情这一被神圣化的世俗情感。

　　人类的情感(尤其是男女之间的爱情)似乎既是文学永远讴歌的对象,也是文学的永恒主题。在文艺复兴时期,有大量赞美爱情的文学作品涌现出来,其字里行间散发着对现世的热爱和眷恋。如前所述,文艺复兴是一个充斥着各种矛盾复杂的人性观念的时代,那么在热情歌颂爱情的同时,文艺复兴时期的文学是否也对爱情本身的价值产生了怀疑呢? 在乔叟等早期文艺复兴时期的作家看来,"爱情是同罪恶和飘忽不定的现世联系在一起的,因而爱情本质上是无益的"①。即便在但丁的笔下,世俗的爱情也并非生命的最终归宿,因为它只是通往神圣天国的道路。② 伊丽莎白时期的格莱维尔(Fulke Greville)在其诗作《喀利卡》(Caelica)中认为,爱情源于人类的堕落状态以及激情对理性的扰乱。③ 在以喜剧为代表的莎士比亚的早期作品中,爱情是一个重要的主题。通过对爱情的热情讴歌,这些作品充分表达了对于现世的热爱和眷恋。在这些作品中,爱情被理想化了,它甚至取代了天国成为人类灵魂的归宿。凡伦丁用信徒赞美上帝的措辞对爱情大唱颂歌:"爱情是一个有绝大威权的君王,我已经在他面前甘心臣服,他的惩罚使我甘之如饴,为他服役是世间最大的快乐。……单单提起爱情的名字,便可以替了我的三餐一宿。"(《维洛那二绅士》,二幕四场)凡伦丁宁可一死,也不愿被放逐;因为在他看来,离开了恋人,他的生命也就失去了意义。"看不见西尔维娅,世上还有

---

　　① Sukanta Chaudhuri, *Infirm Glory*: *Shakespeare and the Renaissance Image of Man*, Oxford: Oxford University Press, 1992, p.90.

　　② Sukanta Chaudhuri, *Infirm Glory*: *Shakespeare and the Renaissance Image of Man*, p.90.

　　③ Sukanta Chaudhuri, *Infirm Glory*: *Shakespeare and the Renaissance Image of Man*, p.97.

什么光明？没有西尔维娅在一起，世上还有什么乐趣？……除非白天有西尔维娅在我的面前，否则我的生命将是一个不见天日的长夜。她是我生命的精华，我要是不能在她的煦护拂庇之下滋养我的生机，就要干枯憔悴而死。……可是离开了这儿，就是离开了生命所寄托的一切。"（《维洛那二绅士》，三幕一场）朱莉娅也将恋人视作自己灵魂的归宿："我会像一道耐心的轻流一样，忘怀长途跋涉的辛苦，一步步挨到爱人的门前，然后我就可以得到休息。就像一个有福的灵魂，在经历无数的磨折以后，永息在幸福的天国里一样。"（《维洛那二绅士》，二幕七场）可是其恋人普洛丢斯的见异思迁似乎是对朱莉娅爱情信念的极大嘲弄。国王的侍臣俾隆是这样歌颂爱情的："当爱情发言的时候，就像诸神的合唱，使整个的天界陶醉于仙乐之中。"（《爱的徒劳》，四幕三场）即便是在《罗密欧与朱丽叶》这样的早期悲剧作品中，爱情也被赋予了神奇的力量：一对恋人的殉情最终使两个家族之间的仇恨得到消解。对爱情的神圣化，使莎士比亚早期作品中痴情的男男女女纷纷用宗教语言去赞美他们所倾心的恋人。比如大安提福勒斯是这样赞美他的意中人的："你是我的纯洁美好的身外之身，眼睛里的瞳人，灵魂深处的灵魂，你是我幸福的源头，饥渴的食粮，你是我尘世的天堂，升天的慈航。"（《错误的喜剧》，三幕二场）罗瑟琳是这样描述恋人的吻的："他的接吻神圣得就像圣餐面包触到唇边一样。"（《皆大欢喜》，三幕四场）罗密欧也使用宗教语言去表达男女之爱这种世俗情感而丝毫不觉得带有亵渎意味。他是这样向朱丽叶请求一吻的："要是我这俗手上的尘污亵渎了你的神圣的庙宇，这两片嘴唇，含羞的信徒，愿意用一吻企求你宥恕。"朱丽叶也以神明自居："你的祷告已蒙神明允准。"（《罗密欧与朱丽叶》，一幕五场）罗密欧称朱丽叶为"敬爱的神明"；当他面临被放逐的命运的时候，他懊丧地说："朱丽叶所在的地方就是天堂；这儿的每一只猫、每一只狗、每一只小小的老鼠，都生活在天堂里，都可以瞻仰她的容颜，可是罗密欧却看不见她。污秽的苍蝇都可以接触亲爱的朱丽叶的皎洁的玉手，从她的嘴唇上偷取天堂中的幸福，……我却必须远走高飞……"（《罗密欧与朱丽叶》，三幕三场）总之，在莎士比亚早期的戏剧作品中，恋人们将爱情这种世俗的情感高度神圣化，以至于用它替代基督教中的天国成为生命的终极归宿，从而表现出对于现世的执着精神和乐观态度。

　　然而另一方面，即便是在莎士比亚的喜剧作品中，有时也会对上述爱情观念进行嘲讽和质疑。《爱的徒劳》中的法国公主和她的侍女们十分怀疑爱情本身的长久性，不肯轻易接受异性的爱情承诺；于是她们用种种俏皮而尖刻的语言嘲弄那瓦国王及其侍臣们的甜言蜜语和山盟海誓。俾隆发誓说："我对你的爱是完整的，没有一点残破。海枯石烂——"罗瑟琳赶忙打断他："不要'海枯石烂'了。我求求你。"（《爱的徒劳》，五幕二场）公主则说："我们已经收到你们充满了爱情的信札，并且拜领了你们的礼物，那些爱情的使节；在我们这几个少女的心目中看来，这一切不过是调情的游戏、风雅的玩笑和酬酢的虚文，有些夸张过火而适合时俗的习尚，可是我们却没有看到比这挚诚的情感……"（《爱的徒劳》，五幕二场）奥兰多表示，如果罗瑟琳不愿接受他的爱情，他就要去死。罗瑟琳回答说："这些全都是谎话；人们一代代地死去，他们的尸体都给蛆虫吃了，可是决不会为爱情而死的。"（《皆大欢喜》，四幕一场）罗瑟琳问奥兰多，一旦拥有了她，他的爱情会维持多久；奥兰多回答说："永久再加上一天。"罗瑟琳讥讽地说："说一天，不用说永久。……男人们在未婚的时候是四月天，结婚的时候是十二月天；姑娘们在做姑娘的时候是五月天，一做了妻子，季候便改变了。"（四幕一场）总之，这些喜剧中的女性以诙谐机智的语言对爱情的永恒性提出质疑，从而剥离了爱情神圣的外衣，还其作为世俗情感的本来面目。在莎士比亚创作成熟期的作品中，爱情变得复杂了，它再也不是单纯美好和永久长存的事物了。特洛伊罗斯曾经对爱情充满了美好的信念，他和爱人之间也曾立下刻骨铭心的山盟海誓。当他目睹曾经和他信誓旦旦的爱人的背叛时，他无法接受这一威胁到他的爱情信仰的残酷事实，"因为在我的心里还留着一个顽强的信仰，不肯接受眼睛和耳朵的见证……"，但他最终不得不承认，"她的破碎的忠心、她的残余的爱情、她的狼藉的贞操，都拿去与狄俄墨得斯另结新欢了"（《特洛伊罗斯与克瑞西达》，五幕二场）。追逐爱情的男男女女们都是暂时寄居尘世中的匆匆过客，其肉身存在同他们置身于其中的世界一样虚幻缥缈；这就注定了同肉体密不可分的爱情本身也是飘忽不定的，它又如何能够负载得起痴情的恋人们托付于它的拯救灵魂的重任呢？

二

　　莎士比亚的伟大悲剧表现出对于人性和现世的深刻怀疑，这种怀疑的矛头同样指向了爱情这一被很多人神圣化的世俗情感。将爱情神圣化实际上是将人性理想化，比如上述喜剧作品中的人物将恋人当作神明一般膜拜就是非常典型的表现。对人性中的罪恶的洞察不仅使哈姆莱特的人文主义人性观产生危机，同时也危及他关于爱情的理想信念。母亲在父亲去世后匆匆改嫁给谋杀亲夫的凶手，奥菲利娅纯真的爱情也被恶人利用为刺探哈姆莱特内心世界的工具；总之，爱情这一世俗情感是很难不沾染现世中人性的罪恶的，这使得哈姆莱特关于爱情的人文主义理想彻底破灭。他故意用粗鲁的语言去伤害恋人的感情，其实是想极力掩饰内心的痛苦和绝望。奥菲利娅痛苦地说："……您曾经使我相信您爱我。"哈姆莱特回答说："你当初就不应该相信我，因为美德不能熏陶我们罪恶的本性；我没有爱过你。"（三幕一场）他对恋人提出如下忠告："进尼姑庵去吧；为什么你要生一群罪人呢？……我们都是些十足的坏人；一个也不要相信我们，进尼姑庵去吧。"（三幕一场）哈姆莱特不仅是在摧毁奥菲利娅关于爱情的美好而又单纯的信念，也是在表明他自己由对人性的失望所导致的对爱情信仰的破灭。在看戏的时候，奥菲利娅说那出戏的开场词很短，哈姆莱特则意味深长地说："正像女人的爱情一样。"（三幕二场）哈姆莱特对爱情价值的怀疑归根结底在于他的人文主义人性观的破产。作为一个人文主义者，"他所接受的教育和他的天性都使他相信关于人的本性的传统的乐观主义的观点。但是，他对于母亲不贞的发现，以及王国掌控在一个被他视作卑劣之徒的手中这一事实——这些使他的信仰崩溃了，国家和个人在他看来都突然腐败了"[①]。因此，与其说置身于罪恶中的哈姆莱特厌倦爱情，不如说他厌弃含有罪的因素的人性，"人类不能使我发生兴趣；

---

　　① Theodore Spencer, *Shakespeare and the Nature of Man*, New York：Macmillan Publishing Company，1942，p.95.

不，女人也不能使我发生兴趣……"（二幕二场）。

　　爱情面临罪恶时的脆弱在《奥瑟罗》中被揭示得尤为淋漓尽致。同莎士比亚早期戏剧中的痴情恋人一样，奥瑟罗将爱情神圣化了，以至于他将这种世俗情感作为自己灵魂的最终归宿和唯一寄托。奥瑟罗认为，他和妻子苔丝狄蒙娜的爱情对于他的灵魂来说是至高的幸福。与妻子团聚后的他激动地说："要是我现在死去，那才是最幸福的；因为我怕我的灵魂已经尝到了无上的欢乐，此生此世，再也不会有同样令人欣喜的事情了。"（二幕一场）他对苔丝狄蒙娜说："要是我不爱你，愿我的灵魂永堕地狱！当我不爱你的时候，世界也要复归于混沌了。"（三幕三场）同莎士比亚喜剧中的人物一样，奥瑟罗过于夸大爱情的力量了：他的爱情其实并无颠覆世界的威力，并且当他被罪恶引诱时，他的爱情非但无力拯救他，甚至连它自身也被罪恶吞噬了。"在这出戏里，苔丝狄蒙娜俨然是秩序、爱情、圣洁、和谐的化身，奥瑟罗则是一个栖身于其中的、理想的朝拜者。苔丝狄蒙娜的感情至善至美，在充满罪恶的世俗生活中显得格外脆弱；奥瑟罗的全部信念都以这样一个脆弱的形象为依托，当然也不会是坚实的。相比之下，伊阿古的生活观更接近于人类的罪性，所以就更难以摧毁……"①正如有的评论家所指出的那样，苔丝狄蒙娜理想单一的人格同现实世界中复杂矛盾的人性相距太远，因此显得不够真实。伊阿古的邪恶恰恰揭示了人性中固有的一些因素，这使得他能够比苔丝狄蒙娜更好地迎合奥瑟罗的内心世界，因此他的罪恶对于奥瑟罗也就更具诱惑力。在现实世界中的罪恶面前，爱情这一其本身就难以避免被人性之罪沾染的世俗情感是无力战胜罪恶、充当人类灵魂的救世主的。奥瑟罗将人性和现世过于理想化了，这导致他将苔丝狄蒙娜的爱情作为自己精神信仰的寄托，"他具有理想主义者的倾向，即赞美他所爱的人，并将他的生命整个地建立在爱人的身上。……而当这种信仰破灭时，他所拥有的一切也就整个地逝去了"②。即便是像苔丝狄蒙娜这样一个纯洁得近似于圣女一样的女人，她所能提供的爱情

---

　　①　杨慧林：《基督教精神与西方文学》，《文艺研究》1991 年第 4 期。
　　②　Allardyce Nicoll. " 'The Tragedie of *Othello*, the Moore of *Venice*'," in Mark W. Scott ed., *Shakespearean Criticism*, vol.4, Gale Research Company, 1987, p.461.

也无法超越世俗情感的局限,达到上帝对人类之爱的高度。因此奥瑟罗将这种爱情神圣化,并且将它作为自己精神信仰之寄托的做法是极不明智的。和人类的肉身存在一样,作为世俗情感的爱情,它的生命是短促而脆弱的;以爱情为依托的信仰,其根基是不牢固的,日后很可能会给生命个体带来精神的幻灭和信仰的危机。事实表明,奥瑟罗在第一幕中还和妻子信誓旦旦,将她像圣女一样地膜拜和赞美;可是到了第三幕,他就将她像魔鬼一般地唾弃和诅咒。

即便像奥瑟罗这样品行高贵的人,其天性也暗含着罪的因素,"伊阿古迅速的成功更多地不是因为伊阿古魔鬼似的才智,而是因为奥瑟罗准备着对他的怂恿做出回应。在伊阿古进行诱惑的那一场戏当中,伊阿古的力量实际上在于他表达了奥瑟罗心中的某种东西"[1]。基于乐观的人性论思想,奥瑟罗将爱情视为生命意义的源泉和精神信仰的支柱。相反,伊阿古从肉体欲望的层面去理解人性,将男女之间的爱情完全等同于生物本能的冲动。他对罗德利哥说:"……肉体的刺激和奔放的淫欲,我认为你所称为'爱情'的,也不过是那样一种东西。""那不过是在意志的默许之下一阵情欲的冲动而已。"(一幕三场)伊阿古自然主义的人性论注定了他无法理解苔丝狄蒙娜对丈夫的忠贞不渝的爱情;他只能将这种爱情庸俗化,认定苔丝狄蒙娜的爱只是出于肉体上的一时冲动,因此她一定会厌弃奥瑟罗的。他对罗德利哥说:"她的视觉必须得到满足;她能够从魔鬼脸上感到什么佳趣?情欲在一阵兴奋过后而渐生厌倦的时候,必须换一换新鲜的口味,方才可以把它重新刺激起来,……她因为这些必要的方面不能得到满足,一定觉得她的青春娇艳所托非人,而开始对这摩尔人由失望而憎恨,由憎恨而厌恶,她的天性就会迫令她再作第二次选择。"(二幕一场)斯比瓦克是这样评价伊阿古的爱情观的:"真正精神的结合,或者就其实质来说,任何超越于性欲之上的爱情,正是他所不相信的。他

---

① F. R. Leavis, "Diabolic Intellect and the Noble Hero: A Note on 'Othello'", in Mark W. Scott ed., *Shakespearean Criticism*, vol.4, 1987, p.478.

也不相信,除了肉体上的欲望之外,男女彼此之间还会存在任何其他关系。"[1]理伯纳也指出:"他只能将人类看作具有动物情欲的生物,同上帝的恩典相割裂。作为上帝计划之指导原则的爱情,只是'肉体的刺激和奔放的淫欲'。"[2]与此同时,奥瑟罗的爱情理念固然崇高,但是与伊阿古的爱情观念相比,它却显得如此苍白无力。伊阿古刚一开始用低级下流的只言片语诋毁苔丝狄蒙娜的清白爱情,奥瑟罗源于情欲的占有欲的嫉妒情绪就立即被煽动起来,这对他先前的爱情理念是一个莫大的讽刺。妒火中烧的奥瑟罗表现出比伊阿古还要冷酷残忍的仇恨情绪,而仇恨的对象正是负载着他的爱情理想的妻子苔丝狄蒙娜。"我要把她碎尸万段。"(三幕三场)"让她今夜腐烂、死亡、堕入地狱吧,因为她不能再活在世上。"(四幕一场)"我要把她剁成一堆肉酱。"(四幕一场)奥瑟罗爱情悲剧的根源在于,在外在邪恶势力的引诱下,其自身的个人主义朝着恶性膨胀的方向发展。正如亨特所说:"尽管(奥瑟罗)有着高贵的自由天性,惨剧仍旧发生了;因为那种天性的自由——人类的天性,即便是高贵的,也暴露出它的残忍和不公正,此乃悲剧性惨剧发生的根源。"[3]

奥瑟罗将人性和现世过于理想化了,这导致他将苔丝狄蒙娜的爱情作为自己精神世界的至高寄托。然而事实证明,在被伊阿古激活的奥瑟罗自身体内所潜伏着的罪恶面前,这种爱情是毫无自卫能力的,更别说成为个体精神世界的坚实磐石了。果然,将生命的意义整个地寄托在爱情之上的奥瑟罗精神崩溃了。"啊! 从今以后,永别了,宁静的心绪! 永别了,平和的幸福! ……永别了,威武的大军、激发壮志的战争! ……奥瑟罗的事业已经完了。"(三幕三场)"……可是我的心灵失去了归宿,我的生命失去了寄托,我的活力的源泉枯竭了,变成了蛤蟆繁育生息的污池!"(四幕二场)

斯尼德(Snyder)指出,《奥瑟罗》这出悲剧通过将爱情与罪恶直面相对的

---

① Bernard Spivack, *Shakespeare and the Allegory of Evil：The History of a Metaphor in Relation to His Major Villains*, p.426.

② Irving Ribner, "The Pattern of Moral Choice：'*Othello*'," in Mark W. Scott ed., *Shakespearean Criticism*, vol.4, p.560.

③ Robert G. Hunter, *Shakespeare and the Mystery of God's Judgments*, Athens：the University of Georgia Press, 1976, p.147.

方式揭示了爱情自身的脆弱,从而质疑了关于爱情的传统理想信念。她认为,"在《奥瑟罗》中,莎士比亚审视和质疑了在他的早期喜剧中所暗含的对于爱情本性的传统设想"①。"尽管从这出戏的开头一直到苔丝狄蒙娜和奥瑟罗在塞浦路斯的团圆,其中的戏剧动作是遵循着传统的喜剧结构的,但是这些最初的场面却也显示他们的爱情缺乏对于伊阿古的破坏性的唯理性的自卫能力,从而预示了后来的悲剧。"②相信爱情会拯救人类的灵魂,意味着相信人类可以在上帝的恩典之外凭借自身的力量实现救赎。在这样的救赎观念的背后,隐含着的是对人性和现世的高度信赖。如前所述,这种观念是为正统的基督教教义所排斥的。在亨特看来,《奥瑟罗》这出悲剧恰恰否定了上述救赎观念。"这出戏通过询问'仅靠人类爱情的力量能够平衡我们天性中的血性和卑贱吗?'来质疑帕拉纠主义③的乐观主义。这出戏明确地回答:'不能。'"④他指出,《奥瑟罗》一剧揭示了"将我们人类中即便是圣洁的人的爱情之价值置于上帝的爱之上的危险。当苔丝狄蒙娜的爱情显得脆弱的时候,奥瑟罗无法寻找可以将他从他那毁灭性的仇恨中拯救出来的神的恩典。他将苔丝狄蒙娜作为他生命的源泉,他便将自己同生命真正的源头切断了"⑤。亨特认为,该剧表明,"不是男女的爱情将我们从混乱和毁灭中拯救出来,而是人类对上帝的爱和上帝对人类的爱"⑥。总之,人性的缺憾和现世的局限决定了爱情力量的有限;奥瑟罗的爱情悲剧对将灵魂的希望寄托于现世中的人类情感这样一条世俗化的救赎之路提出了质疑。与此同时,它也印证了基督教的救赎论,即将人类的世俗情爱替代人类对上帝的爱,其结果必然导致灵魂丧失真正的希望。

将莎士比亚早期作品与成熟期作品这两者中的爱情观进行比较,我们可以看出,随着对人性和生存本质之认识的不断加深以及对文艺复兴晚期西方

---

① 详见 Mark W. Scott ed., *Shakespearean Criticism*, vol.4, p.370。

② Mark W. Scott ed., *Shakespearean Criticism*, vol.4, Gale Research Company, 1987, p.370.

③ 帕拉纠主义是产生于公元 4 世纪、宣称人类通过自由意志可以在上帝的恩典之外达到无罪的完美的异端学说。奥古斯丁正是在驳斥帕拉纠主义的基础上形成他的神恩独作说的。

④ Robert G. Hunter, *Shakespeare and the Mystery of God's Judgments*, p.133.

⑤ Robert G. Hunter, *Shakespeare and the Mystery of God's Judgments*, p.149.

⑥ Robert G. Hunter, *Shakespeare and the Mystery of God's Judgments*, p.131.

社会危机的深刻洞察,莎士比亚逐渐摆脱了对人性和现世的单纯的信赖与肯定,开始反思世俗人文主义思想,表现出了同基督教精神相通的、对于世俗化救赎之路的怀疑和否定。莎士比亚晚年创作的传奇剧恢复了其早期作品所具有的乐观精神和积极信念,均有着和谐圆满的结局。此外,它们依然涉及世俗男女情爱,比如《暴风雨》中的米兰达与腓迪南、《冬天的故事》中的弗罗利泽与潘狄塔等,并且这些恋人都有着美好的归宿。与早期剧作不同,莎士比亚传奇剧的完满结局与其说源于人世间的爱情,不如说源于主人公在超越尘世的神秘力量(天意、神谕、魔法等)的启示下所萌发的宽恕、仁慈、博爱等基督教人文主义精神。总之,“他一生的创作,实际上都是对人性罪孽和理性恶果的肯定、思索和印证,都是对现世价值和现世手段的不断扬弃。……而他最终由此生发的超越,则代表着西方基督教文化总体指向的救赎之路”①。

———————————

① 丁光训等主编:《基督教文化百科全书》,第 349—350 页。

第五章
莎士比亚戏剧与反修道主义

在莎士比亚时代,受宗教改革的影响,天主教的修士修女乃至于修道生活自身,皆成为此历史阶段的英国文学的讽刺对象。例如在文艺复兴时期的大多数英国戏剧作品中,修士被塑造成"狡诈的、不道德的以及撒旦似的"人物;然而在《罗密欧与朱丽叶》《无事生非》以及《一报还一报》等莎剧中,莎士比亚对其笔下的天主教修道者则表现出较为友善的态度,而这往往被某些学者视作剧作家本人同情天主教信仰的有力证据。[①] 尤为突出的是,在《一报还一报》中,女主人公伊莎贝拉具有准修女的身份。例如布尔嘉德指出,在宗教改革之后的英国道德剧中,充当罪恶这一角色的人物往往是罗马天主教教士,并且天主教神职人员的修道生活也成为被嘲讽的对象;然而莎士比亚在《一报还一报》中却对天主教的修士和修女持友善态度,并在反对清教徒所信奉的加尔文主义的同时拥护天主教神学。[②]再比如,穆克金(D. J. McGinn)也持类似观点,声称莎士比亚在《一报还一报》中表现出同情天主教而憎恶加尔文主义的宗教立场。[③] 笔者认为,这一观点值得商榷。

---

① 详见 David Beauregard, "Shakespeare on Monastic Life: Nuns and Friars in *Measure for Measure*," in Dennis Taylor and David Beauregard eds., *Shakespeare and the Culture of Christianity in Early Modern England*, New York: Fordham University Press, 2003, p.312。

② 详见 David Beauregard, "Shakespeare on Monastic Life: Nuns and Friars in *Measure for Measure*," pp.313-314, 332。

③ 详见 Ronald Berman, "Shakespeare and the Law," in Dana Ramel Barnes and Marie Lazzari eds, *Shakespearean Criticism*, vol.33, Gale Research, 1997, p.53。

在《一报还一报》中的确存在较多的天主教文化痕迹,但这只是出于营造戏剧氛围或编织情节的艺术需要,而非旨在宣扬天主教信仰。例如在该剧中出现了化装成天主教教士的公爵倾听朱丽叶等人忏悔的细节;天主教之由信徒在密室中私下向神父忏悔的忏悔仪式遭到宗教改革者的猛烈抨击,但在该剧中莎士比亚却并未非难天主教的忏悔礼。然而这并非如布尔嘉德所说,莎士比亚在《一报还一报》中更加青睐于天主教的私下忏悔而反对新教的公开赎罪。① 伍兹从情节安排的角度来分析天主教的忏悔仪式在该剧中的意义:通过倾听其臣民的私下忏悔,公爵得以有机会审视克劳狄奥、朱丽叶以及玛利安娜等人的内心世界并了解正人君子安哲鲁的本来面目;公爵藉此对整个事件做出准确判断并机智地干预事态的发展。② 此外,在《一报还一报》中出现了两位天主教神父——托马斯与彼得,以及一位天主教修女——弗兰西丝卡,而他们似乎并没有成为被嘲讽的对象;尤为重要的是,该剧的女主人公伊莎贝拉是一个即将入修道院受戒的准修女;然而这些并不表明该剧在反对清教主义的同时拥护天主教信仰。《一报还一报》通过伊莎贝拉这一准修女形象委婉含蓄地否定了天主教修道主义的贞操观念,并由此肯定英国国教所代表的拒斥极端禁欲主义的主流新教性伦理观念。

一

《一报还一报》中的伊莎贝拉一出场便以一个即将立愿修持的准修女的形象出现在观众面前。她向修女弗兰西丝卡如此表达她的修道决心:"我倒希望我们皈依圣克莱尔的姊妹们,应该守持更严格的戒律。"(一幕四场)圣克莱尔是著名的方济会修女。修女弗兰西丝卡的言行表明,受圣克莱尔影响的女修道院的教规极其严格,这尤其体现在其旨在限制修女与异性接触的有关

---

① 详见 David Beauregard, "Shakespeare on Monastic Life: Nuns and Friars in *Measure for Measure*," pp.326 - 327。
② 详见 Gillian Woods, *Shakespeare's Unreformed Fictions*, Oxford: Oxford University Press, 2013, pp.116 - 117。

戒律方面。当路西奥在修道院外面叫门时,听见男人声音的弗兰西丝卡急欲回避。她吩咐伊莎贝拉去开门,因为"你可以去见他,我却不能,因为你还没有受戒。等到你立愿修持以后,你就不能和男人讲话,除非当着院长的面;而且讲话的时候,不准露脸,露脸的时候不准讲话"(一幕四场)。类似的戒律也存在于现实世界中的天主教女修道院中。例如1563年,罗马天主教的特兰托公会议宣称,如果没有主教的许可,女修道院中的年轻修女将不得以任何理由离开修道院,而男性则不得以任何理由进入女修道院。① 此种禁止修女与异性接触的管制措施旨在杜绝性行为的发生,而这乃是天主教修道主义的鲜明特色。修道运动兴起的主要目的"是克制肉体的需要,尤其是性的需要。这些情欲通常被看作是魔鬼主使人做的,或者魔鬼对人的进攻;因此与肉欲作斗争成为对恶魔的战斗……"②。

修道主义力求抵御人类肉体感官所迷恋的、以性欲为首的声色之乐和口腹之欲的禁欲主义精神,其实在《圣经》所记载的耶稣与保罗等人的教诲中就已经初见端倪,因为这些教诲皆强调灵魂与肉体、感官的世俗欲望与精神的宗教理想之间的对立冲突。在耶稣与保罗等人看来,肉体的欲念诱使人类偏离其生命的根基——上帝以及至高真理——上帝之道,从而导致后者陷入罪恶与死亡的网罗,故此他们皆宣扬极为严厉苛刻的性伦理观念。③ 正如穆尔所说:"基督教的虔诚一开始就带有禁欲倾向。"④在基督教思想史上占有重要位置的奥古斯丁重申了灵肉二元论的宗教性伦理观念,即肉体欲望(尤其是性欲)是人类的灵魂亲近上帝并获得救赎的主要障碍,他由此在《忏悔录》中痛悔自己年轻时的放纵狂狼,并称"我粪土般的情欲……把我软弱的青年时代拖到私欲的悬崖,推进罪恶的深渊"⑤。此种否定肉体欲望的禁欲主义观念

----

① 详见 W. Reginald Rampone，Jr.，*Sexuality in the Age of Shakespeare*，Santa Barbara：Greenwood，2011，p.24。

② G. F.穆尔:《基督教简史》,第114页。

③ 例如耶稣宣称:"凡看见妇女就动欲念的,这人心里已经与她犯奸淫了。"(《马太福音》5:28)保罗宣称:"不要自欺,无论是淫乱的、拜偶像的、奸淫的、作娈童的、亲男色的……都不能承受神的国。"(《哥林多前书》6:9—10)

④ G. F.穆尔:《基督教简史》,第112页。

⑤ 奥古斯丁:《忏悔录》,第25页。

被修道主义发展到了极致，因为修道运动的根本目的在于摆脱肉体情欲的束缚，"使灵魂获得解放，以便与上帝神交或结合"①。

修道主义对性欲的强烈排斥态度对《一报还一报》中的准修女伊莎贝拉产生了极为深刻的影响。例如当安哲鲁暗示伊莎贝拉，她必须以牺牲身体的贞洁作为代价来挽救弟兄的生命时，伊莎贝拉断然拒绝了他的诱惑。一些批评家认为，这种拒绝的根本缘由并非安哲鲁的欲念本身的非正义性，而是因为伊莎贝拉具有病态的性压抑。例如尤尔认为，伊莎贝拉对安哲鲁所提出的性要求的反应近乎歇斯底里，这正暴露出她对自己天性中性的成分的反常态的厌恶。② 巴伦也指出，这位身着修女服饰的准修女"是一个思想狭隘但却富有激情的姑娘，她受折磨于她未曾向自己承认过的、对于性的非理性的恐惧"③。在早期的修道运动中，修道者普遍采用斋戒、自我鞭笞等折磨自身肉体的方式来克制情欲。"那些在自我折磨上超过常人的，便被称为'竞技者'"，因为"他们乐于在苦行方面'创造新纪录'"。④ 此种以折磨身体来达到禁欲目的的苦修行为在近代天主教修道者的身上并未绝迹。例如在 1625 年出版的一本记述一名被称为"十字架的琼"的修女的生平事迹的传记中出现了如下记载：为了躲避由魔鬼派遣来的性欲的折磨，这位修女赤身裸体地躺在花园里一张布满荆棘的小床上。⑤ 莎士比亚笔下的伊莎贝拉表现出对这种以折磨肉体的方式来抵御肉欲诱惑的苦行方式的向往。例如她以极其夸张的言辞向安哲鲁表明，为了保守贞操，她情愿让自己的身体承受种种酷刑的折磨。"让无情的皮鞭在我身上留下斑斑的血迹，我会把它当作鲜明的红玉；即使把我粉身碎骨，我也会从容去死，像一个疲倦的旅人奔赴他渴慕的安息地，我却不愿让我的身体蒙上羞辱。"（二幕四场）

在《一报还一报》中，一些剧中人似乎认同童贞是神圣的这一修道主义的

---

① G. F.穆尔:《基督教简史》，第 114 页。

② 详见 John D. Eure, "Shakespeare and the Legal Process: Four Essays," in Kathy D. Darrow ed., *Shakespearean Criticism*, vol.49, Gale Group, 2000, p.8。

③ Anne Barron, "Introduction: *Measure for Measure*," in G. Blakemore Evans and J. J. M. Tobin ed., *The Riverside Shakespeare*, Boston, MA: Houghton Mifflin Company, 1997, p.580。

④ G. F.穆尔:《基督教简史》，第 113 页。

⑤ 详见 Gillian Woods, *Shakespeare's Unreformed Fictions*, p.106。

性伦理观念。例如路西奥对力求终身保持童贞的伊莎贝拉声称:"可是您在我的心目中是崇高圣洁,超世绝俗的。我在您面前就像对着神明一样……"(一幕四场)再比如,安哲鲁在对即将成为修女的伊莎贝拉产生淫念之后自责道:"难道我们因为缺少荒芜的旷地,必须把圣殿拆毁,种植我们的罪恶吗?"(二幕二场)然而这并非如布尔嘉德所言,《一报还一报》赞成将童贞神圣化的修道主义性伦理观。① 恰恰相反,随着剧情的深入发展,该剧站在宗教改革者宗教伦理观念的立场上,通过伊莎贝拉这一准修女形象既委婉含蓄又深刻透彻地揭示了天主教修道者之极端禁欲主义的性观念的弊端和谬误,并彻底否定了修道主义消极避世的宗教伦理观念。

二

在 16 世纪兴起的欧洲宗教改革运动中,天主教的修道制度遭到猛烈的抨击和否定。在德国,马丁·路德摧毁了天主教"修道献身生活的整个体系,并且……以基督徒的自由、圣经的话语以及早期基督徒的实践扫除了它的典型惯例和禁令"②。在英国,亨利八世于 1539 年下令关闭英国境内的修道院并没收其土地和财产。对修道制度所持有的不同态度充分体现出天主教修道者与宗教改革者在称义论问题上的深刻分歧,类似的思想冲突早就存在于《新约》中代表上帝恩典的耶稣与犹太教徒中恪守摩西律法的法利赛人之间的紧张对峙。使徒保罗在《罗马书》等书信中将耶稣的救恩思想做进一步的发挥,他在深刻分析人类的罪性的基础上提出"因信称义"的称义论教义,并据此反驳犹太教中的律法主义观念。古罗马时期的基督教思想家奥古斯丁十分推崇保罗的称义思想,他在与主张救恩是人类凭借自身的善功所应得的奖赏这一观点的帕拉纠进行论战的过程中,较为系统地阐述了神恩独作说。

---

① 详见 David Beauregard, "Shakespeare on Monastic Life: Nuns and Friars in *Measure for Measure*," p.316。

② Darryl F. Gless, *Measure for Measure*, *the Law*, *and the Covent*, Princeton: Princeton University Press, 1979, p.72。

此学说强调原罪发生之后的人性的败坏堕落,否认人类自身的善功在救赎过程中的功效,并将救恩完全归因于上帝所白白赐予的恩典。奥古斯丁的学说招致信奉神人合作说的早期修道士们的强烈抵制,因为"一切虔敬苦修的前提,就是人能够行善立功,在上帝的帮助下,获得拯救"①。

保罗和奥古斯丁的观点对宗教改革者的称义论思想产生了极为深刻的影响,这种影响在后者对天主教修道制度的批判言论中体现得尤为突出。例如路德正是以保罗、奥古斯丁等人的教诲作为理论依据,指责修道主义所信奉的是错误的称义论观念,即鼓吹修道者可以凭借自身的努力做出合乎律法要求的善行并获得救赎。路德反复强调,人类根本无法实现上帝的律法所要求的义;罪人是藉着对基督的完美的义的信心而非自身的功德得以白白称义的。加尔文也指出:"当我们想到称义时,我们不应该想到律法的要求或自己的善行,反而要唯独接受神的怜悯,不再倚靠自己而唯独仰望基督。"②

英国国教深受路德等人的称义论思想的影响,③修道制度代表律法主义的束缚这一观念也在 16 世纪的英国社会广为流行。④ 与此同时,天主教神职人员及其所追求的修道生活则早已成为英国文学的讽刺对象。例如在乔叟的作品中,天主教修士代表"一种新的法利赛人","他们坚持摩西律法的外在要求",但却丧失了真正的信仰精神。⑤ 在《一报还一报》中,天主教的修道制度同样招致质疑和否定。在很多学者看来,即将入天主教修道院成为修女的伊莎贝拉与带有清教徒色彩的安哲鲁同属律法主义者,其禁欲主义性伦理观

① G. F. 穆尔:《基督教简史》,第 110 页。
② 约翰·加尔文:《基督教要义》,第 839 页。
③ 例如英国国教的《三十九条信纲》中的第十一条宣称:"我们只是藉着信靠我们的救主耶稣基督的功德,而非藉着我们自己的善功或功劳,才在上帝面前被视为义人。"(*Religion and Society in Early Modern England*,David Cressy and Lori Anne Ferrell eds.,London and New York: Routledge,1996,p.62.)
④ 例如都铎王朝时期的英国官方教会的布道文将天主教修士与《圣经》中被耶稣指责为假冒伪善之徒的律法主义者法利赛人相提并论(详见 Darryl F. Gless,*Measure for Measure*,*the Law*,*and the Covent*,p.71.)。再比如,贝肯(Thomas Becon)在其《教义问答书》(*Catechism*)中指出:"甚至于人类那些最为琐碎的事情在修道院中也要屈从于律法的暴政。"(转引自 Darryl F. Gless,*Measure for Measure*,*the Law*,*and the Covent*,p.79。)
⑤ 详见 Darryl F. Gless,*Measure for Measure*,*the Law*,*and the Covent*,p.69。

念也在该剧中受到了较为委婉含蓄的批评与讽刺;①而在莎士比亚时代的一些英国反清教主义论著中,清教主义与天主教本来就被视为同类。② 伊莎贝拉在陈述她拒绝为拯救兄弟的性命而牺牲自己的贞操的理由时宣称:"宁可让一个兄弟在片刻的惨痛中死去,不要让他的姐姐因为救他而永远沉沦。"(二幕四场)这表明伊莎贝拉相信,如果她不能保守贞操,即便是为了拯救自己的弟兄,她也必将失去上帝的救恩而在地狱中沉沦。这正符合天主教修道者所信奉的律法主义的称义观念,即不合乎律法要求的外在行为将会使人无法赚得上帝的救恩。格莱斯指出,伊莎贝拉的这番言语显示出"她习惯性的对于外在善功的过度关注"③。

奥古斯丁指出:"上帝是众善之源;最大和最小的善都是从他而来,每一善都是从他而出。"④故此上帝理应成为人类爱恋的中心。感官欲望之所以邪恶,乃是因为它们诱使人类远离上帝,将自己的肉体所贪恋的对象作为爱恋的中心;这便滋生出在基督教信仰中被视为最为邪恶,同时也是一切罪恶之根源的骄傲(自恋)之罪。基督教之所以宣扬严厉苛刻的性伦理观念,乃是因为性欲是人性中程度最为强烈的一种欲念。此种性观念也被近代宗教改革者所承继。20 世纪著名神学家尼布尔(Reinhold Niebuhr)指出,路德等人认为性欲是以追逐肉体享乐的方式表现出来的自恋,它反映出原罪中人类对于上帝的反叛;对性享乐的沉迷是自恋的极度膨胀。⑤ 尽管如此,宗教改革者并不宣扬极端的禁欲主义性伦理观。

具有讽刺意味的是,旨在压制诱使人类自恋的情欲罪孽的极端禁欲主义

---

① 详见 Darryl F. Gless, *Measure for Measure*, *the Law*, *and the Covent*, pp. 90 - 141。同时可参见 S. J. Mary Suddard, "'*Measure for Measure*' as a Clue to Shakespeare's Attitude towards Puritanism," in Laurie Lanzen Harris & Mark W. Scott eds., *Shakespearean Criticism*, vol. 2, Gale Research Company, 1985, pp. 418 - 420; Robert Ornstein, "The Human Comedy: '*Measure for Measure*'," in Laurie Lanzen Harris & Mark W. Scott eds., *Shakespearean Criticism*, vol. 2, p. 426; Tom McBride, "'*Measure for Measure*' and the Unreconciled Virtues," in Laurie Lanzen Harris & Mark W. Scott eds., *Shakespearean Criticism*, vol. 2, p. 523。

② 详见 Patrick Collinson, "Antipuritanism," in John Coffey and Paul C. H. Lim eds., *The Cambridge Companion to Puritanism*, Cambridge: Cambridge University Press, 2008, p. 28。

③ Darryl F. Gless, *Measure for Measure*, *the Law*, *and the Covent*, p. 129.

④ 奥古斯丁:《恩典与自由》,第 86—87 页。

⑤ 详见 Ronald Berman, "Shakespeare and the Law," p. 53。

的苦修生活反而促使修道者变得骄傲自负。如前所述,路德、加尔文等人的反律法主义的称义论吸纳了保罗的"因信称义"思想以及奥古斯丁的神恩独作说的精华。保罗与奥古斯丁皆对原罪发生之后的人类的向善能力持悲观态度,故而此二人皆认为"因信称义"的称义论使人得以保持谦卑这一在基督教信仰中被认为体现出对于上帝的顺服的美好品质。[①] 与此相反,对人类的罪性缺乏足够认识的律法主义的称义论则使人犯下悖逆上帝的骄傲之罪。耶稣曾多次指责恪守律法教条的法利赛人的狂妄自负,而在宗教改革者看来,律法主义的性伦理观念同样使天主教修道者变得自傲自大。例如路德认为,恪守保持性方面的贞洁等律法教条的天主教修道生活"因其外表的炫耀和异常性质,大大趋向伪善,导致自负和对一般基督徒生活的蔑视"[②]。加尔文在批判天主教修道者的功德观念时指出:"骄傲来自愚昧地相信自己的义,也就是人在神面前以为自己有可夸的功德。"[③]他同时指责奉行极端禁欲主义的修道生活是出于"愚昧的傲慢"[④]。在莎士比亚的戏剧《终成眷属》中,帕洛的一段台词暗含对天主教修女的违背自然规律且导致骄傲之罪的贞操观念的讽刺:"在自然界中,保全处女的贞操决非得策。贞操的丧失才适合繁衍之道","这是违反自然界的法律的。你要是为贞操辩护,等于诋毁你的母亲,那就是大逆不孝。……重视贞操的人,无非因为自视不凡,这是教义中所大忌的一种罪过"(一幕一场)。这种批判性的讽刺同样存在于《一报还一报》中。格莱斯指出,安哲鲁与伊莎贝拉皆竭力克制乃至摒弃情欲;这种努力本身便暗示着内在的、精神层面的自负。[⑤] 律法主义者安哲鲁自以为自己能够遵循"不可奸淫"这一上帝的律法所提出的性道德要求并因此而骄傲自负;而准修女伊莎贝拉也同样表现出类似的倾向,即她因自己的童贞之身而清高自傲。

---

① 例如保罗说:"你们得救是本乎恩,也因着信。这并不是出于自己,乃是神所赐的;也不是出于行为,免得有人自夸。"(《以弗所书》2:8—9)再比如,奥古斯丁在对上帝的忏悔中说:"如果有人想计算自己真正的功绩,那末除了计算你的恩泽外还有什么? 唉! 如果人们能认识人之所以为人,那末谁想夸耀,只应夸耀天主!"(奥古斯丁《忏悔录》,第 183 页)

② 《路德文集》(第 1 卷),第 342 页。

③ 约翰·加尔文:《基督教要义》,第 758 页。

④ 约翰·加尔文:《基督教要义》,第 1297 页。

⑤ 详见 Darryl F. Gless, *Measure for Measure*, *the Law*, *and the Covent*, p.216。

伊莎贝拉在恳求安哲鲁宽恕其兄弟克劳狄奥的过失时表示,她将以替安哲鲁代祷的方式来报答他的恩惠。"我要献给您的,是黎明前上达天听的虔诚祈祷,它从太真纯璞的处女心灵中发出,是不沾染半点俗尘的。"(二幕二场)伊莎贝拉的这番话语暴露出她的骄傲自负及其根源——天主教修道者所信奉的律法主义的功德观念。伊莎贝拉相信,她的祷告因其自身合乎律法要求的善功(保持贞洁)而理应获得上帝的奖赏——她的祷告必蒙上帝垂听。格莱斯指出,伊莎贝拉将祷告的基础不是建立在对于基督的信心之上,而是建立在自身的善功之上,她由此表现出一种"排挤掉基督自身的自负与傲慢"[1]。与此种律法主义的祷告观念形成鲜明对比的是,宗教改革者劝诫新教徒以极其谦卑的态度将其祷告必蒙上帝垂听的原因归于神恩而非自身的功德。例如加尔文指出:"当我们向神祷告时,要谦卑地将一切的荣耀都归给神,弃绝一切的自夸和自我价值。总之,我们应当除掉一切的自信,免得我们认为自己有丝毫可称赞的方面,就变得自高、自大,以至神掩面不听……"[2]英国国教同样教导其信徒以谦卑的态度向上帝祷告。例如都铎王朝时期的英国官方教会的教义问答书宣称:"我们在各方面都是毫无价值的,但我们并不骄傲自负地信赖我们自身……而是信赖我们的中保基督……我们的祷告者并非信靠我们自身,而是单单信靠我们奉其名祷告的基督的价值。"[3]由此可见,律法主义的性伦理观念促使伊莎贝拉由对善功(性方面的贞洁)的追求走向基督教美德(谦卑)的对立面——骄傲自负;不仅如此,她还将因骄傲自负而违背被耶稣、保罗等人奉为基督教伦理道德的最高境界的爱的戒律——"爱人如己"。

三

在《一报还一报》中,当面对应如何处置犯下奸淫罪的克劳狄奥这一问题

---

① Darryl F. Gless, *Measure for Measure*, *the Law*, *and the Covent*, p.114.

② 约翰·加尔文:《基督教要义》,第 864 页。

③ 转引自 Darryl F. Gless, *Measure for Measure*, *the Law*, *and the Covent*, p.114。

时,安哲鲁在爱的戒律(以仁爱之心饶恕他人的过犯)与行为上的律法教条(犯通奸罪者应被处死)这二者之间选择了后者。在面对是否应该拯救即将被处死的克劳狄奥这一问题时,伊莎贝拉也被迫面临着同样的选择:是顺服爱的戒律(为了拯救弟兄而做出舍己的牺牲),还是恪守行为上的律法戒律(保全身体的清白)? 她毫不犹豫地选择了后者。格莱斯指出,伊莎贝拉的这一选择反映出她以牺牲对弟兄的爱作为代价的"关注善功与立誓的修道主义倾向"①。伊莎贝拉对自己的亲兄弟表现出与律法主义者安哲鲁一样的冷酷无情,以至于后者嘲弄似的反问她:"那么你岂不是和你所申斥的判决同样残酷吗?"(二幕四场)伊莎贝拉以这番话语来劝慰自己的良心:"伊莎贝拉,你必须活着做一个清白的人,让你的弟弟死去吧,贞操是比兄弟更为重要的。"(二幕四场)格莱斯指出,伊莎贝拉拒绝以自己的贞操来换取弟兄的性命,这种拒绝不单单是出于对性罪孽的恐惧,也是源自以自我为中心的自爱。② 特拉威尔西也认为,伊莎贝拉的美德含有自私的成分;驱使安哲鲁图谋满足自己情欲的那种罪恶欲念之中的自私也同样存在于伊莎贝拉对于自身贞操美德的捍卫之中。③

　　安哲鲁和伊莎贝拉皆以牺牲仁爱精神作为代价来追求合乎律法要求的外在行为上的善功(性方面的贞洁),而这恰恰违背了耶稣所反复宣扬的基督教的核心伦理观念——爱的戒律。如前所述,基督教崇尚以上帝为中心的谦卑美德,谴责以自我为中心的骄傲之罪;以上帝为中心的谦卑美德使人因着对上帝的爱而爱由上帝所创造的一切世人,以自我为中心的骄傲之罪则使人变得自私冷漠;因此对上帝之爱的确凿证据不是合乎律法要求的外在行为,而是体恤怜悯他人的仁爱之心。耶稣针对犹太教所做出的最重要的宗教改革措施之一是超越摩西律法教条的束缚,宣称"尽心、尽性、尽意,爱主你的神"与"爱人如己"这两条爱的戒律是"律法和先知一切道理的总纲"。④ 在耶

---

① Darryl F. Gless, *Measure for Measure*, *the Law*, *and the Covent*, p.135.

② 详见 Darryl F. Gless, *Measure for Measure*, *the Law*, *and the Covent*, p.131。

③ 详见 Derek A. Traversi, "A Review of *Measure for Measure*,'" in Laurie Lanzen Harris & Mark W. Scott eds., *Shakespearean Criticism*, vol.2, pp.454-455。

④ 《马太福音》(22:37—40)。

稣看来,在行为上恪守摩西律法教条但却对穷困病弱者不闻不问的法利赛人,其实早已违背了真正的信仰精神——"就是公义、怜悯、信实"①。耶稣出于仁爱之心而在安息日替患者治病,嫉妒他的法利赛人则以此作为把柄,指责他因不守安息日而违背上帝的律法。耶稣与法利赛人之间的争执归根结底是爱的戒律与外在行为上的戒律之间的冲突。在耶稣的启示下,"爱高于律法"这一观念成为使徒保罗、彼得等人在其书信中所反复宣讲的核心思想②,并对后来的宗教改革者产生较大影响。

在宗教改革者看来,过度注重外在善功的修道主义导致修道者缺少对他人的仁爱之心。都铎王朝时期的英国教会也在其布道文中批评天主教修道士既不关心自己的亲人,也不关心社会上需要帮助的穷乏之人。③ 在莎士比亚时代的英国文学作品中,天主教修道士经常被指责为与圣经中的法利赛人一样的冷漠自私、缺乏爱心。例如诗人斯宾塞在其诗作《仙后》中讽刺天主教修道者拘泥于外在行为上的清规戒律,但却缺乏真正的信仰精神——仁爱。④ 在《一报还一报》中,准修女伊莎贝拉似乎缺少温暖的人情味,她需要路西奥不断的催促恳求才肯为营救自己的亲弟弟效力。此种冷漠态度使"我们开始感觉伊莎贝拉对克劳狄奥并无真正的感情;她在对贞洁的追求中使得所有人类的爱都被窒息了"⑤。尽管浪荡之徒路西奥的言谈举止粗俗下流,但他却"自始至终是克劳狄奥的忠实朋友","事实上,他比伊莎贝拉更加热心于营救克劳狄奥"。⑥ 路西奥代表不受律法约束的人类的自然情感,"这种自然情感可能包括对亲友的爱"⑦。相比之下,高傲贞洁的伊莎贝拉则显得"缺少热

---

① 《马太福音》(23:23)。

② 例如保罗宣称"爱成全律法",即"凡事都不可亏欠人,惟有彼此相爱,要常以为亏欠,因为爱人的就完全了律法。像那不可奸淫,不可杀人,不可偷盗,不可贪婪,或有别的诫命,都包在'爱人如己'这一句话之内了"(《罗马书》13:8—9)。

③ 详见 Darryl F. Gless, *Measure for Measure*, *the Law*, *and the Covent*, p.82。

④ 详见 Darryl F. Gless, *Measure for Measure*, *the Law*, *and the Covent*, pp.80-81。

⑤ G. Wilson Knight, "*Measure for Measure*' and the Gospels," in Laurie Lanzen Harris & Mark W. Scott eds., *Shakespearean Criticism*, vol.2, p.425.

⑥ G. Darryl F. Gless, *Measure for Measure*, *the Law*, *and the Covent*, p.82; Wilson Knight, "*Measure for Measure*' and the Gospels," p.425.

⑦ Darryl F. Gless, *Measure for Measure*, *the Law*, *and the Covent*, p.107.

情","她与安哲鲁很般配——她很冷漠"。①

　　修道者对他人的冷漠态度的根源在于其以自我为中心的骄傲自负,这种骄傲自负则源自其对人类自身罪性的低估。修道主义的善功观念的理论前提是较为乐观的人性论,即人类有主动向善的自由意志且能够凭借自身的努力在外在行为上实现上帝的律法所要求的义。宗教改革者继承保罗、奥古斯丁等人的悲观人性论,否认人类自身的行为可以在上帝的恩典之外满足律法所提出的伦理要求。② 误入歧途的人性论使得律法主义者不仅高估自身功德的价值从而犯下骄傲之罪,而且以严厉苛刻的态度严究他人的过犯从而违背耶稣关于饶恕人的爱的戒律。伊莎贝拉认同安哲鲁的审判原则,即按照律法的要求,通奸者应被处死:"有一件罪恶是我所深恶痛绝,切望法律把它惩治……"(二幕二场)正因为如此,她接下来为克劳狄奥恳求赦免的话语才显得苍白无力,以至于路西奥在一旁两次提醒她"你太冷淡了",并不断地激励她继续说下去。耶稣之所以要求其门徒以仁爱之心饶恕他人的过犯,乃是因为在上帝的律法面前无人能够完美无罪。故此"你们饶恕人的过犯,你们的天父也必饶恕你们的过犯;你们不饶恕人的过犯,你们的天父也必不饶恕你们的过犯"③。这表明,饶恕他人的仁爱之心来自能够反省自身欠缺的谦卑品质;律法主义者的人性论及其所导致的骄傲自负使得伊莎贝拉意识不到自身的不足,以至于她无法推己及人从而包容他人的过失。在对死亡的本能恐惧的驱使下,克劳狄奥哀求姐姐答应满足安哲鲁的淫欲以换取自己的性命。对贞操美德的近乎偏执的追求导致伊莎贝拉无法理解由人性的脆弱所引发的对于死亡的恐惧,她以令人不寒而栗的残酷字眼来答复弟弟的请求:"你想靠着我的丑行而活命吗? 为了苟延你自己的残喘,不惜让你的姐姐蒙污受辱,……从今以后,我和你义断恩绝,你去死吧! 即使我只需一举手之劳可以

　　① G. Wilson Knight, "*Measure for Measure' and the Gospels*," p.425.
　　② 例如路德指出:"虽然人的行为常常表现得非常出色和良善,却可能是致死的罪。"[《路德文集》(第1卷),第26页]加尔文也指出:"然而,那些在神面前认真寻求正确公义准则的人,必将发现人所有的行为都是污秽的。也将发现一般人所认为的义行在神面前是罪孽。"(约翰·加尔文《基督教要义》,第755页)
　　③ 《马太福音》(22:14—15)。

把你救赎出来,我也宁愿瞧着你死。我要用千万次的祈祷求你快快死去,却不愿说半句话救你活命。"(三幕一场)亨特指出,在《一报还一报》中,源自仁爱的人性观念认为,既然人类必然会犯错,那么人人皆有过犯,故而饶恕是必需的。[①] 总之,惟有具备以对人类的罪性的深刻认识作为前提的谦卑仁爱之心,人才能够理解并包容人性中的一切软弱和欠缺,而剧中的公爵正是这种仁爱精神的深刻领悟者。

四

如上所述,"与安哲鲁一样,伊莎贝拉渴望压制基本的人类欲望",而公爵的巧妙干预则是"对于这两位禁欲者的精神超越"。[②] 经过一番精心策划,公爵最终以精神层面的爱的戒律来矫正他们过于注重外在的行为戒律的刻板僵化的性伦理观念。奈特认为,公爵在该剧中所表现出来的伦理态度与耶稣是一致的,因此有必要按照《圣经》中耶稣的相关教诲来解读这部戏剧。[③] 在该剧中,"与耶稣一样,公爵是一种新的伦理秩序的先知"[④]。这种新的伦理秩序主张"爱高于律法",并通过爱的戒律来超越律法主义者的清规戒律对人性所形成的桎梏。为了使安哲鲁与伊莎贝拉摆脱律法教条的束缚并领悟爱的真谛,公爵必须首先击垮他们那由骄傲自负所生发的自尊心,使他们因意识到自身的软弱欠缺而变得谦卑温良。公爵利用"床上换人"之计不仅化解了剧中的矛盾危机,而且使安哲鲁与伊莎贝拉在最后一幕中当众蒙受耻辱。对此二人来说,当众蒙羞"是一副治愈其法利赛人似的骄傲的良药"[⑤]。奈特指出,伊莎贝拉如此迅速地答应接受"床上换人"之计,这乃是因为在她的心目中,惟有自己的贞操才是最为重要的,因此她很乐意让玛利安娜代替她去与

① 详见 Maurice Hunt, "Comfort in *Measure for Measure*," in Michelle Lee ed., *Shakespearean Criticism*, vol.65, Gale Group, 2002, p.57。

② Darryl F. Gless, *Measure for Measure, the Law, and the Covent*, p.97。

③ 详见 G. Wilson Knight, "*Measure for Measure*' and the Gospels," p.423。

④ G. Wilson Knight, "*Measure for Measure*' and the Gospels," p.423.

⑤ Darryl F. Gless, *Measure for Measure, the Law, and the Covent*, p.225。

安哲鲁幽会。① 结果此计策不仅使安哲鲁因罪行败露而当众出丑，也令伊莎贝拉在众目睽睽之下遭受羞辱。这位曾因自身的童贞而清高自傲的准修女如今却不得不当众承认她已"失身于"安哲鲁，此外她还必须忍受安哲鲁的污蔑和公爵的训斥。然而正是这种含垢忍辱的屈辱经历使得伊莎贝拉最终由骄傲转为谦卑，并以仁爱之心去包容他人的过失。

在《一报还一报》中，对罪的救赎的力量来自超越律法主义者的道德律令的宽恕性的仁爱精神，而律法所规定的性道德方面的清规戒律则使罪人面临死亡的宣判。姐弟之间的手足之情迫使伊莎贝拉不得不违背律法中关于罪的惩罚性的公义原则而为克劳狄奥在性行为上的过犯恳求饶恕，然而她对贞操功德的执着追求却宣告了克劳狄奥的死亡。拯救克劳狄奥与安哲鲁二人脱离律法的死亡宣判的是玛利安娜自我牺牲性的与宽恕性的爱。在面对人性中的软弱欠缺时，这种爱所奉行的原则正是耶稣针对法利赛人的律法原则而提出的爱的戒律，即不仅要饶恕他人的过犯，而且"要爱你们的仇敌，为那逼迫你们的祷告"②。在保罗看来，这种爱的最高典范是上帝藉着基督的牺牲而白白赐给世人的赦罪救恩。例如保罗指出："为义人死，是少有的；为仁人死，或者有敢作的。惟有基督在我们还作罪人的时候为我们死，神的爱就在此向我们显明了。"③宗教改革者的反对以善行称义的称义论思想也同样强调上帝—基督之爱的伟大之处在于其为拯救罪人而无条件付出的牺牲与宽恕。例如路德指出："当上帝赦免时，……他所悦纳的，只是借着我们行为中所彰显出来的祂自己的恩慈，……即基督赐给我们的义。因为这是上帝的代赎，赦免了我们，使我们的行为成为可以宽恕的……"④在《一报还一报》中，此种爱的践行者玛利安娜通过牺牲自己的处女之身来挽救克劳狄奥的生命并保全伊莎贝拉的贞操；此外，她还为狠心抛弃自己的薄情郎安哲鲁恳求宽恕，从而使后者免于死刑的惩罚。亨特指出，在该剧中，玛利安娜牺牲性的与宽恕

① 详见 G. Wilson Knight, "*Measure for Measure*' and the Gospels," p.425。

② 《马太福音》(5:44)。

③ 《罗马书》(5:7—8)

④ 《路德文集》(第 1 卷)，第 52—53 页。

性的爱具有类似于基督为担当世人的罪孽而舍身的救赎意义：玛利安娜这种"自我否定的、灵性的爱"是"拯救她自己和他人的关键"；"她对于安哲鲁的自我牺牲性的忠诚使她成为该剧中堕落的世界里的人类的中保"。① 通过以"床上换人"的方式来挽救克劳狄奥的生命并保全伊莎贝拉的贞操这一喜剧性的情节，莎士比亚"强调了玛利安娜的牺牲的不可或缺性和其令人钦佩的性质，使我们认识到这种无法被理性所理解的行为能够提供罪人极度需要的慰藉"②。

作为"床上换人"之计的策划者，公爵深谙此种爱所能产生的积极功效。然而"具有讽刺意味的是，正是天主教的准修女伊莎贝拉无法理解玛利安娜的这种伟大的爱"③。这正如宗教改革者所说，妄图倚靠自身功德称义的律法主义者无法理解上帝的救恩所代表的伟大的慈爱；"他们将任何最小的好处都视为自己的功德，错误地将神的恩典归在自己的劳力之下，……因为，人越自我满足，就越拦阻自己蒙神的恩惠"④。正如路德所说，这种爱超越了"善有善报，恶有恶报"的世俗伦理法则，因为当上帝赐下救恩时，人是没有任何良善的，反而充满各式各样的罪恶；正是这种对不配被接纳者的悦纳充分证明神对可悲、完全不配得这大福分之罪人的慈爱。误以为克劳狄奥已经被处死的伊莎贝拉向公爵高呼："给我主持公道，主持公道啊！"（五幕一场）她正是按照"以眼还眼，以牙还牙"的律法主义者的伦理法则来表达自己内心的强烈的复仇欲望。然而在玛利安娜对不值得爱的罪人安哲鲁所怀有的包容性的爱情的感化之下，伊莎贝拉最终放弃了律法主义者对罪人与仇敌的惩罚性的、报复性的公道要求，转而为犯下奸淫与背约的双重罪恶的仇敌安哲鲁辩解并祈求宽恕。在公爵的精心策划下，伊莎贝拉至此实现了精神人格上的升华，即她最终由苛求外在行为上的完美善功的律法主义者转变为"人类的脆弱与

---

① Maurice Hunt，"Comfort in *Measure for Measure*，" pp.55 - 56.
② Maurice Hunt，"Comfort in *Measure for Measure*，" p.56.
③ Maurice Hunt，"Comfort in *Measure for Measure*，" p.56.
④ 约翰·加尔文：《基督教要义》，第 758—759 页。

人类的激情的辩护者"①，"由狭隘的圣洁与'律法'之下的准修女的冰冷的人性转向博大的圣洁与'上帝恩典'之下"的"温暖的人性"②。

<h1 style="text-align:center">五</h1>

如上所述，随着由公爵所预设的情节的逐步发展，伊莎贝拉最终臣服于一种比她自身的贞操美德更加伟大的自我牺牲性的与包容性的爱。公爵不仅帮助伊莎贝拉实现了人格的转变，而且向她指出一条践行这种伟大的爱的现实途径——结婚。公爵向天主教准修女伊莎贝拉提出的结婚建议体现出宗教改革者对修道主义的独身制的彻底否定。如前所述，耶稣、保罗等人皆宣扬极为严厉苛刻的性伦理观念，但是他们并不提倡过极端的禁欲主义生活，而是主张将合法的两性关系限制在婚姻之内。同样，尽管路德等宗教改革者认为性欲源自人类的原罪从而必须严格控制，但是他们并不赞成过独身生活，而是主张用婚姻中的夫妻性爱来防止性道德的堕落。天主教的修道运动从一开始就过度强调感官与理智、肉体与灵魂之间的紧张冲突，并由此对包括婚姻中的夫妻性爱在内的两性关系采取极端的排斥态度。加入修道会的修道者必须立誓终身安贫、守贞和服从；其中第二条誓愿"守贞"要求修士、修女恪守独身制并杜绝一切性关系的发生。

罗马天主教教会规定，惟有加入修道院并严守三重誓愿的修道士方有资格领受圣职。路德和加尔文皆援引保罗的相关教诲③来证明罗马教会禁止神职人员结婚的禁令不符合《圣经》中的教导，并指出此禁令违背人类的自然天性，它是源自以行为称义的修道主义功德观念的谬误，其所造成的直接弊端

---

① S. J. Mary Suddard, "'*Measure for Measure*' as a Clue to Shakespeare's Attitude towards Puritanism," p.419.

② Roy. W. Battenhouse, "'*Measure for Measure*' and Christian Doctrine of Atonement," in Laurie Lanzen Harris & Mark W. Scott eds., *Shakespearean Criticism*, vol.2, p.469.

③ 保罗主张神职人员遵守一夫一妻制而非独身制："作监督的，必须无可指责，只作一个妇人的丈夫……"（《提摩太前书》3：2）

是天主教神职人员的虚伪堕落和骄傲自负。① 莎士比亚时代的英国新教徒神学家同样主张结婚是包括神职人员在内的所有人的权利,并援引保罗的话语②来证明禁止结婚的禁令是与上帝的教义相对立的魔鬼的教义,它导致天主教修道者在性道德方面的腐化堕落。③ 事实证明,在文艺复兴时期的欧洲天主教世界,"僧侣中的姘居现象极为普遍";此外,性方面的丑闻也屡屡从女修道院中传出,以至于"修女和妓女往往是同义词"。④ 在早期现代英国戏剧文学中,修女往往"一方面是贞洁的象征,另一方面则是虚伪的淫荡的象征"⑤。在《哈姆莱特》中,当雷欧提斯劝诫妹妹奥菲利娅要保守处女的贞操时,奥菲利娅的回答则讽刺了在口头上宣扬禁欲主义的天主教神职人员的伪善和淫荡。⑥ 在《一报还一报》中,极端禁欲主义的性伦理观念所造成的伪善与堕落在安哲鲁这一人物身上被集中体现出来。

受保罗、路德等人的性伦理观念的影响,莎士比亚时代的新教徒普遍认为,由于人性的脆弱,若没有上帝的特殊恩赐,没有人能够抵御性欲的诱惑,而结婚是防止性堕落的有效措施。例如当时的每一位英国国教徒在教堂举行婚礼时都会听见牧师宣告说,婚姻是"一种防备罪恶、避免通奸的补救措施,没有获得节制恩赐的人可以结婚,使他们保持做基督身体内的洁净的成员"⑦。英国国王詹姆斯一世也曾表达过类似的婚姻观念。例如詹姆斯王劝诫世人"到了合适的年龄就不要推迟结婚;因为婚姻是为了弱化你青春期的

---

① 详见《路德文集》(第1卷),第341—343、365页;约翰·加尔文《基督教要义》,第1278—1284、1303—1305页。

② 保罗警告说:"在后来的时候,必有人离弃真道,听从那引诱人的邪灵和鬼魔的道理。……他们禁止嫁娶,又禁戒食物……"(《提摩太前书》4:1—3)鉴于人性的软弱,保罗不提倡极端禁欲主义的独身制:"但要免淫乱的事,男子当各有自己的妻子,女子也当各有自己的丈夫。……倘若自己禁止不住,就可以嫁娶。与其欲火攻心,倒不如嫁娶为妙。"(《哥林多前书》7:1—9)

③ 详见 Charles H. George and Katherime George, *The Protestant Mind of the English Reformation*, Princeton: Princeton University Press, 1961, pp.265 - 266。

④ 爱德华·傅克斯:《欧洲风化史·文艺复兴时代》,第359—360页。

⑤ 详见 Gillian Woods, *Shakespeare's Unreformed Fictions*, p.101。

⑥ "可是,我的好哥哥,你不要像有些坏牧师一样,指点我上天去的险峻的荆棘之途,自己却在花街柳巷流连忘返,忘记了自己的箴言。"(《哈姆莱特》,一幕三场)

⑦ 转引自 Darryl F. Gless, *Measure for Measure, the Law, and the Covent*, pp.231 - 232。

性欲而设立的"①。在《一报还一报》中,公爵是此种婚姻观念的代言人,他通过婚姻而非律法所规定的惩罚来矫正罪人在性行为上的过失。事实证明,安哲鲁以独身方式来抵御性欲诱惑的努力徒劳无益,而公爵强加于安哲鲁的婚姻将会比安哲鲁强加于其自身的禁欲主义更为有效地控制他的性欲。② 此外,公爵还勒令放荡不羁的路西奥与一个为其生下私生子但却被其抛弃的女人结婚。这正体现出莎士比亚时代的新教徒的婚姻观念:结婚是防止和纠正不端性行为的有效措施。

中世纪的托马斯主义天主教神学宣称,恪守独身制的修道生活要比世俗世界中的婚姻生活拥有更高级的宗教意义上的属灵的价值,③莎士比亚时代的英国新教徒神学家则提出相反的观点。例如罗杰斯(Richard Rogers)宣称,上帝赐予结婚的神职人员的恩典要多于由于骄傲虚伪而盲目立誓独身的修道士。④ 在莎士比亚喜剧《仲夏夜之梦》的一幕一场中,当雅典公爵忒修斯劝说赫米娅接受她的父亲为她安排的婚事时,他用色彩对比极为强烈的措辞将修女终身幽闭在修道院中独守贞操的孤寂黯淡的修道生活,与尘世中结婚的世俗女子那如玫瑰花一般绚烂多彩的婚姻生活进行比较,认为后者远比前者幸福。公爵的话语体现出莎士比亚时代的新教徒的婚姻观念:与独身相比,结婚是更为蒙福的生活方式。天主教修道主义理论家提倡独身制的根本原因除了包括其对性的强烈排斥态度之外,也包括其对婚姻自身价值的贬低态度。例如在托马斯主义的天主教理论体系中,婚姻除了繁衍后代之外并无任何其他积极意义。⑤ 莎士比亚时代的英国新教神学家在承认婚姻中夫妻性爱的繁殖功用之外,这些新教徒理论家从信仰的角度捍卫婚姻自身的神圣性。例如柏金斯(William Perkins)认为,婚姻制度是由上帝亲自设立的,使

---

① 转引自 Darryl F. Gless, *Measure for Measure, the Law, and the Covent*, pp.231。

② 详见 Darryl F. Gless, *Measure for Measure, the Law, and the Covent*, p.231。

③ 详见 Charles H. George and Katherime George, *The Protestant Mind of the English Reformation*, pp.261－262。

④ 详见 Charles H. George and Katherime George, *The Protestant Mind of the English Reformation*, p.268。

⑤ 详见 Charles H. George and Katherime George, *The Protestant Mind of the English Reformation*, p.269。

其成为国家与教会中一切其他种类生活的源泉,等等。① 尤为重要的是,还将这种爱视为实现基督教道德理想的有效途径,即基督徒通过婚姻中的夫妻之爱来践行耶稣所提出的爱的戒律。使徒保罗在论及婚姻时多次强调夫妻之间平等互爱的相处原则;同样,莎士比亚时代的英国新教徒理论家在论及婚姻时不仅承认夫妻性爱的正当性,而且极为强调夫妻之爱的宗教伦理意义。例如桑迪斯主教(Edwin Sandays)在其布道文中指出,婚姻的价值在于夫妻之间的"相互交往、帮助和安慰"②。无怪乎《一报还一报》中的公爵在以宽恕性的仁爱精神感化律法主义意义上的复仇者——天主教准修女伊莎贝拉之后,进而委婉地向她提出结婚的建议。毕竟,与修道院中冰冷的独身生活相比,婚姻中温馨的夫妻生活无疑将更有益于锻造出"爱人如己"的仁爱的品质。

六

天主教修道者的禁欲主义性伦理观念以及由此而来的对婚姻的排斥态度导致其成为彻底否定世俗生活的遁世主义者。尽管耶稣向门徒宣扬来世主义的宗教思想,但是他并未鼓励其门徒在与世隔绝的修道生活中追求圣洁的天国理想;相反,耶稣号召门徒以对世人的谦卑的爱(服侍他人)来向这个世界见证自己对上帝的信仰,而这种爱所要求背负的最为神圣的使命则是"你们往普天下去,传福音给万民听"③。修道主义源自灵肉二元对立论的禁欲主义的性伦理观念使得灵魂与肉体、天国与人间、此世与来世、神圣性与世俗性、信仰世界与现实生活等被截然分开并相互对立,进而将脱离俗世的隐居苦修生活视为接近上帝并获得救赎的唯一途径。这种观念在《一报还一报》中的伊莎贝拉身上打上了深刻的烙印。格莱斯指出,伊莎贝拉对安哲鲁

---

① 详见 Charles H. George and Katherime George,*The Protestant Mind of the English Reformation*,p.268。

② 详见 Charles H. George and Katherime George,*The Protestant Mind of the English Reformation*,pp.269–270。

③ 《马可福音》(16:15)。

的一番劝诫表明,她懂得人类天性中存在着情欲方面的需要;她决心入修道院受戒成为修女,这并非出自"处女的无知与天真","而是对尘世的有意逃避"。① 尤尔也认为,伊莎贝拉回避自身的性本能的方式是由对充满情欲诱惑的外在世界的逃避转而遁入严禁修女与异性接触的圣克莱尔女修道院。②

　　天主教修道主义的宗教伦理观只关注修道者个人的得救,其修道生活的目标在于使修道者在与充满罪恶的世俗世界相隔绝的状况下努力保守律法所要求的圣洁,以便在来世中得到拯救。与消极避世的天主教修道者不同,宗教改革者继承耶稣将超脱的宗教理想与世俗的现实生活融为一体的宗教伦理思想,主张在爱的戒律所要求的义务的召唤下,基督徒的生活目标不单单是追求个人的得救,而且更要救赎这个由芸芸众生组成的世界。例如路德的宗教伦理观念极为强调信徒在现实世界中所理应承担的社会责任,即促进人类社会实现不断迈向上帝之国的基督教社会理想;这种理想是无法通过逃避现实的修道生活得以实现的,实现它的有效途径是让基督教的爱在社会秩序中发挥作用。③ 为了使世俗生活获得宗教意义上的神圣性,路德通过基督教的爱的伦理观念来赋予世俗职业劳动极高的属灵价值,认为职业劳动的宗教意义在于它是信徒践行爱的戒律的有效途径,即在日常工作中履行为上帝和他人效力的爱的义务;于是世俗职业劳动便成为上帝的神圣呼召(天职),路德由此颠覆了天主教修道主义将神圣世界与世俗世界截然对立起来的遁世主义的宗教伦理观念。④ 不仅如此,新教神学家的爱的伦理观念还使得包括婚姻生活在内的一切世俗事务皆获得了积极的宗教意义。这正如莎士比亚时代的英国神学家柏金斯所说,一切世俗生活的真正目标"是在服侍人之中服侍上帝"⑤。路德也宣称:"整个世界可以充满对上帝的服侍——不只是教会,还有家庭、厨房、地下室、工厂和田间。"⑥路德在论及婚姻生活中的家务

① Darryl F. Gless, *Measure for Measure*, *the Law*, *and the Covent*, p.98.
② 详见 John D. Eure, "Shakespeare and the Legal Process: Four Essays," p.8.
③ 详见 Karl Holl, *The Cultural Significance of the Reformation*, New York: Meridian Books, Inc., 1959, p.29。
④ 详见 Karl Holl, *The Cultural Significance of the Reformation*, pp.33－35。
⑤ 转引自阿利斯特·麦格拉思《宗教改革运动思潮》,第 259 页。
⑥ 转引自阿利斯特·麦格拉思《宗教改革运动思潮》,第 260 页。

琐事时宣称,虽然"那是没有明显的圣洁表现,然而这些家庭杂务是比修士和修女的所有工作更有价值"①。

　　天主教修道主义强调童贞之身的属灵价值的极端禁欲主义性伦理观念一方面导致修道者信奉以外在行为上的功德赚取救恩的称义观念,从而犯下宗教意义上的骄傲之罪;一方面迫使修道者将宗教信仰与世俗生活对立起来,从而过度追求遁世主义的生活方式;修道者由此既违背《圣经》中的爱的戒律,又逃避此种爱的戒律所要求承担的社会责任——为社会和他人效力。与此相反,宗教改革者所承继的"爱高于律法"的伦理观念以及由此而来的因信称义的称义论不仅避免了极端禁欲主义性伦理观念的弊端,而且鼓励信徒在仁爱精神的呼召下通过侍奉世人来侍奉上帝。在《一报还一报》中,性行为上的律法教条(保守贞操)驱使伊莎贝拉遁入幽闭阴沉的修道院,而爱的戒律所要求承担的社会伦理义务(拯救弟兄的生命)却迫使她重新步入世俗世界。事实证明,准修女的贞操美德经受不住现实的严峻考验,因为对这种美德的追求使得伊莎贝拉无力完成乃至最终放弃拯救兄弟的使命。这充分表明,修道主义恪守律法教条的性观念以及由此而来的消极避世的宗教伦理价值观导致来世信仰与现世生活、对上帝的爱与对兄弟的爱等产生矛盾冲突,从而令伊莎贝拉无法履行爱的戒律所要求承担的社会义务。亨特根据其对世俗生活所抱有的不同态度而对《一报还一报》中的主要人物进行分类:克劳狄奥、路西奥等属于热爱尘世生活的一类人物,而安哲鲁、伊莎贝拉等则属于追求来世信仰并对现世生活无动于衷的另一类人物;惟有拥有仁爱品质的玛利安娜能够将来世信仰与现世生活、对上帝的爱与对罪人安哲鲁的爱统一起来。② 正是玛利安娜自我牺牲性的与宽恕性的爱拯救了克劳狄奥、安哲鲁等罪人的性命,感化了复仇者伊莎贝拉的心肠并最终化解了剧中的矛盾危机。这充分印证了新教神学家的思想观念:惟有对爱的戒律的顺服能够使人将侍奉上帝与侍奉世人、宗教信仰与世俗生活等形成和谐的统一体,并担负起理应承担的社会责任。

① 转引自阿利斯特·麦格拉思《宗教改革运动思潮》,第257页。
② 详见 Maurice Hunt, "Comfort in *Measure for Measure*," p.59。

　　在公爵的引导下,伊莎贝拉最终放弃了对外在善功(童贞)的追求,转而臣服于玛利安娜所代表的仁爱精神。在该剧的收场之处,公爵的结婚建议暗示伊莎贝拉,为了顺应爱的呼召并承担相应的社会责任,她必须放弃离群索居的修道生活,以便投身于现实世界中的世俗生活。如前所述,宗教改革者呼吁信徒在世俗职业劳动中履行侍奉上帝、侍奉他人等由爱的戒律所规定的社会义务;此外,对爱的戒律的顺服也同样使婚姻生活拥有类似的宗教价值。对于置身于尚不存在职业女性的历史背景中的伊莎贝拉来说,步入婚姻的殿堂是她唯一的选择。综上所述,《一报还一报》通过伊莎贝拉这一准修女形象揭示出以律法主义的称义论作为理论基础的修道主义性观念所造成的种种弊端,这些弊端最终导致的是消极避世的宗教伦理观念;该剧通过伊莎贝拉由内到外的转变历程肯定了宗教改革者所宣扬的顺服爱的戒律、积极入世的宗教伦理观念。

第六章
莎士比亚戏剧与反清教主义

　　在莎士比亚时代的英国社会,宗教矛盾可谓错综复杂。尤其到了伊丽莎白时代晚期,英国国教徒与清教徒之间的纷争愈演愈烈。该时期英国社会的反清教主义宗教文化背景也在莎士比亚戏剧中留下了烙印,例如《第十二夜》等莎士比亚戏剧以嘲讽的口吻论及当时的英国清教徒。《一报还一报》则直接表达反清教主义的宗教立场,并着力塑造了一个清教徒似的角色——安哲鲁。安哲鲁对克劳狄奥的死刑判决所影射的是莎士比亚时代的英国清教徒之主张以死刑来惩治通奸者的立法提议;安哲鲁与其他剧中人就此判决是否合理所进行的辩论反映出现实世界中的英国国教徒与清教徒就如何管制个体的性行为所展开的激烈争论;此争论暴露出英国国教与清教主义在教义问题上的深刻分歧。该剧不仅对清教徒律法主义式的宗教观念提出质疑,而且最终通过公爵的干预重申了英国国教之唯独恩典的称义论。公爵化解危机的手段恰恰是对英国教会法庭针对通奸者的传统惩罚形式——公开赎罪的戏剧化模拟;该剧藉此也暗示了英王詹姆斯一世对清教主义所采取的宗教政策。

　　《一报还一报》被认为是莎士比亚戏剧中最难解的作品之一,莎士比亚创作此剧的宗旨究竟是什么,这在西方学术界存在着较多争议。如果将《一报还一报》置于莎士比亚时代英国社会之反清教主义的历史语境中进行细致解读,那么文本中所蕴含的创作意图则有可能得以清晰显现。该剧开场不久就让大部分剧中人卷入一场争论之中,即摄政安哲鲁判定犯奸淫罪的克劳狄奥死刑这一量刑是否合理?《一报还一报》中的这场争论折射出该剧问世时现实世界中的英国社会正面临着的一场公共争论,即是否应该利用法律权威来控制个体的性行为? 这场争论起源于一些激进的英国清教徒之主张以死刑来惩治通奸等不正当的性行为的立法提议。在莎士比亚时代的英国,惟有强奸、同性恋以及对十岁以下的女童施行性侵犯等性行为才会被世俗法律定为重罪;诸如通奸等不端的性行为则由负责监管普通人的宗教及道德事务的英国教会法庭以较为温和的方式进行惩治,"通常是交纳罚金或公开赎罪"①。然而该时期一些较为激进的清教徒反对英国教会法庭的温和态度,他们不断主张用死刑来惩罚通奸等奸淫行为。② 清教徒的此类主张屡遭大多数英国国教徒的拒斥。亨特认为,莎士比亚的《一报还一报》是以戏剧形式对清教徒之将通奸定为死罪的提议所做出的回复。③《一报还一报》不仅对清教主义的律法观念提出质疑,而且最终通过公爵的干预重申了英国国教之唯独恩典的称义论;而公爵的干预方式恰恰是对遭清教徒指责的英国教会法庭之针对通奸者的传统惩罚形式——公开赎罪的戏剧化模拟。故此,有学者将《一报还一报》视为一部反清教徒的讽刺作品或辩论作品。④ 此外,以维也纳城作为戏剧背景的《一报还一报》也暗示出英王詹姆斯一世针对激进的清教主义所采取的旨在稳定国家大局的宗教政策。⑤

---

①　John D. Eure，"Shakespeare and the Legal Process：Four Essays," in Kathy D. Darrow ed.，*Shakespearean Criticism*，vol.49，Gale Group，2000，p.6.

②　详见 John D. Eure，"Shakespeare and the Legal Process：Four Essays," p.6。

③　Robert G. Hunter，*Shakespeare and the Comedy of Forgiveness*，New York：Columbia University Press，1965，p.212.

④　详见 Peter Lake with Michael Questier，*The Antichrist's Lewd Hat：Protestants，Papists and Plays in Post-Reformation England*，New Haven，CT：Yale University Press，2002，pp.696，699。

⑤　早在 1559 年,英国戏剧家便被禁止在所上演的剧作中涉及英国国内的宗教事务或君主的统治之术。莎士比亚将《一报还一报》的地点安排在远离伦敦的维也纳城,剧中的宗教人士皆为天主教徒,这很可能是为了避免直接触犯有关法规。详见 Brian Gibbons，"Introduction," in Brian Gibbons ed.，*Measure for Measure*，Cambridge：Cambridge University Press，2006，pp.1 - 2。

一

　　在莎士比亚时代的英国社会，清教徒始终处于被压制的边缘化地位，这种反清教主义倾向在该时期的英国戏剧文学中也有所体现。从 16 世纪 90 年代起，清教徒开始出现在英国的戏剧舞台上，并成为被嘲讽的对象。最早提及"清教徒"这一称谓的戏剧作品很可能是马洛（Christopher Marlowe）创作于 1593 年的《巴黎大屠杀》（*The Massacre of Paris*），在该剧中出现了诸如"杀死清教徒""打倒好捣乱的清教徒"之类的台词。① 莎士比亚的喜剧《第十二夜》中自负而遭嘲弄的马伏里奥被玛利娅等剧中人认为具有清教徒的若干特征，②而《一报还一报》中的安哲鲁则被很多学者视为典型的清教徒。例如苏达尔德在分析安哲鲁的天性时指出："清教主义在他的身上打上了清晰而无法拭去的烙印。"③该剧剧中人对安哲鲁的评价表明，他酷似一个恪守禁欲主义的苦行僧。例如公爵在评价安哲鲁时说，"他是一个持身严谨、屏绝嗜欲的君子"，"平日拘谨严肃"（一幕三场）。埃斯卡勒斯称安哲鲁"在道德方面是一丝不苟的"（二幕一场）。路西奥在论及安哲鲁时说："这个人的血就像冰雪一样冷，从来感觉不到冲动欲念的刺激，只知道用读书克制的工夫锻炼他的德性。"（一幕四场）公爵使用"持身严谨、屏绝嗜欲"（precise, firm abstinence）等措辞来形容安哲鲁，而这类措辞皆暗示着后者的清教徒身份。在莎士比亚时代出版的一些英国书籍中，"严谨的人"（Precisian）和"我们英国的厉行戒律的人"（our English Disciplinarians）经常被用来指涉清教徒。④ 路西奥称安哲鲁只知道用"读书克制的工夫"（study and fast）来锻炼其德性，而研

---

　　① 详见 Patrick Collinson，"Antipuritanism，" in John Coffey and Paul C. H. Lim eds.，*The Cambridge Companion to Puritanism*，Cambridge：Cambridge University Press，2008，p.25。

　　② 例如玛利娅认为"有时候他有点儿清教徒的味儿""他是个鬼清教徒"（《第十二夜》，二幕三场）。

　　③ S. J. Mary Suddard，"'*Measure for Measure*' as a Clue to Shakespeare's Attitude towards Puritanism，" in Laurie Lanzen Harris & Mark W. Scott eds.，*Shakespearean Criticism*，vol.2，Gale Research Company，1985，p.419.

　　④ 详见 Patrick Collinson，"Antipuritanism，" pp.21 - 22。

读《圣经》与禁食恰恰是清教徒培养其宗教道德情操的主要方式。[①] 总之,安哲鲁之拘谨严肃、节欲自制的性格特征正是清教徒给莎士比亚时代的英国公众所留下的印象,此种性格特征源于清教徒之带有律法主义倾向的宗教观念,而主张按照律法的要求做出善功以便使人称义的律法主义则被主流的新教徒视为一种无法容忍的信仰上的弊端。

"称义"(justification)意指因着罪而与上帝隔绝的人类"如何进入与上帝正确的关系中",或是"如何在上帝眼中成为义";"称义的教义,被认为是关乎个人应作何事才能得到拯救的问题"。[②] 与天主教之肯定合乎律法要求的善功之赎罪功效的称义论针锋相对,马丁·路德提出"凭着恩典因信称义"的称义论,并且断然否认律法与善功在称义过程中有任何积极意义。同为新教徒,英国国教徒与清教徒皆接受因信称义论,但是他们对此教义的理解却存在分歧。英国国教的《三十九条信纲》中关于称义问题的第十一条信纲重申了路德之因信称义的教义,而清教主义则对路德的称义论做出较大的修改。此种称义观念上的差别起源于二者对预定论所采取的不同态度。英国国教宣扬的是较为温和的预定论,其《三十九条信纲》之关于预定论与拣选的第十七条信纲避免重述加尔文思想中具有阴郁恐怖色彩的双重预定论,即只论及被上帝救赎的选民,而回避论及遭上帝咒诅的弃民。此外,以大主教惠特吉福特(John Whitgift)等人为代表的英国国教徒认为选民及弃民的身份在此世是无法被辨认出来的,因此英国国教不主张过分强调双重预定论。[③] 英国的清教徒则信奉严格的双重预定论,其神学观念深受加尔文的继承者贝扎(Theodore Beza)等人的影响。贝扎将加尔文的预定论教义朝着更加极端化的方向发展,他不仅着重宣扬双重预定论,而且提出"有限的赎罪"(limited atonement)或"特殊的救赎"(particular redemption)的教义。该教义声称,基

---

① 详见 Christopher Durston and Jacqueline Eales,"Introduction: The Puritan Ethos,1560 - 1700," in Christopher Durston and Jacqueline Eales eds,*The Culture of English Puritanism*,1560 - 1700,Hampshire and London: Macmillan Press LTD,1996,pp.17 - 22。

② 阿利斯特·麦格拉思:《宗教改革运动思潮》,第 100 页。

③ 详见 Peter Marshall,*Reformation in England 1480 - 1642*,London and New York: Bloomsbury Academic,2011,p.129。

督并非为了所有人受死，"他的受死虽然有可能救赎所有人，却只对那些蒙拣选被容许能产生效用者有效"①。此种将基督受难的普世性救赎意义仅仅限定在少数选民身上的教义无疑会激发信徒关注如何在此世确知自身选民身份的问题，而"对于拣选的希望与渴求、对于拣选的意识以及对于拣选的确信，这些是清教徒信仰的最根本的因素"②。路德将信徒对其自身称义得救的确信的根基建立在对于基督救恩的信心之上，而贝扎的有限救赎论教义则使得信徒无法单凭对于基督救恩的信心便可获得蒙拣选的确证，它促使清教主义神学鼓励清教徒在其自身的体验与行为中寻找蒙恩的迹象。"成圣"（sanctification）的观念由此被引入清教主义的称义论中，而这在很大程度上是受到被爱德华六世委任为剑桥大学钦定神学教授的马丁·布塞（Martin Bucer）的影响。

与路德片面强调上帝的恩典而轻视善功之功效的称义论思想不同，布塞强调称义的道德含义，并由此发展出"双重称义"的教义。③ 按照此教义，仅凭信心而无道德上的重生（成圣）并不能使人真正称义。受此教义影响，清教徒一方面接受路德因信称义的教义，反对追求善功的天主教称义论；另一方面又相信成圣不仅证明了称义，而且也是"拣选的标记"。④ "一旦上帝使罪人称义了，罪人便开始向着义的方向做工；圣灵作用于人的灵魂，使其过实际上的圣洁的生活，这便是成圣的过程。"⑤在此过程中，"虔诚的人被力劝通过严格省察他们的内心与生活来确信他们的被呼召"⑥。这也成为典型的清教徒的生活方式，即每日过严格服从上帝律法的生活，并且通过反省与自我审视来获得蒙拣选的确证；"内省与自我规训由此成为清教徒之虔诚的特性"⑦。这种特性在《一报还一报》中的安哲鲁身上打上了清晰的烙印，即他不仅"持身严谨""拘谨严肃""屏绝嗜欲""只知道用读书克制的工夫锻炼他的德性"，而

---

① 阿利斯特·麦格拉思：《宗教改革运动思潮》，第 136 页。
② John Spurr, *English Puritanism 1603 - 1689*, New York: ST. Martin's Press, 1998, p.159.
③ 详见阿利斯特·麦格拉思《宗教改革运动思潮》，第 119 页。
④ Peter Marshall, *Reformation in England 1480 - 1642*, p.129.
⑤ John Spurr, *English Puritanism 1603 - 1689*, p.158.
⑥ John Spurr, *English Puritanism 1603 - 1689*, p.163.
⑦ Peter Marshall, *Reformation in England 1480 - 1642*, p.137.

且也是剧中唯一拥有大段自我省察似的独白的角色。

清教徒律法主义式的成圣观念与其圣经观念是水乳交融的。作为新教徒，英国国教徒与清教徒皆信奉"唯独圣经"这一新教原则，但是二者对此原则的理解却存在明显的分歧，二者之间的分歧尤其体现为如何看待旧约中的律法与基督徒的关系。路德的称义论使得基督徒得以从律法和善功的束缚之中解脱出来，而加尔文也认为，蒙恩的基督徒"不在律法之下，乃在恩典之下"；"这是因为恩典救他们脱离了律法的辖制，以至于神不再以律法的准则衡量他们的行为"。① 然而对于清教徒来说，对成圣的追求意味着他们每时每刻都要在其所作所为当中履行上帝的律令，而这些律令皆写入了包括旧约在内的整本《圣经》。当时的一些英国宗教人士认为，清教徒与英国国教徒产生分裂的原因之一在于他们"对于纯粹律令的渴求"②。在清教徒看来，圣经是上帝意志对于人类的启示，包括摩西律法在内的一切圣经中的训诫皆是真理，故而清教徒的圣经观念具有"权威主义和律法主义"的特征。③ 正是在这一层意义上，有学者将清教徒的本质特征归纳为"圣经崇拜"④。针对清教徒之教条主义的圣经观念，伊丽莎白时代之英国国教的神学代言人胡克（Richard Hooker）在其所著《教会政制法规》（*The Laws of Ecclesiastical Polity*）中对圣经中的律法提出灵活务实的阐释原则；⑤这一原则使得英国国教形成了与清教主义截然不同的律法观念。

《一报还一报》中的安哲鲁在对伊莎贝拉产生非分的欲念之后，在其独白中称自己是受到狡恶的魔鬼引诱的圣徒，这表明他确信自己是上帝的选民，因为"圣徒"正是清教徒对被拣选者的称呼。格莱斯指出，和清教徒一样，安

---

① 约翰·加尔文：《基督教要义》，第 843 页。
② Charles H. George and Katherime George, *The Protestant Mind of the English Reformation*, Princeton: Princeton University Press, 1961, p.399.
③ Perry Miller, *The New England Mind: The Seventeenth Century*, Massachusetts: Harvard University Press, 1954, p.20.
④ 详见 Horton Davies, *Worship and Theology in England from Cranmer to Hooker*, Princeton: Princeton University Press, 1970, p.44.
⑤ 详见章文新主编《安立甘宗思想家文选》，宗教文化出版社，2012 年，第 18—31 页。

哲鲁对自己被拣选的确信依赖于他对上帝律法的严格服从。[①] 此外，安哲鲁在此段台词中表现出清教徒对于违背上帝戒律的恐惧以及认为违背戒律是受魔鬼影响的观念。[②] 清教徒认为上帝的律法不仅是基督徒个人的生活准则，而且应该在社会生活中发挥作用，以便使英国成为新耶路撒冷。这种律法主义模式的社会理想也是源自布塞的影响。例如布塞曾敦促英王爱德华六世"在你的王国之内重建基督之国"，其主要途径便是"用上帝的律法来代替一般的法律"。[③] 安哲鲁判定使未婚妻怀孕的克劳狄奥死刑的量刑方法所影射的是现实世界中的清教徒之将通奸定为死罪的立法提议，而清教徒提出这一提议的依据正是旧约中的摩西律法。由此可见，安哲鲁所意欲恢复的、被束诸高阁达十九年之久的法律暗指旧约中旨在惩治奸淫罪的相关的摩西律法。《一报还一报》不仅反映出莎士比亚时代的英国国教徒就是否应该将通奸行为定为死罪与清教徒所展开的激烈辩论，而且揭示出双方在此辩论中所存在的分歧的焦点，即世俗法律是否有权强迫世人行出上帝的律法所要求的义？

二

莎士比亚时代的基督教性伦理观将婚姻之外的性关系皆视为通奸，而在当时的英国，订下婚约的男女必须在教堂完成婚礼仪式后其婚姻关系方可得到正式承认。《一报还一报》中的克劳狄奥在虽已订下婚约但却尚未举行婚礼仪式的情况下与朱丽叶偷尝禁果并使其怀孕，因此被判定犯下了奸淫罪。在莎士比亚时代的英国，类似的未婚先孕的情况的发生率是很高的，这说明婚前性行为在当时十分普遍。据统计，在伊丽莎白时代的英国，平均有 31%

---

① 详见 Darryl F. Gless, *Measure for Measure, the Law, and the Covent*, Princeton：Princeton University Press, 1979, p.221。

② John Spurr, *English Puritanism 1603 – 1689*, p.182.

③ Debora Kuller Shuger, *Political Theologies in Shakespeare's England：the Sacred and the State in Measure for Measure*, New York：Palgrave, 2001, p.21.

的新娘在教堂举行婚礼时已经怀有身孕；在有些地区，新娘的怀孕率甚至高达 40％。① 在此情形之下，英国教会中的一些清教徒不满教会法庭对婚外性行为所采取的较为温和的惩治措施。在清教徒看来，"对于过犯的严厉训诫与纠正"是"真教会的基本标志"②，而英国教会法庭之轻描淡写的惩罚措施无疑是"对上帝及其律法之明显的嘲弄"③；于是他们力劝英国议会通过立法来将通奸定为死罪。在《一报还一报》问世之前的几年内，在英国相继出现了一些主张用死刑来惩罚通奸者的书籍，这些清教徒作者在其书中所反复援引的权威正是旧约中的律法。例如多德（John Dod）与克里佛（Robert Cleaver）在其合著的书中声称："根据上帝的律法，通奸者与蓄意杀人者一样应当被处死。"④莎士比亚笔下的安哲鲁同样持此类观点，即他认为克劳狄奥致使朱丽叶怀有私生子的罪行与蓄意杀人的犯罪性质是同等严重的。"哼！这种下流的罪恶！用暧昧的私情偷铸上帝的形象，就像从造化窃取一个生命，同样是不可饶恕的。"（二幕四场）于是他下令将克劳狄奥与杀人犯巴那丁在同一天内一并处死。安哲鲁的判决遭到大多数剧中人的质疑，而现实世界中的清教徒的立法提议也同样屡遭拒斥。例如清教徒分别于 1584 年和 1604 年敦促议会通过立法将通奸定为重罪，结果皆以失败告终。⑤ 英国国教徒站在主流新教神学的立场上，否认摩西律法对基督徒具有法律性质的约束力。清教徒则严守律法主义立场，例如清教主义神学家卡特莱特（Thomas Cartwright）宣称，任何地方法官都无权减轻由上帝所裁定的惩罚。⑥ 安哲鲁同样表现出严苛的律法主义倾向："严究他所犯的过失，而宽恕了犯过失的人吗？所有的

---

　　① 详见 Victoria Hayne, "Performing Social Practice: the Example of *Measure for Measure*," in Richard P. Wheeler ed., *Critical Essays on Shakespeare's Measure for Measure*, New York: G. K. Hall & Co., 1999, p.148。

　　② Debora Kuller Shuger, *Political Theologies in Shakespeare's England: the Sacred and the State in Measure for Measure*, p.10.

　　③ Debora Kuller Shuger, *Political Theologies in Shakespeare's England: the Sacred and the State in Measure for Measure*, p.31.

　　④ Victoria Hayne, "Performing Social Practice: the Example of *Measure for Measure*," p.158.

　　⑤ 详见 Debora Kuller Shuger, *Political Theologies in Shakespeare's England: the Sacred and the State in Measure for Measure*, p.30。

　　⑥ Victoria Hayne, "Performing Social Practice: the Example of *Measure for Measure*," p.161.

过失在未犯以前，都已定下应处的惩罚，我要是不把犯过失的人治以应得之罪，那么我还干些什么事？"（二幕二场）"按照法律，他所犯的罪名应处死刑。"（二幕四场）

　　清教徒之将通奸定为死罪的立法提议旨在掀起一场社会风俗改良运动，其所谴责的对象包括起誓、酗酒、懒惰、通奸以及在安息日的下午进行娱乐活动等违背上帝律法的行为。① 在清教徒看来，此类行为"亵渎了安息日、违背了圣经中的律法、激起全能的神的愤怒，与此同时还引起更多的罪恶、混乱、暴力和懒惰"②。清教徒提议根据摩西律法中的相关规定惩罚上述行为，声称摩西律法中的民事律在当代依然有效，并呼吁英国法律应该更加紧密地承袭摩西律法的传统。③ 清教徒的这种见解显然偏离了主流的新教神学立场。主流新教神学将旧约中的摩西律法分为三类：道德律、礼仪律和民事律；基督的到来废除了后两类律法，只有道德律（爱的训诲）是永存的。加尔文在《基督教要义》中将这一观念阐述得十分清晰透彻。④ 英国国教的《三十九条信纲》之关于旧约的第七条信纲在论及摩西律法时重述了加尔文的观点，而《一报还一报》正是站在英国国教的立场上来质疑安哲鲁之依据摩西律法中具有司法性质的民事律惩罚奸淫罪的严刑酷治。

　　主流新教神学的律法观念与其称义论的关系密不可分。主流新教神学的称义论之所以拒斥追求善功的律法主义，将罪人称义的根基以及对于其自身称义得救的确信完全建立在对于上帝恩典的信心之上，乃是因为宗教改革者继承了保罗在新约中所阐述的人性论观念，即人性全然的败坏堕落使得罪人根本无法行出上帝的律法所要求的义，故而律法的意义在于使世人自知有罪从而伏在上帝之公义的审判之下。⑤ 保罗由此指出："人称义是因着信，不在乎遵行律法。"⑥路德等新教神学家同样认为，人类本性的败坏使得其所行

① Peter Marshall，*Reformation in England 1480 - 1642*，p.72.
② Alexandra Walsham，"The Godly and Popular Culture，" in John Coffey and Paul C. H. Lim eds.，*The Cambridge Companion to Puritanism*，p.280.
③ Victoria Hayne，"Performing Social Practice：the Example of *Measure for Measure*，" p.161.
④ 详见约翰·加尔文《基督教要义》，第 1555—1556 页。
⑤ 详见《罗马书》(3：19—20)。
⑥ 《罗马书》(3：28)。

的每一件善事皆带有罪的成分,因此罪人的称义完全仰赖于上帝白白赐予的恩典,而非实现律法所要求的义。莎士比亚时代的英国国教徒也认为,律法本是叫人知罪,但律法并不能将人从罪中释放出来,因此罪人是因信称义。① 正是基于这样的称义观念,英国国教徒断然否认摩西律法中的民事律在基督教国家中的有效性。

与现实世界中激进的清教徒一样,安哲鲁试图利用世俗法律来强迫世人行出上帝的律法所要求的义,以期消除社会中的罪恶,然而这种意图本身就十分荒谬。为了遏制维也纳城的淫乱颓废之风,安哲鲁不仅将通奸定为死罪,而且下令将维也纳近郊的妓院一律封闭,并将妓院中的当差和嫖客统统关入牢狱。安哲鲁的严厉态度暗示着莎士比亚时代的清教徒对卖淫现象的厌恶,他们对英国教会法庭心存不满的理由之一是其对卖淫等罪行所持有的宽容态度。例如清教徒认为教会法庭的公开赎罪仪式不足以使诸如“通奸、卖淫、酗酒等”之类可憎的罪行得到应有的惩罚。② 对宗教改革者产生较大影响的古罗马基督教神学家奥古斯丁一方面认为,在一切罪恶中最为龌龊可耻的是妓女和妓院;一方面又指出:“然而如若将妓女从人间事务中挪去,那么你将会使一切事物遭受性欲的污染。”③无独有偶,尽管路德宣称魔鬼派遣妓女来用性欲败坏人类的道德并用疾病毁坏其身体,然而当被询问哈雷(Halle)市镇上的妓院是否应该被关闭时,他则回答说:“我仍相信,就目前来说,最好忍耐此类事务,直到圣经被扎根得更深、杂草被除尽。此类罪恶若被过早杜绝,或许会对善造成伤害。”④妓院中的当差庞贝十分清楚,严刑酷治不可能彻底清除人性中的奸淫欲念。他一针见血地指出:“您要是把犯风流罪的一起杀头、绞死,不消十年工夫,您就要无头可杀了。这种法律在维也纳行了十年,我就可以出三便士租一间最好的屋子。”(二幕一场)对此浪荡之徒路

① Darryl F. Gless, *Measure for Measure*, *the Law*, *and the Covent*, p.223.
② 详见 Martin Ingram, "Puritans and the Church Courts, 1560 – 1640," in Christopher Durston and Jacqueline Eales eds, *The Culture of English Puritanism*, *1560 – 1700*, p.66。
③ 转引自 Ronald Berman, "Shakespeare and the Law," in Dana Ramel Barnes and Marie Lazzari eds, *Shakespearean Criticism*, vol.33, Gale Research, 1997, p.54。
④ 转引自 Ronald Berman, "Shakespeare and the Law," p.54。

西奥也很有同感："对啊,这种罪恶是人人会犯的,⋯⋯你要是想把它完全消灭,那你除非把吃喝也一起禁止了。"(三幕二场)特拉威尔西指出,当安哲鲁决定封闭妓院并严惩与卖淫行当有关联的人群时,他是在"挑战位于人类正常天性中的根基之处的本能";当庞贝拒绝放弃其作为妓院中的当差的职业时,"他只是否认试图对这种行当所进行的压制之本身的有效性而已"。① 尤尔认为,安哲鲁的严刑酷治源自清教主义的影响:"安哲鲁是一个典型的清教徒,他将其所有的精力引向压制人类的自然本能以及将过度严苛的道德强加给他自身;如果赋予其政治权力的话,他还会将这种道德强加给他周围的人。"②安哲鲁由此体现出清教徒的重要特征,即"他们试图将其有关虔诚的规训与道德的革新的观念强加于社会中的其他人身上"③。总之,《一报还一报》从人性的角度对安哲鲁之源自律法主义影响的严刑酷治提出质疑;在此基础上,该剧将进一步揭示律法主义所造成的最大弊端,即使罪人陷入与救恩完全隔绝的绝望境地。

三

在《一报还一报》的最后一幕中,伊莎贝拉在众人面前使用极其激烈的措辞揭露安哲鲁是一个道貌岸然的伪君子,而一本正经的外表下面隐藏着罪恶激情的伪君子形象恰恰是莎士比亚时代英国文学中的清教徒的典型特征。④然而安哲鲁并非故意要做一个表里不一的伪君子,他的堕落源于其对自身天性中罪之存在的必然性的漠视,因此安哲鲁并不了解他自己。安哲鲁自以为他可以实现上帝的律法所要求的义,且因自身的美德而骄傲自负,而骄傲也是该时期的英国反清教主义者赋予清教徒的主要特征之一⑤。埃斯卡勒斯提

---

① Derek A. Traversi, "A Review of *Measure for Measure*," in Laurie Lanzen Harris & Mark W. Scott eds., *Shakespearean Criticism*, vol.2, p.452.

② John D. Eure, "Shakespeare and the Legal Process: Four Essays," p.8.

③ Peter Marshall, *Reformation in England 1480-1642*, p.141.

④ 详见 Patrick Collinson, "Antipuritanism," pp.28-29。

⑤ 详见 Patrick Collinson, "Antipuritanism," p.30。

醒安哲鲁，由于人性的脆弱，他自己也有可能会犯下类似的过失，因此他应该对克劳狄奥宽宏大量。安哲鲁则傲慢地回答说："……可是你应该告诉我，我曾经在什么时候犯过这样的罪，那么我就会毫不偏袒地判决自己的死刑。"（二幕一场）公爵在论及安哲鲁时指出，"安哲鲁这人平日拘谨严肃，从不承认他的感情会冲动，或是面包的味道胜过石子……"（一幕三场），格莱斯在阐释公爵的这句台词时将其与圣经中叙述耶稣成功抵御魔鬼诱惑的相关经文进行对照。① 格莱斯指出，在基督教的思想观念中，惟有作为完全的神与完全的人的耶稣基督可以克服一切肉体欲望的诱惑；公爵在此处借用圣经中的相关典故，其用意旨在暗示安哲鲁的骄傲自负，即他自以为他拥有只有神才具备的抵制肉欲诱惑的力量。② 安哲鲁在对伊莎贝拉产生无法遏制的欲念之后，向来节欲自制的他为自己竟然也和他人一样会被性欲征服这一事实而感到震惊："我从前看见人家为了女人发痴，总是讥笑他们，想不到我自己也会有这么一天！"（二幕二场）特拉威尔西指出，安哲鲁的美德是以对于其自身天性的无知作为基础的，这种无知使美德灾难性地突然变为罪恶。③

　　如前所述，主流新教神学家之所以否认人类可以实现上帝的律法所要求的义，乃是因为他们对人的罪性有着深刻认识。路德宣称："义人在其所有的善功中犯罪。"④加尔文指出："众圣徒连对自己最好的行为都感到羞耻。"⑤莎士比亚笔下的哈姆莱特也抱有人类自身的美德并不能改变罪在人性中的根深蒂固这一人性论观念，因此他认为"美德不能熏陶我们罪恶的本性"（三幕一场）。玛利安娜在为安哲鲁求情时也指出"最好的好人，都是犯过错误的过来人"（五幕一场）。正因为如此，以实现律法所要求的义作为称义条件的律法主义只能使罪人与上帝的救恩永久隔绝。正如《威尼斯商人》中的鲍西娅所说："要是真的按照公道执行起赏罚来，谁也没有死后得救的希望"（四幕一

---

① 在该段经文中，耶稣在旷野禁食四十昼夜，十分饥饿。魔鬼来引诱他说："你若是神的儿子，可以吩咐这些石头变成食物。"耶稣则回答说："经上记着说：'人活着，不是单靠食物，乃是靠神口里所出的一切话。'"（《马太福音》4:3—4）

② 详见 Darryl F. Gless, *Measure for Measure*, *the Law*, *and the Covent*, pp.96-97。

③ 详见 Derek A. Traversi, "A Review of *Measure for Measure*," p.453。

④ 《路德文集》(第1卷)，第572页。

⑤ 约翰·加尔文：《基督教要义》，第775页。

场)。中世纪的天主教之律法主义式的称义论使得当年的路德对自身能否得救的问题深感悲观绝望与沮丧焦虑。同样,清教主义将在道德上严格履行上帝的戒律——"成圣"视为蒙拣选的标记,这使得许多清教徒往往要经历多年的内心挣扎才能够确信自身的得救,有些清教徒甚至终身都无法彻底摆脱对于其选民身份的疑虑;人性中无法泯灭的罪性使得一些清教徒常常在其强迫性的自我反省中产生极度压抑与厌恶自我的情绪,甚至由于怀疑自己能否得救而萌发自杀的欲念。① 与此相类似,安哲鲁在对伊莎贝拉产生邪恶的欲念之后在其自我省察似的独白中称自己是"在阳光下蒸发腐烂"的"一块臭肉"(二幕二场);这种厌恶自我的情绪促使安哲鲁步入自暴自弃的堕落深渊:"现在我宁愿把我这岸然道貌,去换一根因风飘荡的羽毛。"(二幕三场)

安哲鲁对克劳狄奥的死刑判决表明,他在对待罪的问题上背离了主流新教思想,即由于人类自身的罪性,现世中的善难免会受到魔鬼的诱惑,故而没有人能够确保自己不会突然堕落。② 在主流新教神学家看来,蒙恩得救者其自身同时是罪人和义人。例如路德指出,在上帝面前得以称义的人不仅"同时是义人与罪人、神圣与凡俗","而且既是神的敌人,又是神的儿子"。③ 安哲鲁在善与恶、圣徒与罪人之间生硬地做出绝对的区分,这种二元对立式的伦理观念暴露出清教主义的弊端,即它"阻止美德与罪恶有一丁点儿的接触,它由此拒绝了将这二者联合在一起的一切可能性,结果也就拒绝了一切救赎的可能性"④。在清教徒看来,一切罪过皆是对上帝律法的冒犯,因此清教主义的伦理观念"拒绝在可原谅的轻罪与致死的重罪之间做出区分";其特征是"非黑即白,非上帝即魔鬼"。⑤ 安哲鲁正是以此种冷酷机械的律法主义态度来审判克劳狄奥之由人性的脆弱所导致的过失,结果致使后者失去一切获得

---

① 详见 Christopher Durston and Jacqueline Eales, "Introduction: The Puritan Ethos, 1560 - 1700," pp.11 - 13。

② 详见 W. M. T. Dodds, "The Character of Angelo in 'Measure for Measure'," in Laurie Lanzen Harris & Mark W. Scott eds., *Shakespearean Criticism*, vol.2, p.463。

③ 转引自奥尔森《基督教神学思想史》,吴瑞诚等译,北京大学出版社,2003 年,第 422 页。

④ S. J. Mary Suddard, "'*Measure for Measure*' as a Clue to Shakespeare's Attitude towards Puritanism," p.420.

⑤ Perry Miller, *The New England Mind: The Seventeenth Century*, p.45.

救赎的机会。无论埃斯卡勒斯、伊莎贝拉等人如何劝说其以慈悲怜悯之心饶恕克劳狄奥,安哲鲁总是斩钉截铁地做出死亡的判决:"他必须死。"(二幕一场)"你兄弟必须死。"(二幕四场)海曼指出,在《一报还一报》中,"拥抱生命即是接纳罪与羞耻",而死亡则是"严格执着于美德与公义之不可避免的后果"。① 在该剧中,仁慈并非来自法律,"而是来自甘心接受罪为生命的必要组成部分";对超乎人类自身天性的善的追求则将人"引向死亡"。② 这充分印证了主流新教神学的称义观念:若是没有源自仁爱之心而赐下的、使罪白白蒙赦免的恩典,罪人只能遭受公义的律法的死亡诅咒;因为凡有血气的,没有一个人能行出律法所要求的义。正如路德所说:"律法是惹动上帝愤怒的,它会杀害、谴责、控诉、审判和咒诅一切在基督以外的事物。"③

《一报还一报》的剧名"*Measure for Measure*"源自耶稣论及"不要论断人"的相关经文。耶稣在此段经文中之所以教导其门徒不要论断人,乃是因为在上帝面前人人皆是罪人,故而没有人有权柄去论断他人的过失。伊莎贝拉正是以至高无上的上帝的审判权柄来质疑其自身同样是罪人的安哲鲁之审判他人的权柄:"一切有生之伦都是犯过罪的,可是上帝不忍惩罚他们,却替他们设法赎罪。要是高于一切的上帝审判到了您,您能够自问无罪吗?"(二幕一场)耶稣说:"你们不要论断人,免得你们被论断。因为你们怎样论断人,也必怎样被论断;你们用什么量器量给人,也必用什么量器量给你们。"④公爵在评价安哲鲁对克劳狄奥的死刑判决时表达了类似的"一报还一报"的观念:"要是他也有失足的一天,那么他现在已经对他自己下过宣判了。"(三幕二场)果然,罪行败露后的安哲鲁不得不承认他当初用怎样的量刑判决克劳狄奥,如今他自己也必须接受同样的量刑判决。总之,安哲鲁最终与被其判处死刑的克劳狄奥一样遭到公义的律法的死亡诅咒;将此二人从律法的诅咒中拯救出来的是维也纳城的真正统治者——公爵文森修,而公爵对整个事

① Lawrence W. Hyman,"The Unity of '*Measure for Measure*'," in Laurie Lanzen Harris & Mark W. Scott eds., *Shakespearean Criticism*, vol.2, p.525.
② Lawrence W. Hyman,"The Unity of '*Measure for Measure*'," p.527.
③ 《路德文集》(第1卷),第27页。
④ 《马太福音》(7:1—2)。

件的干预方式恰恰是对于教会法庭之旨在惩治通奸者的公开赎罪仪式的戏剧化模拟；该剧藉此重申英国国教的称义论教义，并暗示了英王詹姆斯一世所采取的遏制清教主义的宗教政策。

四

律法显明的是上帝的公义，恩典则彰显了上帝的仁爱。与路德的称义论思想一样，英国国教的称义论教义更侧重于上帝的仁爱（恩典），而清教徒的成圣观念则突出上帝的公义（律法），因此安哲鲁与其他剧中人就如何惩治奸淫罪所展开的辩论其实是公义与仁爱或律法与恩典之争。在这场竞争中，公爵起到了关键性的作用，正是他的干预使得仁爱与恩典在该剧中赢得最终的胜利，从而捍卫了英国国教所代表的主流新教神学立场。《一报还一报》的创作历史背景表明，公爵所面临的上述两种观念的纷争折射出詹姆斯一世初任英国君主时所面对的英国国教徒与清教徒之间的矛盾冲突，而公爵的干预结果则暗示着詹姆斯一世本人所做出的最终裁决。如前所述，英国清教徒之藉着严刑酷治来遏制违背上帝律法的个体行为的立法提议旨在掀起一场社会风俗改良运动。清教徒此种以旧约中的律法作为依据的改善社会风俗的道德诉求在伊丽莎白时代的英国社会一直遭到拒斥，这种拒斥不仅来自英国的官方教会，而且来自当时的民间大众。① 总之，其过于严苛的道德观念是促成清教徒被边缘化的主要因素之一。詹姆斯一世登基之后，清教徒起初对这位加尔文主义者的新任英国君主抱有极大的期待，然而詹姆斯一世很快就表现出支持英国国教、遏制清教主义的明确态度。与伊丽莎白女王一样，詹姆斯一世制定宗教政策的依据并不是其个人的信仰倾向，而是试图在一个充满神学纷争的时代里走一条调和各派宗教观念、稳健务实的折中主义路线，从而

---

① 关于由清教徒之主张取消流行于英国民间的诸多传统节日庆典活动以及在安息日全天禁止任何形式的娱乐活动等旨在改善社会风俗的立法提议所引发的清教徒与英国官方教会及民间大众之间的矛盾冲突可详见 Patrick Collinson, "Elizabethan and Jacobean Puritanism as Forms of Popular Religious Culture," in Christopher Durston and Jacqueline Eales eds, *The Culture of English Puritanism*, 1560 - 1700, pp.32 - 46.

避免在英国国内产生激烈的宗教冲突。在这样的宗教政策背景下，清教徒过于激进的宗教改革诉求自然无法获得詹姆斯王的同情，其极度严苛的社会道德改良标准同样遭到这位君主的否定。1604 年，由詹姆斯王亲自召集英国官方教会的领导者与清教徒代表共同参加的汉普顿宫会议（Hampton Court conference）所产生的会议结果令清教徒大失所望。① 《一报还一报》据说是莎士比亚为在 1604 年 12 月 26 日的圣斯蒂芬之夜举行的王宫圣诞庆典而专门创作的，而剧作家本人的剧团当时正处于詹姆斯王的庇护之下；有证据表明，莎士比亚因此在剧作中十分小心地顾及其王室庇护人的口味及观点。② 很多学者认为，《一报还一报》中的公爵持有与詹姆斯王十分相似的思想观念。例如贝尼特指出，莎士比亚在该剧中通过公爵这一角色表达了詹姆斯一世本人的王道思想。③ 不仅如此，该剧也藉着公爵对整个事件的干预方式暗示出詹姆斯一世为稳定英国局势所施行的支持英国国教、遏制清教主义的宗教政策。

　　关于《一报还一报》的争论焦点之一是公爵任命安哲鲁担任其摄政的真实意图究竟是什么。公爵在一幕三场结束前的一段台词中表明，他对安哲鲁的为人是有所警觉的，那么他为何还要委托安哲鲁代为摄政呢？公爵自己的解释是："因为我对于人民的放纵，原是我自己的过失。……现在再重新责罚他们，那就是暴政了。所以我才叫安哲鲁代理我的职权，他可以凭借我的名义重整颓风，可是因为我自己不在其位，人民也不致对我怨谤。"（一幕三场）公爵的策略与被马基雅维里奉为君主典范的切萨雷·博尔贾所运用的政治手段十分相似，后者为了使被占领地恢复安宁并服从王权而委任其部下代为摄政，从而使当地人民将对暴政的怨恨均集中于其摄政身上。④ 有学者由此

----

① 　详见 John Spurr, *English Puritanism 1603 - 1689*, pp.59 - 61。

② 　详见 Nigel Alexander, "Shakespeare: *Measure for Measure*," in Michelle Lee ed., *Shakespearean Criticism*, vol.86, Thomson Gale, 2005, p.162。

③ 　详见 Josephine Waters Bennet, *Measure for Measure as Royal Entertainment*, New York: Columbia University Press, 1966, p.137。

④ 　详见尼科洛·马基雅维里《君主论》，潘汉典译，商务印书馆，1985 年，第 33—34 页。

认为莎士比亚笔下的公爵是一位政治上的马基雅维里主义者。[①] 纵观全剧，如果仅仅根据马基雅维里的政治学说来解释公爵的动机，那未免太过简单狭隘。海恩结合莎士比亚时代的英国反清教主义历史语境来讨论此问题，即该剧首先通过公爵委任律法主义者安哲鲁担任摄政来假定现实世界中的清教徒之主张用死刑惩罚通奸行为的立法提议是合理的；然后由公爵将大权交托给安哲鲁，从而使后者有机会将清教徒的立法提议付诸实践；该剧最终藉着安哲鲁担任摄政后的种种表现来从实践层面暴露出清教徒主张的荒谬与不合理。[②]

公爵委托律法主义者安哲鲁代为摄政其实还有更深层次的动机，它是公爵整顿维也纳城的淫乱风气的重要步骤之一，而公爵所采取的整顿措施完全是在效仿英国的教会法庭对通奸者所惯用的惩罚形式：公开赎罪。从总体上说，《一报还一报》的整出剧情是由公爵精心设计出的对于教会法庭之公开赎罪仪式的戏剧化模拟。在此过程中，公爵通过模仿上帝以仁爱之心赐予罪人赦罪恩典的救赎方式来化解危机并重申英国国教的称义论教义。作为维也纳城的最高统治者，公爵以模拟上帝救赎世人的方式来拯救面临死亡威胁的克劳狄奥等人，这正符合莎士比亚时代的新教政治神学理念，即世俗统治者是上帝的世间代理人，其统治的权柄来自上帝，其存在的意义在于实现上帝的旨意。毕尔森主教（Thomas Bilson）在詹姆斯一世的加冕典礼上所做的布道文中表达了此种君权观念。[③] 詹姆斯一世本人也认为，君王在尘世间的荣耀来自上帝的恩赐，这种恩赐使得君王的人格能够成为一盏指引民众的明灯。[④]

针对维也纳城的淫乱颓废之风，公爵先后引入两条解决途径：首先是律

① 详见 A. D. Nuttall, "'*Measure for Measure*'：Quid Proquo?" in Laurie Lanzen Harris & Mark W. Scott eds., *Shakespearean Criticism*, vol.2, p.512。

② 详见 Victoria Hayne, "Performing Social Practice：the Example of *Measure for Measure*," p.164。

③ 详见 Elizabeth Marie Pope, "The Renaissance Background of *Measure for Measure*," in Kenneth Muir and Stanley Wells eds., *Aspects of Shakespeare's 'Problem Plays'*, Cambridge：Cambridge University Press，1982，p.61。

④ 详见 Darryl F. Gless, *Measure for Measure, the Law, and the Covent*, p.157。

法主义者安哲鲁的严刑酷治，尔后是公爵本人所施行的宽恕仁爱政策。公爵的意图在于通过显明这两条途径在克劳狄奥以及安哲鲁等罪人身上所先后产生的不同效果来重申英国国教的称义论教义所承继的保罗的有关教诲，即律法所要求的义无法将人引向得救，惟有仁爱可以使罪人从律法的死亡诅咒之下获得拯救。① 公爵所采取的这一策略恰恰是在模仿英国教会法庭的公开赎罪仪式。如前所述，莎士比亚时代的英国教会在其教会法庭上有一整套针对婚姻之外的性关系的惩治措施，其中主要采取让罪人当众忏悔的公开赎罪形式，其公开的程度依据罪行的严重程度而定。一般说来，如果男女双方已经互订婚约，那么他们仅需在若干牧师面前忏悔并被责令尽快在教堂举行婚礼仪式；而没有婚约关系的男女之间的通奸行为则被视为较为严重的罪行，罪人需要在星期日的教堂里忏悔赎罪。② 英国教会法庭最为严厉的惩治方式是让罪人连续三个礼拜日身裹及地长的白布，站在教堂的走廊上向来做礼拜的众人忏悔，众人从其身边经过进入教堂时则为其向上帝祷告。③ 按照当时英国教会法庭的惩治惯例，已与朱丽叶订下婚约的克劳狄奥只需进行形式最为温和的忏悔即可；然而在安哲鲁的命令之下，他却被狱吏押解着在全城游行示众。克劳狄奥因此十分委屈地质问狱吏："官长，你为什么要带着我这样全城游行，在众人面前羞辱我？"（一幕二场）安哲鲁以如此严厉的公开羞辱方式惩罚克劳狄奥，其做法与当时的一些英国清教徒官员如出一辙。例如在科尔切斯特镇（Colchester）等由清教徒地方官员管辖的地区，遭惩罚的通奸者颈项上挂着布告牌，并被关在囚车里游街示众。④

根据莎士比亚时代英国教会法庭的相关规定，在教堂中公开赎罪的通奸者在其忏悔过程中需要聆听两部分内容的训诫，第一部分训诫内容的主题是

① 详见 Roy. W. Battenhouse，"'*Measure for Measure*' and Christian Doctrine of Atonement，" in Laurie Lanzen Harris & Mark W. Scott eds.，*Shakespearean Criticism*，vol.2，p.469。
② 详见 Victoria Hayne，"Performing Social Practice：the Example of *Measure for Measure*，" pp.148-149。
③ 详见 Victoria Hayne，"Performing Social Practice：the Example of *Measure for Measure*，" pp.152-153。
④ 详见 Patrick Collinson，"Elizabethan and Jacobean Puritanism as Forms of Popular Religious Culture，" pp.43-44。

谴责性淫乱的邪恶并不断以死亡威胁罪人。[①] 此部分的训诫内容可以理解为是律法对于罪人的死亡诅咒。与清教徒主张用死刑剥夺罪人的生命的惩罚观念不同,该部分的训诫意图旨在通过律法的死亡诅咒来敦促罪人悔改,因此训诫内容中充满了想象性的死亡图景。在莎士比亚时代的新教徒看来,"没有什么比对于死亡的真实回想能够更为有效地使人类的灵魂从对于肉体的卑劣爱恋之中解脱出来"[②]。海恩指出,当克劳狄奥抱怨狱吏为何让他在众人面前受辱时,这里的"众人"其实是指台下的观众;他们此时成为教堂里的会众,"正目睹着一个罪人的悔罪过程"[③]。从此刻开始,剧情朝着对当众赎罪的罪人之忏悔过程的戏剧化模拟的方向发展,而公爵委托安哲鲁全权代理政务的真实意图也变得显而易见,即后者的严刑酷治正类似于赎罪仪式上律法的死亡诅咒,它可以促使罪人认罪悔改。面临安哲鲁的判决所带来的死亡威胁,克劳狄奥当众为自己偷尝禁果的行为而深深懊悔:"过度的饱食有伤胃口,毫无节制的放纵,结果会使人失去了自由。正像饥不择食的饿鼠吞咽毒饵一样,人为了满足他的天性中的欲念,也会饮鸩解渴,送了自己的性命。"(一幕二场)格莱斯指出,尽管安哲鲁的死亡判决其本身是罪恶的,然而它却对克劳狄奥产生了善的功效,即它促使克劳狄奥后悔沉溺于肉欲的放纵;这种善的功效最终通过上帝的代理人——公爵的干预而得以彻底实现。[④] 当律法的死亡诅咒降临到安哲鲁本人时,它产生出类似的功效,即迫使安哲鲁当众懊悔认罪:"我真是说不出的惭愧懊恼,我的深心中充满了悔恨,使我愧不欲生,但求速死。"(五幕一场)

公开赎罪的罪人在忏悔过程中聆听的第二部分训诫内容的主题是罪得赦免,其内容表明上帝不愿罪人死亡,只愿其脱离邪恶生活从而得以继续存活。与以义人自居的安哲鲁之以苛刻冷酷的审判标准对待他人过犯的态度不同,在教会法庭的赎罪仪式上,会众不断为罪人祈求上帝的怜悯与饶恕,并

---

① 详见 Patrick Collinson, "Elizabethan and Jacobean Puritanism as Forms of Popular Religious Culture," p.153。

② Darryl F. Gless, *Measure for Measure*, *the Law*, *and the Covent*, p.240.

③ Victoria Hayne, "Performing Social Practice: the Example of *Measure for Measure*," p.154.

④ 详见 Darryl F. Gless, *Measure for Measure*, *the Law*, *and the Covent*, pp.240 - 241。

在祷告中向上帝"承认我们的软弱与欠缺；由于了解彼此的脆弱，最终我们可以更加热切地为彼此祷告"①。与此相类似，在其劝诫遭安哲鲁断然拒绝之后，埃斯卡勒斯不仅为被判死刑的克劳狄奥祷告，也为皆是罪人的世人向上帝祈求："上天饶恕他，也饶恕我们众人！"（二幕一场）这正体现出新教神学之反律法主义倾向的称义观念，其所突出的乃是上帝的仁爱与恩典，即"在神的审判台前没有义人"；由于无人能够完全满足上帝的律法所要求的义，故而人人皆面临灭亡的结局；"除非神的怜悯进来，并以不断的赦罪一直判我们无罪"。② 在《一报还一报》中，罪行败露后的安哲鲁不得不承认，在暗中默察一切的公爵类似于全知全能的上帝："啊，我威严的主上！您像天上的神明一样洞察到我的过失……"（五幕一场）公爵通过模仿隐秘无形但却无所不知、无处不在的上帝来统辖一切的治国之术正体现出詹姆斯一世本人的王道观念。③ 在该剧的最后一幕，公爵以效仿上帝赦免人类罪孽的方式来赦免安哲鲁及克劳狄奥的罪行，从而使其"从愤怒的法律下"被"救出"（三幕一场）。此外，公爵甚至赦免了诽谤侮辱他本人的浪荡之徒路西奥以及罪行严重、心肠刚硬的杀人犯巴拉丁。此种对似乎完全不配受到宽恕者的宽恕同样是在效仿上帝的恩典，正如路德在论及上帝藉着基督所赐下的救恩时所说："虽然我们更应受到天谴神罚并地狱之苦，但我们的主纯粹出于仁慈，才把这一切宽厚地恩赐给我们这些原本不配领受的芸芸众生。"④

在公开赎罪仪式的最后阶段，罪人自己也需要祈求上帝及众人的饶恕，并与众人一起背诵主祷文。⑤ 整个仪式最终在以和解战胜由罪恶所导致的死亡威胁的胜利氛围中结束。⑥ 此种关乎对罪的谴责与谅解的公开赎罪仪式在莎士比亚时代的英国社会十分寻常普遍，任何一位该时期的伦敦戏剧观众都

① 详见 Victoria Hayne, "Performing Social Practice: the Example of *Measure for Measure*," p.153。

② 约翰·加尔文：《基督教要义》，第 750、776 页。

③ 详见 Jonathan Goldberg, "Social Texts, Royal Measures," in Richard P. Wheeler ed., *Critical Essays on Shakespeare's Measure for Measure*, p.36。

④ 《路德文集》（第 1 卷），第 254 页。

⑤ 详见 Martin Ingram, "Puritans and the Church Courts, 1560 – 1640," p.65。

⑥ 详见 Victoria Hayne, "Performing Social Practice: the Example of *Measure for Measure*," p.153。

有机会在礼拜日的教堂里目睹罪人的当众忏悔。"公开赎罪成为一个喜剧世界——将整个伦敦当做舞台的、公开上演的关于罪与救赎的戏剧。……整出戏每周都要在伦敦一百个教区上演。"①与公开赎罪仪式结束时会众与罪人和解的喜乐气氛相类似,在《一报还一报》的最后一幕,上帝的代理人——公爵不仅慷慨地饶恕了安哲鲁等人的罪行,而且引导玛利安娜及伊莎贝拉原谅安哲鲁对她们所造成的伤害,从而使全剧最终得以摆脱死亡威胁的阴影并在和解的喜剧氛围中结束。总之,《一报还一报》中的剧情发展所遵循的原则是再现在公开赎罪仪式上被依次呈现的两种感情模式:由性的犯罪所导致的死亡恐惧与罪得赦免后的喜乐。②

作为双重预定论者,清教徒将世人划分为选民与弃民两大类型。既然清教主义认为成圣是选民蒙拣选的标记,那么违背上帝律法的罪行则被其视作弃民遭上帝弃绝的确证。清教徒由此反对英国教会法庭之以公开赎罪仪式来试图感化干犯上帝律法的罪人的温和惩治方式,并主张按照摩西律法的相关规定以死刑来惩罚此类遭上帝弃绝的罪人,从而使不义的人在教会中被彻底清除掉。③ 大主教惠特吉福特在与清教主义神学家卡特莱特就此问题进行辩论时表明,清教主义与英国国教关于如何惩治罪人问题的争论其实是律法与恩典之争,它显示出"律法的严厉与福音的恩慈之间的巨大差异"④。在惠特吉福特看来,上帝的公义旨在使罪人的灵魂获得健康与救赎,故而罪是通过悔过而非惩罚来得以洗净。⑤ 由此可见,英国教会法庭的惩罚形式——公开赎罪既显明基督教的公义原则,也更彰显基督教的仁爱精神;它对罪的惩罚的宗旨并非剥夺罪人的生命,而是藉着上帝的恩典将罪人引向悔改与救

---

① 详见 Victoria Hayne, "Performing Social Practice: the Example of *Measure for Measure*," p.153。

② 详见 Victoria Hayne, "Performing Social Practice: the Example of *Measure for Measure*," p.155。

③ 详见 Debora Kuller Shuger, *Political Theologies in Shakespeare's England: the Sacred and the State in Measure for Measure*, pp.117 - 121。

④ 详见 Debora Kuller Shuger, *Political Theologies in Shakespeare's England: the Sacred and the State in Measure for Measure*, p.122。

⑤ 详见 Debora Kuller Shuger, *Political Theologies in Shakespeare's England: the Sacred and the State in Measure for Measure*, p.122。

赎。对此詹姆斯一世本人也抱有类似的见解。詹姆斯一世认为，对罪的公义惩罚不能违背仁爱精神，即"谴责过犯并公正地惩罚冒犯者而非恶意地寻索其性命"[①]。此外，他还指出，基督"作为真正的仁慈之王"，他"来改变罪人并促使他们悔改，而非毁灭他们"。[②] 在《一报还一报》中，莎士比亚使在教堂中当众赎罪的罪人的忏悔过程以戏剧艺术的形式在舞台上得以呈现：由死亡威胁与罪得赦免所构成的戏剧情节正是对公开赎罪仪式的戏剧化模拟。总之，针对清教徒主张用严刑酷治惩罚通奸行为的立法提议，《一报还一报》站在英国国教的称义论立场上来维护教会法庭之以公开赎罪为主要形式的传统惩治措施。[③] 此外，该剧也藉着公爵这一角色暗示了英王詹姆斯一世在面临英国国教与清教主义的矛盾冲突时所采取的支持前者、遏制后者的宗教政策。

---

① 转引自 Darryl F. Gless, *Measure for Measure*, *the Law*, *and the Covent*, p.199。

② 转引自 Debora Kuller Shuger, *Political Theologies in Shakespeare's England：the Sacred and the State in Measure for Measure*, p.114。

③ 详见 Martha Widmayer, "'My Brother Had but Justice'：Isabella's Plea for Angelo in *Measure for Measure*," in Michelle Lee ed., *Shakespearean Criticism*, vol.86, p.236。

第七章
莎士比亚戏剧与基督教种族政治神学

　　莎士比亚戏剧中存在若干文艺复兴时期的欧洲基督教世界中的他者形象,作者在刻画此类人物时深受该时期基督教种族政治神学观念的影响。他们或是被强迫放弃本民族的信仰而皈依基督教(例如犹太人夏洛克),或是自身主动被基督教信仰同化(例如摩尔人奥瑟罗);但无论如何,他们的结局都是悲剧性的。此外,此类人物通常被赋予邪恶的特征,例如《威尼斯商人》中的夏洛克以及《泰特斯·安德洛尼克斯》中的摩尔人艾伦,等等。在莎士比亚戏剧中的他者形象中,奥瑟罗这一人物或许最为矛盾复杂。在论及《奥瑟罗》中的种族问题时,西方学者大多认为奥瑟罗的黑皮肤是促成其悲剧命运的关键因素。然而,现代种族主义观念在文艺复兴时期的欧洲社会尚处于形成阶段;在基督教种族政治神学的影响下,除了肤色等体貌特征之外,该时期的欧洲人在很大程度上是依据宗教信仰等文化特征来界定人类的族群关系的。作为一个摩尔人,其文化血液中的伊斯兰教成分使得奥瑟罗被视作无法皈依基督教的他者。因此除了黑皮肤之外,奥瑟罗之种族性的他者身份的重要标志尚包括其受过割礼的肉身印记。总之,奥瑟罗悲剧命运的产生根源不仅是肤色偏见,更是宗教偏见;此种宗教偏见既体现了基督教种族政治神学的深刻影响,也反映出莎士比亚时代的欧洲人与穆斯林之间的紧张冲突。

　　自 20 世纪下半叶以来,《奥瑟罗》中的种族问题日渐成为西方学者的关注焦点之一。19 世纪以来的现代种族主义论认为,某一种族经由遗传获得的肤色等体貌特征与该种族的性格、智力以及道德等内在品质具有直接的因果关系,因此一些种族天生就优越于其他种族。学者大多按照此生物学意义上的种族主义观念来诠释《奥瑟罗》中的种族主题,故而奥瑟罗的肤色被认为是促成其悲剧命运的主导因素。然而现代种族主义观念在文艺复兴时期的欧洲社会尚处于形成阶段;该时期欧洲人的种族观念更多带有宗教色彩,即从宗教角度而非生物学角度来解释肤色差异等体貌特征的产生根源及其后果。此外,在基督教种族政治神学的长期影响下,除了体貌特征之外,该时期人类的族群关系在很大程度上是依据宗教信仰等文化特征来界定的。某些西方学者甚至认为,在早期现代欧洲社会,种族差异的主要标志是宗教信仰而非肤色。① 诚然,至 16 世纪中叶,随着与非洲、亚洲以及美洲新大陆等有色人种的接触日渐频繁,肤色等体貌特征逐渐成为欧洲人界定种族身份的首要依据,然而传统宗教观念依然具有巨大的影响力。内尔指出,在近代社会的早期阶段,欧洲人在界定种族身份时,宗教信仰等文化特征至少与肤色等体貌特征同等重要;进入 17 世纪以后,随着与各类有色人种的大量接触,肤色才开始成为界定种族身份的首要标准。内尔还指出,尽管实际上早在 1613年,萨缪尔·柏恰斯(Samuel Purchas)便在其游记中以肤色作为标准将欧洲人与其他人种区分开来,然而直至 1696 年之前,英语词典中尚未出现意谓"白人民族"的词。② 总之,将政治、宗教与种族紧密结合在一起的基督教种族政治神学在文艺复兴时期依旧支配着欧洲人的种族观念。这在《奥瑟罗》中得到了深刻的体现,因此除了肤色等体貌特征的差异之外,信仰的差异也是理解该悲剧中的种族问题的关键因素。

---

① 详见 Jonathan Gil Harris, "Shakespeare and Race," in Margreta De Grazia and Stanley Wells eds., *The New Cambridge Companion to Shakespeare*, Cambridge: Cambridge University Press, 2010, p.209。

② 详见 Michael Neill, "'Mulattos,' 'Blacks,' and 'Indian Moors': *Othello* and Early Modern Constructions of Human Difference," in Michelle Lee ed., *Shakespearean Criticism*, vol.53, Gale Group, 2000, pp.291,292。

一

在《奥瑟罗》的开场,奥瑟罗本人并未露面,观众对于他的印象完全依赖于伊阿古等人对其外貌所做出的歧视性评价。例如罗德利哥称奥瑟罗为"那厚嘴唇的家伙";伊阿古则称其为"一头老黑羊"(一幕一场)。苔丝狄蒙娜的父亲勃拉班修称奥瑟罗为"你这个丑恶的黑鬼"(一幕二场),"一个她瞧着都感到害怕的人"(一幕三场)。伊阿古则干脆将奥瑟罗视作魔鬼:"否则魔鬼要让您抱外孙啦"(一幕一场);"她能够从魔鬼脸上感到什么佳趣?"(二幕一场)。伊阿古等人的肤色偏见反映出莎士比亚时代的欧洲人之带有宗教色彩的种族偏见,即将黑人与罪、邪恶和魔鬼等联系在一起。亨特指出,古希腊罗马人将黑色与厄运、死亡以及邪恶等联系在一起,中世纪的基督徒则继承了这一观念。例如在中世纪的英语骑士文学中,骑士的敌人通常是撒拉逊人(Saracen),他们长得奇形怪状,形同妖魔(比如眼睛长在额头上、嘴巴长在胸脯上,等等),并且往往是黑皮肤。在中世纪表现耶稣或圣徒受难的绘画作品中,刽子手往往被描绘成黑人模样。此外,在中世纪的戏剧作品中,黑人被用来代表此世和来世的罪恶,而文艺复兴时期的奇迹剧则沿袭了这一传统。[①]文艺复兴时期的欧洲人普遍相信黑人是挪亚之不顺服的儿子含的后裔,其黑皮肤是受诅咒的结果,故而此种肤色偏见有别于诸如所谓黑人是介于白人和猿人之间的一个物种之类的生物学意义上的现代种族主义。例如当时的一位英国作家乔治·贝斯特(George Best)指出,由于受到上帝的惩罚,含的后裔的肤色"是如此的黝黑和令人厌恶,从而使这种肤色成为始终向世人呈现的一种不顺服的标记"[②]。此时期英国戏剧舞台上的黑人形象也几乎是千篇

---

① 详见 G. K. Hunter, "*Othello* and Colour Prejudice," in Lynn M. Zott ed., *Shakespearean Criticism*, vol.68, The Gale Group, pp.125 – 127。

② 转引自 Ania Loomba, "Outsiders in Shakespeare's England," in Margreta De Grazia and Stanley Wells eds., *The Cambridge Companion to Shakespeare*, Cambridge: Cambridge University Press, 2001, p.157。

一律,即"猥亵的、无耻的、邪恶的,其外表被评价为丑陋的和令人厌恶的"①。

　　然而此种肤色偏见在《奥瑟罗》中受到了有力的挑战,比如黑皮肤的奥瑟罗被赋予高贵的内在品质以及卓越的作战才能,从而赢得苔丝狄蒙娜的爱恋、同僚的尊重以及威尼斯统治阶层的器重,等等。正如威尼斯公爵对抱有肤色偏见的勃拉班修所说的那样:"尊贵的先生,倘然有德必有貌,说你这位女婿长得黑,远不如说他长得美。"(一幕三场)一些学者据此得出结论,即莎士比亚在《奥瑟罗》中反对种族主义。例如马丁·奥金认为莎士比亚在《奥瑟罗》中有意反对伊阿古等剧中人的肤色偏见。② 杨格认为,莎士比亚通过塑造一个兼具高贵品质与人类弱点的非白人的悲剧主角的方式来质疑在莎士比亚时代尚处于形成期,而在此后的历史阶段则开始迅猛发展的歧视非洲黑人的现代种族主义。③ 也有学者认为《奥瑟罗》在种族主义问题上的态度模棱两可。④ 上述学者大多根据现代种族主义观念来阐释《奥瑟罗》中的种族问题,然而正如内尔所说:"任何依据后启蒙运动时代(post-Enlightenment)的人种分类学来解读早期现代'种族'观念的企图都是注定要失败的。"⑤针对《奥瑟罗》是宣扬还是反对种族主义的学术争论,内尔指出,由于现代种族主义在当时尚未发展成熟,因此"莎士比亚不大可能在1604年就'反对种族主义'……简单地说,这场争论不能由那些术语来构成"⑥。笔者试图论证,莎士比亚在《奥瑟罗》中并非只是停留在关注肤色等体貌特征的生物学层面上来探讨种族主义问题,而是由表面的肤色差异(白人与黑人)深入内在的信仰差异(基督徒与穆斯林),从而揭示出文化学层面上的种族主义。黑肤色不仅表明奥

---

　　① Ania Loomba,"Outsiders in Shakespeare's England,"p.158.

　　② 详见 Martin Orkin,"*Othello* and the 'Plain Face' of Racism," in Michelle Lee ed.,*Shakespearean Criticism*,vol.89,Thomson Gale,2005,p.133。

　　③ 详见 R. V. Young,"The Bard,the Black,the Jew," in Michelle Lee ed.,*Shakespearean Criticism*,vol.89,p.149。

　　④ 详见 Virginia Mason Vaughan,*Othello:a contextual history*,Cambridge:Cambridge University Press,1994,p.70。

　　⑤ Michael Neill,"'Mulattos,' 'Blacks,' and 'Indian Moors':*Othello* and Early Modern Constructions of Human Difference,"p.289.

　　⑥ Michael Neill,"Unproper Beds:Race,Adultery,and the Hideous in *Othello*," in Sandra L. Williamson ed.,*Shakespearean Criticism*,vol.13,Gale Research Inc.,1991,p.329.

瑟罗来自非洲,而且表明他是一个异教徒,是威尼斯城邦所代表的基督教世界的局外人。作为一个摩尔人,奥瑟罗在进入基督教世界之前很可能是个伊斯兰教徒,[①]因此《奥瑟罗》中的种族主义观念实际上反映出文艺复兴时期的欧洲基督徒与伊斯兰世界的穆斯林之间的紧张冲突。正如卢姆芭所说,在《奥瑟罗》中,在表面的肤色歧视下面铭刻着欧洲人与土耳其人或北非人等穆斯林民族之间的信仰差异的历史。[②]《奥瑟罗》中此种以宗教信仰作为基础的种族主义观念源自由保罗所缔造的基督教种族政治神学,它在西方历史上曾产生过深刻的影响,该影响在文艺复兴时期依然支配着欧洲人的种族观念。

基督教是由犹太教发展而来的,其创立者耶稣在世时的传教对象也是以犹太人为主。耶稣被钉十字架之后,其门徒遵照其嘱咐而致力于在罗马帝国境内将基督教由犹太人区域传播到外邦人(非犹太人)地区,基督教由此发展成为一种普世性的宗教。在此过程中,使徒保罗起到了至关重要的作用。面对罗马帝国境内复杂众多的不同民族,保罗立足于建立普世性基督教教会的宗教理想,按照宗教信仰等文化特征而非肤色等体貌特征对这些民族进行归类,从而形成了有别于现代种族主义的基督教种族政治神学。[③] 保罗将罗马帝国境内的各民族划分为三大类:希腊人、化外人与犹太人。保罗将希腊文化的继承者——罗马人与希腊人视为同类,故而"希腊人"也包括罗马民族。[④]希腊罗马人认为未受希腊文明影响的民族皆是未开化的野蛮人;保罗遵循此偏见,将希腊罗马文明之外的民族统称为"化外人",然而犹太人却被单独列为一类。这表明保罗将犹太人视为一个十分独特的族群;其独特性并非体现为肤色之类的体貌特征,而是犹太人的宗教信仰。无论是希腊罗马人还是化外人,他们皆信奉多神教或万物有灵论,唯独犹太人是严格的一神论者。保罗将犹太人的宗教信仰视为其本质特征的观念深深影响了此后欧洲基督徒

① 摩尔人是非洲西北部的伊斯兰教民族,具有阿拉伯人与柏柏人(Berber)的血统,是公元 8 世纪入侵西班牙的阿拉伯穆斯林。

② 详见 Ania Loomba, "Outsiders in Shakespeare's England," p.157。

③ 本书对保罗种族政治神学思想的分析主要受到卢普顿的启发。详见 Julia Reinhard Lupton, "*Othello* Circuncised: Shakespeare and the Pauline Discourse of Nations," in Michelle Lee ed., *Shakespearean Criticism*, vol.66, The Gale Group, 2002, pp.317 - 318。

④ 详见《罗马书》(1:14,1:16)。

的种族主义观念。例如历史上的欧洲人憎恨和歧视犹太人，并非因为犹太人的肤色等体貌特征与欧洲人有着明显的差异，而是因为犹太人在信仰上与基督徒存在分歧；因此欧洲人所厌恶的"犹太人的犹太性就是指犹太人的信仰——犹太教"①。

保罗宣称："在此并不分希腊人、犹太人、受割礼的、未受割礼的、化外人……惟有基督是包括一切，又住在各人之内。"②这表明保罗在此又试图抹煞包括宗教信仰在内的各民族之间的文化差异，以期实现由普世性的基督教教会所缔造的大同世界。使徒时代的基督教教会在努力征服西方人的同时，并不排斥来自非洲的黑人等"化外人"，而是将其视为福音的传播对象之一。③与"希腊人"和"化外人"相比，犹太民族对自身信仰的坚守使得其成为使徒时代的基督教教会欲实现其普世性救赎计划的首要障碍。与耶稣一样，在其所宣扬的宗教思想屡遭犹太人拒斥后，保罗宣称拒绝接受福音的犹太人已经由上帝的特选子民沦为上帝的弃民。为了吸引更多的非犹太人加入基督教教会，保罗等基督教创始人从未放弃对犹太人和犹太教的攻击；基督教由此发展出一整套歧视犹太人的学说，该套学说也同样适用于信奉伊斯兰教的穆斯林民族。和犹太教一样，产生于 7 世纪的伊斯兰教与基督教同属亚伯拉罕宗教，并且与基督教教义存在相似之处，但是它却断然否认耶稣的神性。这使得伊斯兰教和犹太教皆成为基督教实现其普世性教会理想的棘手障碍，中世纪的基督教教会由此将犹太人与穆斯林一起视为基督教世界的顽固敌人。正如阿尼德伽所说："犹太人、阿拉伯人构成了（欧洲）宗教与政治的形成条件。"④例如 1095 年，教皇乌尔班二世发动了旨在从穆斯林手中夺回圣城耶路撒冷的第一次十字军东征，它同时也成为欧洲基督教世界大规模迫害犹太人的开端。天主教教士使东征者们相信，他们之所以被选来参加东征，乃是为

---

① 徐新：《反犹主义解析》，上海三联书店，1996 年，第 10 页。

② 《歌罗西书》(3:11)。

③ 例如腓利向埃塞俄比亚太监传福音并使其受洗归主（详见《使徒行传》8:26—39）。20 世纪西方著名解经者摩根认为，这位埃塞俄比亚太监是第一个成为基督徒的非洲黑人。

④ Gil Anidjar, *The Jew, the Arab: A History of the Enemy*, Stanford: Stanford University Press, 2003, p.xii.

了将异教徒从这个世界清除出去。这就导致了西方历史上第一次大规模反犹浪潮的兴起：东征者们在尚未到达东部讨伐穆斯林之前首先大肆屠杀欧洲犹太人，目的是要先清除欧洲本土的异教徒，于是"在十字军穿越欧洲的道路上洒满了犹太人的鲜血"①。

中世纪基督教教会的种族偏见在近代宗教改革运动中并没有被消除，犹太人与穆斯林同样成为新教徒憎恨的对象。在伊丽莎白时代的英国境内仅存有极少量犹太人，尽管此时的英国已经是一个新教国家，但犹太人却依然难以摆脱遭迫害的命运。例如 1594 年，作为伊丽莎白女王私人医生的犹太人洛佩兹（Roderigo Lopez）因为被诬告图谋毒害女王而遭处决。② 与中世纪相比，莎士比亚时代的英国人对穆斯林的偏见与敌意被进一步强化：其所信奉的伊斯兰教被认为是残忍血腥和色情颓废的；创始人穆罕默德也被视作一个假先知，等等。③ 对于伊斯兰民族的这种偏见在《奥瑟罗》中也有所体现。例如罗德利哥认为苔丝狄蒙娜投入到"一个贪淫的摩尔人的粗野的怀抱里"（一幕一场）。伊阿古则认为摩尔人在对待女人方面是贪得无厌的喜新厌旧之徒："这些摩尔人很容易变心……现在他吃起来像蝗虫一样美味的食物，不久便要变得像苦瓜柯萝辛一样涩口了。"（一幕三场）莎士比亚时代的欧洲人将伊斯兰教与其他异教区别开来，视其为犹太教的可耻的同类，因为二者皆是不信奉耶稣基督的一神教，并且皆恪守律法主义。④ 与此同时，穆斯林与犹太人均成为该时期英国戏剧作品中的恶棍形象，并且二者往往也被视为同类。例如在马洛的《马耳他的犹太人》中，犹太人巴拉巴告诉一个名为伊萨莫尔的穆斯林，他之所以选择对方作为自己的奴隶、犯罪同伙兼继承人，乃是因为"我们皆是恶棍；我们皆受过割礼；我们皆仇恨基督徒"⑤。就连伊萨莫尔的

---

① 徐新：《反犹主义解析》，第 71 页。

② 详见 Lisa Hopkins & Mathew Steggle, *Renaissance Literature and Culture*, Shanghai：Shanghai Foreign Language Education Press，2009，p.20。

③ Ania Loomba，"Shakespeare and cultural difference," in Terence Hawkes ed., *Alternative Shakespeares*, vol.2, London and New York：Routledge，2007，pp.178.

④ 详见 Martin Orkin，"*Othello* and the 'Plain Face' of Racism," pp.317,319－320。

⑤ Christopher Marlowe, *The Jew of Malta*, Manchester：Manchester University Press，1978，2.3,pp.215－218.

名字本身也暗示着他与犹太人是同类。[①]莎士比亚时代的英国人之所以如此憎恶穆斯林，主要是因为来自伊斯兰教世界的土耳其人当时正对欧洲基督教世界形成可怕的军事威胁。《马耳他的犹太人》以及《奥瑟罗》皆是以当时欧洲人与土耳其人之间的战争作为戏剧背景。据统计，1587 年至 1607 年间，英国至少出现二十五部涉及土耳其人的戏剧作品。[②]当欧洲人在 1571 年击败土耳其人时，全欧洲都在庆贺这一胜利，它为"相互敌对的天主教徒与新教徒提供了为共同的敌人之失败而一起欢庆的难得机会"[③]。

殖民性与商业性的海外冒险使得文艺复兴时期的欧洲人比中世纪的欧洲人有更多机会接触世界上不同区域的民族，因此在该时期的英国戏剧舞台上不断出现欧洲文明之外的他者形象，比如印度人、摩尔人、土耳其人、吉卜赛人以及犹太人，等等。这样的历史背景无疑强化了传统的基督教种族政治神学在近代西方世界的影响力。新兴的殖民活动不仅仅是政治性的与商业性的，它同时也带有宗教动机，即让被殖民地区的异教徒皈依基督教，从而实现基督教教会的普世性目标。面对具有不同宗教文化背景的殖民对象，保罗的立足于宗教理想的种族观念依然是此历史阶段的欧洲人划分种族类型的重要依据。按照卢姆芭的观点，莎士比亚戏剧中的他者形象反映出当时欧洲人的文化学层面上的种族观念，即欧洲（基督教）文明之外的他者被划分为两大类：一类是处于蒙昧无知的原始状态的非洲黑人以及美洲土著人等化外人，此类民族比较容易被欧洲文明驯服（例如《暴风雨》中的卡列班）；另一类是土耳其人、波斯人、埃及人等大多受到伊斯兰教影响的民族，他们被认为是颓废、野蛮、奢侈、邪恶的"过度文明"的东方民族，不易被欧洲文明同化（例如《安东尼与克莉奥佩特拉》中的克莉奥佩特拉）；而作为具有阿拉伯穆斯林血

---

① 伊萨莫尔的名字"Ithamore"源自《旧约》中犹太人先知摩西的哥哥——亚伦的幼子以他玛（Ithamar）的名字；马洛借此暗示当时英国人的宗教种族观念，即犹太人与穆斯林之间存在密切的关联性。详见 Julia Reinhard Lupton, "*Othello* Circuncised: Shakespeare and the Pauline Discourse of Nations," p. 322。无独有偶，莎士比亚早期悲剧《泰特斯·安德洛尼克斯》中邪恶的摩尔人艾伦的名字"Aaron"则直接取自摩西的哥哥亚伦的名字。

② 详见 Ania Loomba, "Shakespeare and cultural difference," p.188。

③ 详见 Lisa Hopkins & Mathew Steggle, *Renaissance Literature and Culture*, p.19。

统的非洲民族,摩尔人则被认为介于这二者之间(例如《奥瑟罗》中的奥瑟罗)。[1] 卢普顿也指出,文艺复兴时期的基督教种族政治神学认为,非洲黑人以及美洲土著等民族在宗教文化上的稚嫩天真反而使其更容易皈依基督教,而穆斯林民族则与犹太民族一样,因其固有的一神教信仰而难以被基督教征服。[2] 在这样的种族观念中,尽管非洲黑人被视为含的受诅咒的后裔,因而理应遭受欧洲白人的奴役,但这并不表明他们没有信主得救的可能性。 总之,与使徒时代的基督教教会一样,文艺复兴时期的欧洲教会并未将非洲黑人从其普世性的宗教救赎计划中排除出去。 正因为如此,从某种意义上说,文艺复兴时期的欧洲人对待黑人等深肤色人种的态度比现代人所估计的要更为宽容。 在基督教的传统观念中,黑色象征罪恶,而白色则象征美德。 奥古斯丁由此指出,由于原罪的缘故,所有的民族在精神层面上皆是埃塞俄比亚人;然而藉着认识主,他们可以变成白人。[3] 文艺复兴时期的一名英国主教约瑟夫·豪尔(Joseph Hall)也表达了类似的观念:我们(欧洲白人)在精神上皆是黑人,然而我们可以靠着主得救;因此我们应该关注的不是人的肤色,而是其灵魂;如果一个黑人的灵魂是无辜而圣洁的,那么其外在的黑肤色并不能阻止我们去爱他。[4] 正如苔丝狄蒙娜所说:"我的心灵完全为他的高贵的德性所征服;我先认识他那颗心,然后认识他那奇伟的仪表;我已经把我的灵魂和命运一起呈献给他了。"(一幕三场)

莎士比亚让黑皮肤的奥瑟罗与一个白人女性联姻,结果两人的结合招致伊阿古等人的侮辱性诋毁以及勃拉班修的极度不满。然而与受现代种族主义观念支配的 19 世纪的欧洲人不同,[5]文艺复兴时期的英国人并非完全不能接受白人与有色人种之间的通婚。 例如詹姆斯一世时期的一名英国人约

---

[1]　详见 Lisa Hopkins & Mathew Steggle, *Renaissance Literature and Culture*，pp.173 - 179。

[2]　详见 Julia Reinhard Lupton，"*Othello* Circumcised: Shakespeare and the Pauline Discourse of Nations," pp.317 - 318。

[3]　详见 G. K. Hunter，"*Othello* and Colour Prejudice," p.129。

[4]　详见 G. K. Hunter，"*Othello* and Colour Prejudice," p.129。

[5]　例如 19 世纪的莎士比亚批评家、英国诗人柯勒律治在评价《奥瑟罗》时指出:"设想这个美丽的威尼斯姑娘会爱上一个真正的黑人,这真有些怪异。"(转引自 R. V. Young，"The Bard, the Black, the Jew," p.150。)

翰·洛尔福(John Rolf)娶了一位印第安女子为妻。该印第安女子已经皈依新教,并且取了一个基督徒的名字,她由此成为可以令英国人接受的新娘。[①]与此形成对比的是,1626 年,当英国国王查理一世迎娶身为天主教教徒的法国公主时,却引起绝大部分英国人的强烈不满。在英国这样一个新教国家,一个信奉新教的美洲土著人在很多人看来,要比一个白人天主教教徒更容易令人接受。总之,在一个充满基督教世界的内部纷争且现代种族主义观念尚未发展成熟的历史阶段,"新教徒与天主教徒的区别,几乎和基督徒与穆斯林,或者白人与黑人之间的区别一样重要"[②]。这也从一个侧面反映出基督教种族政治神学的影响在当时英国人头脑中根深蒂固,即确定族群关系的首要标准是宗教信仰,因此与宗教上的敌人的联姻是绝对被禁止的。例如中世纪的基督教神学家将基督徒与犹太人、穆斯林或异教徒的通婚视为通奸。[③] 在《奥瑟罗》中,公爵等威尼斯上层人物并未对奥瑟罗与苔丝狄蒙娜的结合表示异议,毕竟奥瑟罗此时已经皈依基督教。然而如前所述,根据莎士比亚时代欧洲人的宗教种族观念,非洲以及美洲新大陆的深肤色化外人较容易转变成为基督徒,而伊斯兰世界的穆斯林则很难真正转向基督教信仰;那么作为阿拉伯穆斯林后裔的摩尔人,莎士比亚笔下的奥瑟罗是否真正实现了对于基督教的皈依? 而这正是理解奥瑟罗悲剧命运的关键性问题。

二

卢普顿在分析《奥瑟罗》中的种族观念时指出,在该悲剧中,信仰的差异要比肤色的差异更为重要。[④] 然而大部分学者认为《奥瑟罗》中的种族观念强调的是肤色差异;埃德尔曼在其一篇关于《奥瑟罗》的论文的注释中指出产生此类观点的原因,即与宗教信仰不同,肤色是无法改变的,因此它是界定种族

---

① 详见 Lisa Hopkins & Mathew Steggle, *Renaissance Literature and Culture*, p.104。

② Lisa Hopkins & Mathew Steggle, *Renaissance Literature and Culture*, p.105.

③ 详见 Michael Neill, "Unproper Beds: Race, Adultery, and the Hideous in *Othello*," p.336。

④ 详见 Julia Reinhard Lupton, "*Othello* Circumcised: Shakespeare and the Pauline Discourse of Nations," p.318。

身份的主要标准。① 然而历史证明，欧洲基督教教会对犹太人长期抱有的宗
教偏见之所以具有种族主义性质，乃是因为它将犹太人的信仰视为一种如同
肤色一样无法改变的种族特征，因此犹太人被认为无法真正皈依基督教。正
因为如此，历史上有不少为在欧洲求得生存而皈依基督教的犹太人依然难逃
遭迫害的厄运。例如在十字军的屠犹浪潮中，"那些为了偷生而接受洗礼的
犹太人实际上最后也未能免遭迫害"②。再比如自 1391 年以来，许多西班牙
境内的犹太人被迫皈依基督教。这些"新基督徒"被轻蔑地称为"马兰内"
（Marranos，即"猪"的意思）。宗教裁判所经常秘密接近他们，以搜索其中的
异端分子；西班牙当局也颁布了一系列针对这些犹太改宗者的歧视性法令。③
同样，皈依基督教的穆斯林在基督教世界往往也会遭遇类似的命运。例如从
1499 年起，只有皈依基督教的摩尔人才被允许在西班牙居住。然而两年以
后，逾百万的此类皈依者被驱逐出境，从而结束了自西班牙被摩尔人征服以
来，穆斯林长期存在于欧洲的历史局面。④ 莎士比亚时代的基督徒依然相信，
犹太人永远无法彻底皈依基督教，因为他们先天性地"携有其忘恩负义之祖
先的罪恶倾向与愚拙"⑤。这种偏见也同样适用于摩尔人：在该时期的欧洲社
会，"摩尔人被普遍认为是野蛮的、与生俱来便与基督徒及欧洲人敌对的异教
徒"⑥。此类偏见在莎士比亚戏剧中也有所体现，即摩尔人不仅是黑人，而且
是野蛮的反基督教者。例如《泰特斯·安德洛尼克斯》中邪恶的艾伦不仅是
黑皮肤的摩尔人，而且是"野蛮的摩尔人""不信宗教的摩尔人"以及"不信神
明的摩尔人"。（五幕三场）伊丽莎白女王分别于 1596 年与 1601 年发布驱逐
英国境内的摩尔人的敕令，原因之一在于这些摩尔人大多是"对基督及其训

---

① Janet Adelman，"Iago's Alter Ego：Race as Projection in *Othello*，" in Michelle Lee
ed.，*Shakespearean Criticism*，vol.42，Gale Research，1999，p.211.

② 徐新：《反犹主义解析》，第 71 页。

③ 详见诺曼·所罗门《犹太教》，赵晓燕译，辽宁教育出版社，1998 年，第 49 页。

④ 详见 Ivan Hannaford，*Race：The History of an Idea in the West*，Baltimore and London：
Johns Hopkins University Press，1996，p.124.

⑤ Ania Loomba，"Outsiders in Shakespeare's England，" p.156.

⑥ Allan Bloom，*Shakespeare's Politics*，Chicago：University of Chicago Press，1986，p.42.

诚一无所知的异教徒";他们正在侵占基督徒获得食物及受雇的机会。① 在这样的历史背景下,无怪乎尽管奥瑟罗百般努力地将自己塑造成虔诚的基督徒形象,以求在威尼斯获得个人的生存空间,但是对其抱有偏见的人依旧将他视为基督教世界的局外人。例如罗德利哥称奥瑟罗是"一个到处为家、漂泊流浪的异邦人"(一幕一场);伊阿古则称其为"一个走江湖的蛮子"(一幕三场)。勃拉班修要求严惩私自与自己女儿成亲的奥瑟罗,否则"奴隶和异教徒都要来主持我们的国政了"(一幕二场)。

奥瑟罗自以为他是一个有别于野蛮人与异教徒的基督徒,②并且他也在多处台词中表达了基督徒的宗教观念,甚至在他动手杀死苔丝狄蒙娜之前还催促她赶紧祈祷,以求其灵魂能够获得上帝的宽宥。然而有学者对奥瑟罗的基督徒身份提出质疑。例如吉拉尔德指出,在辛西奥原先的故事素材中,尽管遭到父辈的极力反对,但男女主人公的结合是公开的;而莎士比亚笔下的奥瑟罗却并不为自己与苔丝狄蒙娜采取私自成亲这一有悖于基督教社会常理的方式结合在一起而在勃拉班修面前抱有任何愧疚之感。这表明尽管奥瑟罗自以为他是一个文明的基督徒和威尼斯城邦的杰出公民,但实际上他根本不理解威尼斯这个基督教世界中的行为准则与道德规范。③ 在伊阿古的不断挑唆下,随着剧情的发展,奥瑟罗作为异教徒(穆斯林)的本来面目也被逐渐暴露出来。例如四幕一场中有这样一个细节:当伊阿古挑起奥瑟罗的妒火时,后者因为癫痫病突然发作而晕倒在地。有学者认为,奥瑟罗的癫痫病可能暗示着他与伊斯兰教的内在联系。④ 当女儿私自结婚的秘密暴露之后,勃拉班修当即怀疑奥瑟罗是使用异教中的巫术引诱苔丝狄蒙娜的。基督教对

① 详见 Ania Loomba,"Outsiders in Shakespeare's England,"p.155。

② 例如他在阻止凯西奥等人斗殴时说:"难道我们都变成野蛮人了吗? 上天不许土耳其人来打我们,我们倒自相残杀起来了吗? 为了基督徒的面子,停止这场粗暴的争吵。"(二幕三场)

③ 详见 Albert Gerard,"'Egregiously an Ass':The Dark Side of the Moor,"in Kenneth Muir and Philip Edwards eds.,*Aspects of Othello*,Cambridge:Cambridge University Press,1977,p.15。

④ 在文艺复兴时期的欧洲,伊斯兰教的创始人穆罕默德被说成是一个癫痫病患者。穆斯林相信穆罕默德是在神的启示下创立伊斯兰教的,而当时的欧洲基督徒则认为伊斯兰教源于穆罕默德在一次癫痫病突然发作时所经历的幻觉。(详见 Lisa Hopkins & Mathew Steggle,*Renaissance Literature and Culture*,p.19。)

巫术持贬斥态度,认为那是源自魔鬼的邪恶把戏;勃拉班修始终将奥瑟罗视为一个异教徒,因而将其与邪术妖法联系在一起。事实证明,奥瑟罗本人确实没有摆脱对于巫术的迷信。伊阿古正是凭借苔丝狄蒙娜遗失的那块手帕而促使奥瑟罗最终确信妻子的不忠。据奥瑟罗所说,这手帕是一个埃及女巫送给他母亲的,"这一方小小的手帕,却有神奇的魔力织在里面",它可以使女人享受丈夫的爱宠;可一旦失去,"那就难免遭到一场无比的灾祸"(三幕四场)。果然,手帕的遗失酿成了最终的悲剧。此外,妒火中烧的奥瑟罗暴露出其性格中极其野蛮残忍的一面。例如他用血腥恐怖的字眼来表达他对妻子怀有的复仇欲念:"我要把她碎尸万段。"(三幕三场)"我要把她剁成一堆肉酱。"(三幕三场)他甚至当众动手击打苔丝狄蒙娜,并喝令其"去!滚开!"(四幕一场)。奥瑟罗的言行如此粗暴,以至于目睹这一幕的罗多维科怀疑"他的头脑没有毛病吗?他的神经是不是有点错乱?"(四幕一场)。如前所述,莎士比亚时代的英国人普遍相信伊斯兰教具有残忍血腥的本性。吉拉尔德据此指出,当我们考虑到奥瑟罗的异教信仰时,他身上的野蛮性就不难理解了。"他表面上对基督教的接纳不应使我们忽略其本质上的异教信仰";异教信仰"是在这位主人公的灵魂中发挥作用的基本力量,它使这个摩尔人成为一个野蛮人的类型"。[1]

奥瑟罗试图通过两条纽带来加强他与威尼斯城邦之间的联系:首先是他在威尼斯军队中的供职,其次是他与威尼斯女子苔丝狄蒙娜结婚。然而事实证明,除了肤色之外,由于奥瑟罗身上的异教因素,这两条纽带显得十分脆弱,以至于他至死都未能真正融入威尼斯社会。正如内尔所说,奥瑟罗的遭遇表明,"一个摩尔人或许可以变成基督徒,但他绝不可能'变成'威尼斯人"[2]。奥瑟罗率领威尼斯军队与当时被欧洲人视为基督教世界的可怕敌人的土耳其人作战,这似乎表明他是为上帝而战的基督教信仰的护卫者。然而奥瑟罗本人并非真正意义上的非洲黑人,而是具有阿拉伯穆斯林血统的摩尔

---

① Albert Gerard, "'Egregiously an Ass': The Dark Side of the Moor," pp.13 - 14.

② Michael Neill, "'Mulattos,' 'Blacks,' and 'Indian Moors': *Othello* and Early Modern Constructions of Human Difference," p.295.

人。如前所述,在基督教种族政治神学观念中,犹太人与穆斯林均被认为无法真正皈依基督教;如此一来,奥瑟罗作为基督教信仰的卫士这一身份就存在着无法克服的内在缺陷,因为他很可能是由伊斯兰教皈依基督教的。[1] 面对身为穆斯林的土耳其人,奥瑟罗极有可能变成基督教的叛徒。正如卢姆芭所说,奥瑟罗身上的非基督教的另一半是"裹着头巾的敌意的土耳其人";是"长期出没于欧洲的妖魔";是当时欧洲人眼中的"世界正面临着的恐惧";是"基督教世界的共同敌人"。[2] 阿尼德伽也认为,尽管奥瑟罗率领威尼斯人与土耳其人作战,然而该剧最终却暗示奥瑟罗本人很可能就是"裹着头巾的敌意的土耳其人"[3]。

奥瑟罗通过婚姻所获得的基督徒的忠实丈夫这一身份也同样是不堪一击。奥瑟罗在第一幕中还和妻子卿卿我我,恩爱无比;可是在伊阿古三言两语的挑拨下,到了第三幕,他就将妻子视同魔鬼与娼妇,对之产生了疯狂的仇恨情绪。奥瑟罗如此轻信伊阿古的谗言,这表明他根本就不了解自己的妻子。苔丝狄蒙娜具备贞洁、顺服、忍耐、仁慈、宽容等基督徒的诸种美德,有学者甚至将其视为基督似的人物,她的死亡也被认为类似于基督的受难。[4] 奥瑟罗对苔丝狄蒙娜的误解不仅表明他具有由肤色偏见所造成的自卑心理,[5]而且实际上也暴露出他与基督教信仰之间的隔膜,正是这种隔膜使得他无法理解妻子身上的美德。苔丝狄蒙娜的顺服在他看来是"好一股装腔作势的劲儿!"(四幕一场)。奄奄一息的苔丝狄蒙娜对奥瑟罗非但没有怨恨情绪,反而试图为其开脱罪责,奥瑟罗却将这种宽恕等同于撒谎:"她到地狱的火焰里

---

[1]　详见 Julia Reinhard Lupton, "*Othello* Circuncised: Shakespeare and the Pauline Discourse of Nations," p.319。

[2]　Ania Loomba, "Shakespeare and cultural difference," p.175.

[3]　详见 Gil Anidjar, "The Enemy's Two Bodies (Political Theology Too)," in Vincent W. Lloyd ed., *Race and Political Theology*, Stanford: Stanford University Press, 2012, p.163。

[4]　详见 Irving Ribner, "The Pattern of Moral Choice: '*Othello*'", in Mark W. Scott ed., *Shakespearean Criticism*, vol. 4, Gale Research Company, 1987, pp. 560 – 561; See also P. N. Siegel, "The Damnation of *Othello*," in Mark W. Scott ed., *Shakespearean Criticism*, vol.4, p.525。

[5]　贝尔指出,伊阿古利用了奥瑟罗的这种自卑心理,即奥瑟罗本人也不相信白人女性会真的爱上他。详见 Millicent Bell, "Shakespeare's Moor," in Michael LaBlanc ed., *Shakespearean Criticism*, vol.79, The Gale Group, 2004, p.164。

去,还不愿说一句真话。杀她的是我。"(五幕二场)在《奥瑟罗》的最后一幕中,呈现在观众眼前的是床上一黑一白两具浴血的尸首。贝尔认为,这暗示着只有死亡才能够使这对试图跨越种族界限的夫妻的身体实现真正的联合。[①] 贝尔在此强调的是奥瑟罗与其妻子在肤色上所存在的种族差异;然而如上所述,信仰差异才是真正横亘于这对夫妻之间的无法逾越的鸿沟。

三

奥瑟罗最终选择自杀这一有悖于基督教信仰的方式来结束自己的生命,然而在自杀前他却试图维护自己作为基督教世界之护卫者的身份,追忆"在阿勒坡地方,曾经有一个裹着头巾的敌意的土耳其人殴打一个威尼斯人,诽谤我们的国家,那时候我就一把抓住这受割礼的狗子的咽喉,就这样把他杀了"(五幕二场)。奥瑟罗站在欧洲人的立场上,使用侮辱性的措辞将被其杀死的土耳其人称作"这受割礼的狗子",表达了基督教世界对受割礼民族及其信仰的歧视;这种偏见也是源自保罗的影响。[②] 割礼是犹太教与伊斯兰教均奉行的一种宗教仪式,它起源于上帝与犹太人的祖先亚伯拉罕及其后裔所立的约。初期阶段的基督教被视为犹太教的一个分支,它也奉行割礼与律法主义,从而令许多非犹太人望而却步。为了实现建立普世性基督教教会的目标,保罗主张非犹太人皈依基督教"不需举行割礼仪式,也不必宣誓服从'摩西诫律'"[③]。保罗以洗礼代替割礼,以"因信称义"代替律法主义,"从而发动了基督教史上第一次典范转变——从犹太基督教转向希腊化外邦人基督教的转变"[④]。由于基督教教会长期以来对犹太人及穆斯林抱有偏见与敌意,割礼在欧洲人眼中逐渐成为一种耻辱的标记。在文艺复兴时期的新教徒看来,割礼将犹太教与伊斯兰教紧紧联系在一起,它象征着这两种宗教所共有的律

---

    ① 详见 Millicent Bell, "Shakespeare's Moor," p.165。

    ② 例如保罗将拒绝放弃行割礼传统的犹太人比作狗类,并将其与作恶者视为同类(详见《腓立比书》3:2)。

    ③ 诺曼·所罗门:《犹太教》,第 26 页。

    ④ 汉斯·昆:《基督教大思想家》,包利民译,社会科学文献出版社,2001 年,第 6 页。

法主义精神。例如 1597 年在伦敦出版的《土耳其帝国的政策》（*The Policy of the Turkish Empire*）一书认为奉行割礼正是律法主义的体现。该书还指出，犹太教、伊斯兰教的律法主义与天主教的"以行为称义"的神学观念如出一辙。因此割礼曾经是"最神圣的圣礼"，而在犹太教徒与穆斯林中间，它"如今却变为……最懒散无益的一种仪式"。①

伊阿古在建议被撤职的凯西奥委托苔丝狄蒙娜在奥瑟罗面前代为求情后说："他的灵魂已经完全成为她的爱情的俘虏，无论她要做什么事，或是把已经做成的事重新推翻，即使叫他抛弃他的信仰和一切得救的希望，他也会惟命是从，让她的喜恶主宰他的无力反抗的身心。"（三幕三场）此段台词的原文是：were't to renounce his baptism, all seals and symbols of redeemed sin, his soul is so enfetter'd to her love, that she may make, unmake, do what she list, even as her appetite shall play the god with his weak function. 伊阿古在这番话中提及奥瑟罗所接受的洗礼，并且暗示奥瑟罗通过洗礼获得的基督徒身份及基督教信仰其实并不牢靠。保罗指出，犹太教奉行的割礼使人的肉身留下信仰的标记，而基督教的洗礼虽然不在人的肉身上留下任何痕迹，但却使人通过信仰获得精神上的重生。② 然而事实表明，洗礼既无法洗去割礼在奥瑟罗的肉身上所留下的异教标记，也无法使他在精神上彻底摆脱异教信仰的影响；总之，他无法真正实现对基督教的皈依。割礼背后的律法主义精神在奥瑟罗身上也被充分体现出来。奥瑟罗执意要通过血腥复仇的方式来洗刷耻辱："娼妇，我来了！从我的心头抹去你的媚眼的魔力；让淫邪的血溅洒你那被淫邪玷污了的枕席。"（五幕一场）卢普顿指出，奥瑟罗对"不贞洁"的妻子的报复出自犹太教、伊斯兰教等偏执的一神教中的律法主义所要求伸张的正义。③ 这种正义与基督教的宽恕仁爱形成鲜明的对比。奥瑟罗在准备杀苔丝狄蒙娜之前凝视熟睡中的她，妻子的美貌使他顿生眷恋之情：

① 转引自 Julia Reinhard Lupton, "*Othello* Circumcised: Shakespeare and the Pauline Discourse of Nations," pp.321 - 322。

② 详见《加拉太书》(6:13—14；6:15)。

③ 详见 Julia Reinhard Lupton, "*Othello* Circumcised: Shakespeare and the Pauline Discourse of Nations," p.320。

"啊,甘美的气息!你几乎诱动公道的心,使她折断她的利剑了!"(五幕二场)
华特逊指出,奥瑟罗在此将自己对妻子的爱与他所追求的公道对立起来,这
正如同《圣经》中恪守律法主义的犹太人质疑耶稣的宽恕仁爱违背十诫中的
戒律所要求的公道一样。① 奥瑟罗先是夸耀自己拥有基督徒忍耐的美德:"要
是上天的意思,要让我受尽种种的磨折;要是他用诸般的痛苦和耻辱降在我
的毫无防卫的头上,……我也可以在我的灵魂的一隅之中,找到一滴忍耐的
甘露。"然而怒火中烧的他紧接着就决心将忍耐化为复仇:"忍耐,你朱唇韶颜
的天婴啊,转变你的脸色,让它化成地狱般的狰狞吧!"(四幕二场)苔丝狄蒙
娜在被杀前苦苦哀求丈夫,这其实是基督教的宽恕精神在向奥瑟罗召唤,然
而它被拒绝了。奥瑟罗至死相信其杀妻动机的正当性:"要是你们愿意,不妨
说我是一个正直的凶手,因为我所干的事,都是出于荣誉的观念,不是出于猜
嫌的私恨。"(五幕二场)布鲁姆指出,奥瑟罗的性格令人回想起《旧约》中颁布
十诫并声称对不服从者的报复将追及三至四代的上帝;作为"一个嫉妒的丈
夫",奥瑟罗本人也在扮演着这样的上帝,即"一个无论他去往何处都可以发
号施令及施行惩罚的领导者。他坚持荣誉且以血腥复仇的方式向不服从者
泄愤"②。总之,在基督教的宽恕仁爱与律法主义所要求的报复性的正义之
间,奥瑟罗选择了后者。这正如同法庭上的夏洛克一样,这个犹太人断然拒
绝鲍西娅所呼吁的基督教的慈悲精神,坚持《旧约》中的律法所要求的公道,
即对待仇敌"就要以命偿命,以眼还眼,以牙还牙……"③。夏洛克的女儿杰西
卡最终皈依基督教并嫁给了一个基督徒。然而无论是杰西卡还是奥瑟罗,他
们对于基督教的皈依在其自身之内皆被显示为是不完全的;在基督教种族政
治神学观念中,他们是无法皈依的他者;因此"从某种意义上说,奥瑟罗和杰
西卡依然是基督教教会的局外人"④。总之,在《威尼斯商人》与《奥瑟罗》这两

① 详见 Robert N. Watson, "*Othello* as protestant propaganda," in Claire Mceachern and Debora Shuger eds., *Religion and Culture in Renaissance England*, Cambridge: Cambridge University Press, 2006, p.248。

② Allan Bloom, *Shakespeare's Politics*, p.53.

③ 《出埃及记》(21:23—24)。

④ Ania Loomba, "Outsiders in Shakespeare's England," p.162.

部皆以威尼斯作为背景的戏剧作品中,莎士比亚关注的是由信仰差异所带来的文化学层面上的种族主义。同样是威尼斯城邦中的他者,奥瑟罗与夏洛克的区别在于,前者"努力被同化但却失败了",而后者则让"我们看见一个拒绝被同化者的灵魂"。①

吉拉尔德指出,奥瑟罗在自杀前提及丢掉贵重珍珠的印度人以及侮辱威尼斯人的土耳其人,而这段台词恰恰点明了全剧的主旨:在珍珠、威尼斯与苔丝狄蒙娜之间存在关联,即这三者代表"美丽、美德、精神财富以及文明高雅";而在印度人、土耳其人与奥瑟罗之间也存在关联,即"这三者皆是野蛮人,意识不到他们所能获得的真正的价值和尊严"。② 就像糊涂的印度人一样,奥瑟罗抛弃掉他生命中最宝贵的珍珠;就像敌意的土耳其人一样,奥瑟罗侮辱了威尼斯以及苔丝狄蒙娜所代表的基督教世界的价值;总之,奥瑟罗最终"依旧是个野蛮人"。③ 奥瑟罗在叙述完他是如何杀死那个土耳其人之后,紧接着便以同样的姿势拔剑自刎。埃德尔曼指出,此时"奥瑟罗的自我分裂是如此严重,以至于他可以拿起武器对付他自己",即"作为基督徒的自我对付作为土耳其人的自我……"。④ 卢姆芭也指出陷入分裂状态之中的奥瑟罗之自我身份的双重性,即"他同时成为基督徒与异教徒,威尼斯人与土耳其人"⑤。卢普顿认为,奥瑟罗以同样的姿势将杀死土耳其人的剑刺入自己的身体,这意味着他在生命结束时将那个受过割礼的土耳其人变成他自身。⑥ 贝尔也指出,奥瑟罗在自杀前的追忆中试图维护其威尼斯公民的身份,然而其自杀的方式却表明他最终无法逃脱白人殖民世界为其所规定的角色,即无法皈依的他者。"通过在已经转变为基督徒的自我身上重复当初杀死一个异教徒的动作,奥瑟罗重又变成他皈依基督教以及在威尼斯军队供职之前的自

① Allan Bloom, *Shakespeare's Politics*, p.21.
② Albert Gerard, "'Egregiously an Ass': The Dark Side of the Moor," p.19.
③ Albert Gerard, "'Egregiously an Ass': The Dark Side of the Moor," pp.19 - 20.
④ Janet Adelman, "Iago's Alter Ego: Race as Projection in *Othello*," p.204.
⑤ Ania Loomba, *Gender, Race, Renaissance Drama*, Manchester: University Press, 1989, p.48.
⑥ 详见 Julia Reinhard Lupton, "*Othello* Circumcised: Shakespeare and the Pauline Discourse of Nations," p.322。

我。"①维特库斯则认为,在该剧的末了,由基督教重又归向伊斯兰教的奥瑟罗最终成为"东方专制"的典型。② 至此,奥瑟罗所努力塑造的被欧洲基督教文明同化的自我形象彻底破灭,他又还原为一个野蛮的异教徒;通过自杀,他"再次杀死了一个无可救药的受过割礼且无法被同化的异族性的他者,也即他自己"③。

17 世纪的英国戏剧中也有表现女性穆斯林皈依基督教并与来自欧洲的男性基督徒联姻的作品。卢姆芭指出,与《奥瑟罗》一样,这些以穆斯林皈依基督教作为题材的戏剧作品实际上反映出由殖民扩张所导致的、在欧洲世界内部蔓延开来的文化上的焦虑情绪,即担心由于殖民扩张的反作用,欧洲文化可能会被异教文化吞没。④ 内尔也指出,极具讽刺性的是,欧洲文化自身的扩张主义滋生出对于吸纳性极强的他者的恐惧。⑤ 这种焦虑情绪之更为直接的表现是,同时期的英国戏剧中也有反映欧洲男性基督徒在女性穆斯林的诱惑下与之结合并皈依伊斯兰教的作品,其皈依仪式被描述得奇异而令人恐惧。⑥ 基督教与伊斯兰教之间存在血缘关系,彼此的教义具有相似之处,但双方却互相仇恨,这使得二者之间相互转化的可能性成为长存于欧洲人心头的梦魇;这种担忧在该时期的英国戏剧、布道以及游记等中皆有所体现。⑦ 当然,基督教的源头——犹太教也同样属于令人担忧的对象。例如为了避免基督徒被传染上犹太人的"犹太性",自中世纪以来,基督教教会一直设法禁止犹太人与基督徒居住在一起,这就导致了犹太隔都在欧洲国家的出现。正如卢普顿所说,由保罗所开创的基督教种族政治神学可以包容希腊人与化外人

---

① Millicent Bell,"Shakespeare's Moor,"p.165.

② 详见 Daniel Vitkus,"Turning Turk in *Othello*:The Conversion and Damnation of the Moor,"in *Shakespeare Quarterly*,48(1997),p.171。

③ Millicent Bell,"Shakespeare's Moor,"p.165.

④ 详见 Ania Loomba,"Shakespeare and cultural difference,"p.187。

⑤ 详见 Michael Neill,"'Mulattos,' 'Blacks,' and 'Indian Moors':*Othello* and Early Modern Constructions of Human Difference,"p.290。

⑥ 详见 Ania Loomba,"Shakespeare and cultural difference,"p.188。

⑦ 详见 Ania Loomba,"Shakespeare and cultural difference,"pp.187–188。

之间的巨大差异,但却无法容忍受割礼者与未受割礼者之间的微小差异。①
博亚林也指出,在现代种族主义观念崛起之前,传统的基督教种族政治神学
将基督徒与"受割礼的他者"区别开来,而后者是必须从基督教世界中被清除
出去的。② 受此观念的影响,莎士比亚等文艺复兴时期的欧洲戏剧家在其作
品中所表达的是将犹太人与伊斯兰教徒排除在外的基督教人文主义精神,但
它并不排斥非洲以及美洲新大陆等深肤色的化外人。这反映出基督教教会
普世主义精神的悖论性,即它所要建立的其实是一个可以容纳体貌差异、但
却无法包容信仰差异的人类大同世界。

　　与弱小的犹太民族不同,"伊斯兰文明对西方世界来说,其中最大的影
响,就在于它作为一个强有力的对手而存在,结果刺激了西方世界的想象力
和创造力"③。因此尽管对之抱有偏见,西方人"却很尊重或惧怕穆斯林"④。
这也正是莎士比亚时代的欧洲人对土耳其人所抱有的复杂心态:既憎恨对
方,又羡慕其出色的军事组织才能。奥瑟罗被赋予高贵的天性和卓越的军事
才能,这既表明莎士比亚克服了肤色偏见,同时也反映出西方人对穆斯林所
持有的上述矛盾态度;但不管怎样,奥瑟罗终究是无法皈依的他者。按照文
艺复兴时期的基督教种族政治神学观念,在威尼斯城邦这样的基督教世界,
对于像奥瑟罗之类试图融入其中的外来者来说,最为棘手的是其自身的信仰
特征(穆斯林),而非其体貌特征(黑肤色)。正如博亚林所说,奥瑟罗的他者
身份的首要标记是其受过割礼的肉身印记,而非其黑皮肤或厚嘴唇等。⑤ 卢
普顿指出,如果奥瑟罗是来自位于威尼斯西面和南面的非洲地区的异教徒,
那么他将是一个皮肤十分黝黑的化外人,并且由于宗教信仰上的天真稚拙而
有可能完全皈依基督教;然而奥瑟罗是来自非洲西北部的摩尔人,因此其肤

① 详见 Julia Reinhard Lupton, "*Othello* Circuncised: Shakespeare and the Pauline Discourse of Nations," p.323。
② Daniel Boyarin, "The Double Mark of the Male Muslim: eracing *Othello*," in Vincent W. Lloyd ed., *Race and Political Theology*, p.174.
③ 罗伯特·E. 勒纳等:《西方文明史》(上),王觉非等译,中国青年出版社,2003年,第266页。
④ 罗伯特·E. 勒纳等:《西方文明史》(上),第266页。
⑤ Daniel Boyarin, "The Double Mark of the Male Muslim: eracing *Othello*," p.175.

色并不是太黑,但他是遭到基督教世界排斥的穆斯林,是无法皈依基督教的他者与可怕的敌人;因此在文艺复兴时期的历史背景下,浅黑肤色的奥瑟罗要比深黑肤色的奥瑟罗更具危险性。[①] 由此可见,奥瑟罗悲剧命运的根源不仅是肤色偏见,更是宗教偏见。此种宗教偏见既体现了基督教种族政治神学的深刻影响,也反映出莎士比亚时代的欧洲人与穆斯林之间的紧张冲突。

综上所述,如果说莎士比亚在《奥瑟罗》中克服了肤色偏见,那么正如同在《威尼斯商人》中一样,他却未能实现对基督教种族政治神学的超越。因此尽管在该剧开场时奥瑟罗是以迥异于 16 世纪末、17 世纪初英国舞台上的老套的黑人角色的黑人形象出现的,但是在该剧结束时他却悲剧性地还原为该时期英国舞台上的老套的摩尔人角色。

---

① 详见 Julia Reinhard Lupton, "*Othello* Circuncised: Shakespeare and the Pauline Discourse of Nations," pp.317 - 318。

第八章
莎士比亚戏剧中的君权观

《亨利六世》《亨利四世》《亨利五世》等莎士比亚历史剧以及《哈姆莱特》《麦克白》等莎士比亚悲剧均关乎对君权问题的思考，其中历史剧《理查二世》更是着重揭示天主教与新教在此方面的理论分歧。《理查二世》在对理查二世命运的叙述中牵引出宗教改革后的欧洲社会的一个争论焦点：面对暴政，臣民是否有权抵抗乃至废黜君主？此问题关乎对君权的合法性的起源的认识。该剧通过理查与波林勃洛克之间的权力斗争揭示出莎士比亚时代的英国国教与天主教以及清教等宗教派别之间的君权观念之争，即专制主义的君权神授教义、绝对服从教义与立宪主义的契约论、抵抗理论之间的争论。在16世纪90年代的英国，这种君权观念之争往往与关乎英国王位继承问题的争论交织在一起，而这在《理查二世》中也有所体现。该剧由此反映出置身于伊丽莎白时代晚期的政治思想背景中的英国民众对暴政所持有的矛盾态度。

莎士比亚的历史剧《理查二世》记述了一位合法君主因治国无方而遭废黜乃至被杀害的悲剧命运，该剧由此涉及宗教改革后的英国政治思想界的一个争论焦点：面对暴政，臣民是否有权抵抗乃至废黜君主？该问题涉及对于君权的合法性的起源的认识，而英国国教的正统教义与不服从英国国教的天主教徒、清教徒等不同宗教派别人士对此存在较多分歧。在伊丽莎白时代后期的英国社会，关于君权观念的争论由于英国王位继承问题的悬而未决而变得日趋复杂激烈。王位继承危机激发了该时期不同宗教背景的英国人士对于君权问题的深入思考，而理查二世的命运则为这一思考提供了可供借鉴的历史案例。至 16 世纪 50 年代中期，这位中世纪晚期的英国君主的不幸遭遇早已被众多英国历史学家、法律专家等用来讨论君主在何种情形之下可以被废黜的问题。① 总之，在该时期的英国，理查二世这一历史人物引起公众的普遍兴趣。在莎士比亚完成《理查二世》之前，就已经有其他伊丽莎白时代的英国剧作家创作出以理查二世的生平作为素材的戏剧作品了。相比之下，莎士比亚的《理查二世》受到英国公众的较多青睐。② 莎士比亚在对理查二世生平的记叙中涉及废黜君主这一行为自身的合法性以及议会在决定王位继承人方面所能发挥的作用等被伊丽莎白政府列为禁区的敏感问题，并通过剧中人物之间的观念冲突揭示出现实世界中的英国国教与天主教等宗教派别就上述问题进行辩论时所表现出来的君权观念之争。

一

莎士比亚笔下的理查二世对自身君权的神圣性深信不疑，这表现为他始终将自己类比为基督。例如在第一幕第一场的结尾处，当理查二世承认自己试图调解波林勃洛克（即位后称亨利四世）与毛勃雷之间的矛盾的努力失败之后说："你们既然不能听从我的劝告而和解，我只好信任冥冥中的公道，把胜利的光荣判归无罪的一方。"（一幕一场）此句话的原文是："Since we can not atone you, we shall see justice design the victor's chivalry." 休格指出，理查在此处使用"atone"一词，这表明他将自己对这两位公爵之间的矛盾所做的调解类比为基督为恢复罪人与上帝之间的关系而做的救赎之功。③ 这乃

---

① 详见 Jean-Christophe Mayer, "Shakespeare's Religious Background Revisited: *Richard II* in a New Context," in Dennis Taylor and David Beauregard eds., *Shakespeare and the Culture of Christianity in Early Modern England*, New York: Fordham University Press, 2003, p.103。

② 例如在 1595 年至 1598 年间，此剧的四开本发行过三次；在莎士比亚去世前，四开本又再度发行过两次。详见 S. Schoenbaum, "*Richard II* and the realities of power," in Catherine M. S. Alexander ed., *Shakespeare and Politics*, Cambridge: Cambridge University Press, 2004, p.94。

③ 详见 Debora Shuger, "'In a Christian Climate': Religion and Honor in *Richard II*," in Kenneth J. E. Graham and Philip D. Collington eds., *Shakespeare and Religious Change*, New York: Palgrave Macmillan, 2009, p.42。

是因为，在 17 世纪以前的英国，"atone"一词并非一个普通词汇，其名词形式"atonement"特指基督旨在实现人类与上帝的和好而在十字架上所做的牺牲。① 再比如，从爱尔兰归来的理查二世面对由波林勃洛克率领的叛军的军事威胁，以将自己比作从东方升起的太阳的方式来表达他将惩罚波林勃洛克的决心："可是他不久将要看见我从东方的宝座上升起，他的奸谋因为经不起日光的逼射，就会羞形于色，因为他自己的罪恶而战栗了。"（三幕二场）斯特里特指出，基督教的传统观念认为，当世界末日来临时，基督耶稣将从东方来对世界施行最后的审判；由此可见，理查在其言辞中含蓄地将归国后即将讨伐叛军的自己类比为末日审判时再次降临世间的基督。② 当理查失势后，他则将自己的遭遇等同于基督的受难。例如被迫退位的理查将背叛自己的臣民比作出卖基督的犹大和将基督送上十字架的彼拉多。"犹大也是这样对待基督；可是在基督的十二个门徒之中，只有一个人不忠于他，我在一万两千个臣子中间，却找不到一个忠心的人。""嘿，你们这些站在一旁，瞧着我被困苦所窘迫的人们，虽然你们中间有些人和彼拉多一同洗过手，表示你们表面上的慈悲，可是你们这些彼拉多们已经在这儿把我送上了苦难的十字架，没有水可以洗去你们的罪恶。"（四幕一场）总之，被废黜的理查以一种"悲剧性的或牺牲性的"殉道者的姿态，"将他的失败乃至于他的死亡变成一种虔诚的表演"。③

　　一些学者认为理查二世代表中世纪的君权观念，他是依靠语言和仪式进行统治的中世纪的遗物；④其悲剧性的结局则被认为反映出此种君权观念在莎士比亚时代的日趋没落。例如布朗洛认为，莎士比亚通过理查二世这一历史人物来揭示"君权的神秘性以及此种神秘性的丧失"⑤。斯特莱特也认为，

---

　　① 详见 Debora Shuger, "'In a Christian Climate'：Religion and Honor in *Richard Ⅱ*," p.57。

　　② 详见 Adrian Streete, *Protestantism and Drama in Early Modern England*, Cambridge：Cambridge University Press, 2009, pp.187-188。

　　③ Joseph Sterrett, *The Unheard Prayer：Religious Toleration in Shakespeare's Drama*, Leiden and Boston：Brill, 2012, p.80.

　　④ 详见 R. Morgan Griffin, "The Critical History of *Richard Ⅱ*," in Kirby Farrell ed., *Critical Essays on Shakespeare's Richard Ⅱ*, New York：G. K. Hall & Co., 1999, p.25。

　　⑤ E. W. Brownlow, "*Richard Ⅱ* and the Testiong of Legitimacy," in Kirby Farrell ed., *Critical Essays on Shakespeare's Richard Ⅱ*, p.60.

该剧是对于君权乃神之恩典、权威在尘世间的延伸这一观念之逝去的哀悼。[①]
然而此类观点未必经得起推敲。正如莱蒙所说，虽为中世纪晚期的君主，莎
士比亚笔下的理查二世却"完全是个十六世纪的君主"；他不仅相信中世纪的
"神秘的君权"，更信奉早期现代专制主义政治理论中的"君权神授教义"。[②]
此种君权神授教义并非源自中世纪，而是欧洲宗教改革运动的产物；在伊丽
莎白时代的英国，它被官方教会以各种方式向英国民众反复宣扬。理查认为
自己的君权源自上帝的赐予，他乃是"上帝所拣选的代表"，而这种拣选的印
记便是他的身体在加冕仪式上被涂抹的油膏。此种观念使他坚信叛军无法
用武力倾覆他的君主地位，因为"汹涌的怒海中所有的水，都洗不掉涂在一个
受命于天的君王顶上的圣油；世人的呼吸决不能吹倒上帝所拣选的代表"（三
幕二场）。在中世纪的加冕仪式上，给新任君主涂抹圣油是一个极其重要的
时刻，它表明"某件事发生了"，即君主因这所涂抹的油膏而变成适合被授予
君权的人。[③] 布朗洛指出，理查将自己在加冕仪式上被涂抹的油膏视为其君
权合法性的确证，这表明"他是一幅由旧的仪式上的言辞和行为所绘就的君
王的肖像"[④]。但这并不表明理查所表达的信念是中世纪的君权观念。中世
纪的加冕仪式在宗教改革后的英国被保留下来，并且"上帝所膏抹的"与"上
帝所拣选的"之类用语在莎士比亚时代的英国依旧是合法君主的代名词。[⑤]
加冕仪式上的圣油不仅证明了君主权力的合法性，而且赋予其神圣性。该仪
式使君主的身体被涂上圣油的五个部位正好对应着基督受难时身体上的五
个受伤之处，从而将君主与基督紧密联系在一起。[⑥] 无怪乎理查会自始至终
将自己类比为基督。既然如此，侮辱君主即是亵渎神明。《理查二世》中的约

---

① 详见 Joseph Sterrett, *The Unheard Prayer : Religious Toleration in Shakespeare's Drama*,
p.59。

② Rebecca Lemon, "Shakespeare's *Richard II* and Elizabethan Politics," in Jeremy Lopez ed.,
Richard II : New Critical Essays, London and New York: Routledge, 2012, p.256.

③ 详见 E. W. Brownlow, "*Richard II* and the Testiong of Legitimacy," p.59.

④ E. W. Brownlow, "*Richard II* and the Testiong of Legitimacy," p.62.

⑤ 详见 Jean-Christophe Mayer, *Shakespeare's Hybrid Faith*, New York: Palgrave
Macmillan, 2006, p.103。

⑥ 详见 E. W. Brownlow, "*Richard II* and the Testiong of Legitimacy," p.63。

克公爵在描述被废黜后的理查所遭受的屈辱时说，民众用"泥土掷在他神圣的头上"（三幕二场）。在此，民众之糟蹋理查头部的举动被视为一种极其不敬虔的行为。因为受过涂油礼之后的君主的头部是如此神圣不可侵犯，以至于就连君主本人在加冕仪式后的一周之内也不得触摸自己的头部。① 此种将君主视为与上帝之道成肉身的显现——基督相类似的观念在成为新教国家后的英国并未时过境迁，而是被英国官方教会用作为君权的合法性与神圣性辩护的核心教义。例如该时期的英国神学家们宣称君主"紧挨着我们的至高统治者基督耶稣"，君主是"上帝在尘世间的肖像"。②

宗教改革之后的英国官方神学在路德政治神学的影响下发展出一种为近代专制主义君主制辩护的君权神授教义，此种教义使得世俗统治者获得令中世纪君主相形见绌的、近乎不受任何限制的权力；而莎士比亚笔下的理查二世相信自己所拥有的正是此种性质的君权。中世纪的罗马天主教教会宣称君权是由上帝通过教会来分配给君主的，世俗君权对于教权的这种依附性在君主的加冕仪式上被体现出来，该仪式通过让一位主教将剑递给被涂上圣油的君主来象征教会在上帝与世俗统治者之间的中介作用。③ 此外，加冕仪式也被解释为教权高于世俗权力的象征。④ 然而路德、加尔文等宗教改革家的政治神学却取消了教权凌驾于君权之上的特权以及君权对于教权的依附屈从。路德等人的宗教改革在很大程度上仰赖世俗统治者的支持，故而他们的政治神学出于实用目的而着重强化世俗权力的神圣性。例如路德以保罗在《圣经》中的教诲⑤来证明世俗统治者是由上帝直接任命的，从而否认了教会在世俗权力获得合法性与神圣性的过程中所起的中介作用以及神职人员对世俗统治者的控制权。英国国教对加冕仪式的意义的阐释正体现出教权

① 详见 E. W. Brownlow，"*Richard Ⅱ and the Testiong of Legitimacy*，" pp.62-63。

② 详见 Debora Shuger，"'In a Christian Climate'：Religion and Honor in *Richard Ⅱ*，" pp.54-55。

③ 详见 Stephen A. Chavura，*Tudor Protestant Political Thought 1547-1603*，Leiden and Boston：Brilll，2011，p.160。

④ 详见 G. F.穆尔《基督教简史》，第 165 页。

⑤ 保罗宣称："在上有权柄的，人人当顺服他；因为没有权柄不是出于神的，凡掌权的都是神所命的。"（《罗马书》13：1）

与君权之间的关系在宗教改革之后所发生的此种变化。英国国教认为,加冕仪式"仅仅是不可见的秩序之可见的象征而已",它本身并不具有赋予君主权力的功效,而"只能见证此种权力"。例如大主教克莱默(Thomas Crammer)在爱德华六世的加冕仪式上宣称:"君主由上帝膏抹,这并非因着主教所使用的油膏",而是因着由上帝藉着圣灵赐予君主之"更好地统治和指引这些民众"的力量;涂抹圣油"仅仅是一种仪式",即使君主没有被敷上油膏,他"仍然是上帝所膏抹的"。这等于是否认了神职人员在上帝赐予君主权力的过程中所起的中介作用。[①]

无论是与罗马教会决裂的亨利八世还是坚持让英国走一条中间路线的宗教改革之路的伊丽莎白女王,他们的权力的合法性皆遭到罗马教会以及英国国内不服从英国国教者的质疑,而路德的君权神授理论则成为英国官方教会为都铎王朝的新教统治者辩护的基本神学原理。例如当清教徒神学家诺克斯(John Knox)质疑妇女当政的合法性时,主教阿里默(John Alymer)宣称,是上帝让伊丽莎白继承了英国王位。[②] 再比如,诺威尔(Alexander Nowell)在 1570 年的《教义问答书》中宣称,君主的统治权力来自"上帝律法的神圣法令",统治者权力的合法性仅仅在于是上帝设立了他们的王位。[③] 莎士比亚笔下的理查二世的君权观念完全符合都铎王朝时代的英国教会所宣扬的君权神授教义,即他的君权的合法性的保障在于他那"受命于天的君王顶上的圣油"以及他是"上帝所拣选的代表"。此外,这种观念也出现在其他剧中人的口中。例如刚特称理查是"上帝的代理人""受到圣恩膏抹的君主""上帝的使者"(一幕二场);约克则称理查为"受上天敕封的君王"(二幕三场)。

都铎王朝时代的英国新教统治者受到国外天主教势力的敌视以及国内不服从英国国教者的不满等诸多因素的威胁,在此情形之下,此阶段的英国国教在君权神授教义的基础上发展出绝对服从的教义。该教义要求臣民无条件地服从世俗统治者;其理由是,统治者是上帝在尘世间的代理人,故而抗

---

① 详见 Stephen A. Chavura, *Tudor Protestant Political Thought 1547 - 1603*, pp.160 - 161。
② 详见 Stephen A. Chavura, *Tudor Protestant Political Thought 1547 - 1603*, p.170。
③ 详见 Stephen A. Chavura, *Tudor Protestant Political Thought 1547 - 1603*, p.174。

拒统治者的意志即是抗拒上帝的意志，必遭天罚。此种观念也是源自保罗的启发。保罗宣称："所以抗拒掌权的，就是抗拒神的命；抗拒的必自取刑罚。"① 正是基于这样的观念，面对臣民的背叛的理查二世才会断然宣称："他们不仅背叛了我，也同样背叛了上帝。"（三幕二场）同样是基于这样的观念，理查坚信背叛他的波林勃洛克及其士兵将招致上帝的惩罚："每一个在波林勃洛克的威压之下，向我的黄金的宝冠举起利刃来的兵士，上帝为了他的理查的缘故，会派遣一个光荣的天使把他击退……"（三幕二场）

问题是，当君主的统治变成暴政时，臣民有继续服从其统治的义务吗？或者说，臣民是否拥有抵抗、审判乃至废黜不义君主的权力？在此问题上，英国国教同样吸纳了路德政治神学观念。路德站在其君权神授论的立场上指出，"因为既然一切掌权的都是神所命的，那么即使是反抗暴君也仍然等于是反抗神的意志"；故而对暴政"不应抗拒，只能忍受"。② 路德沿用奥古斯丁的观点来为自己的不抵抗理论辩护，即上帝之所以常常任命暴虐的君主统治世界，乃是为了藉此惩罚人类的罪恶。③ 都铎王朝时代的英国国教以类似的论调声称暴政是由上帝为惩罚人类自身的不义而设立的，故而面对暴政，臣民应当对之顺服并反思自身的罪过；除了上帝之外，没有任何人可以抵抗暴政或是拥有审判乃至废黜暴君的权柄。例如为亨利八世辩护的英国神学家、曾于 1535 年将整本《圣经》译成英文的科佛代尔（Miles Coverdale）于 1547 年在其著作中表达了此种专制主义的君权观念。④ 如此一来，不仅中世纪罗马教会的所谓教皇有权废黜世俗统治者的言论纯属妄念，臣民抵抗乃至废黜暴君的行为更是不合法，此二者皆是对上帝权力的僭越。

英国政府于 1569 年镇压北方天主教徒叛乱后，罗马教皇宣布开除伊丽莎白女王的教籍并免除其臣民对她的效忠义务，欧洲的天主教势力也随之号召英国的天主教徒抗拒这位女王的统治。英国官方教会迅速对此做出回

---

① 《罗马书》(13:2)。

② 昆廷·斯金纳：《现代政治思想的基础》(下卷)，奚瑞森等译，译林出版社，2011 年，第 18—19 页。

③ 详见昆廷·斯金纳《现代政治思想的基础》(下卷)，第 20 页。

④ 详见 Stephen A. Chavura, *Tudor Protestant Political Thought 1547 - 1603*, pp.158 - 159。

应,于 1570 年发布了一篇向英国民众广为宣讲的题为"反对不顺服和蓄意谋反"("Agaynst Disobedience and Wylful Rebellion")的布道文。该布道文提出这一问题:臣民应该抵抗暴政吗? 它的答案是毫不含糊的:"反叛是一种在任何情况下都不能被正当化的、抵抗上帝的行为";上帝禁止反叛,因为臣民反叛君主意味着"脚部必须审判头部"①。莎士比亚的《理查二世》提出了类似的问题,即臣民可以反抗、审判乃至废黜不义的君主吗? 在该剧中,理查二世等君权神授论者重申了都铎王朝时代的英国国教所宣扬的绝对服从教义。尽管理查二世在执政期间有过诸多过犯,但他拒绝承认他的臣民有解除其统治权的权力。当波林勃洛克的亲信诺森伯兰伯爵傲慢无礼地未对理查行君臣之礼时,理查怒斥他说:"你的无礼使我惊愕;……因为我想我是你的合法的君王;……假如我不是你的君王,请给我看那解除我的君权的上帝的敕令;因为我知道,除了用偷窃和篡夺的手段以外,没有一只凡人的血肉之手可以攫夺我的神圣的御杖。"(三幕三场)再比如,当追随波林勃洛克的众贵族准备废黜理查二世并拥护波林勃洛克登上国王的宝座时,卡莱尔主教斥责道:"哪一个臣子可以判定他的国王的罪名? 在座的众人,哪一个不是理查的臣子? ……难道一位代表上帝的威严、为天命所拣选而治理万民、受圣恩的膏抹而顶戴王冠、已经秉持多年国政的赫赫君王,却可以由他的臣下们任意判断他的是非,而不让他自己有当场辩白的机会吗?"(四幕一场)卡莱尔主教紧接着便预言这种"无道、黑暗、卑劣的行为"将使这些"欺君罔上"的臣子的子孙后代遭受天谴,灾祸也必将降至英国的国土。理查二世也警告波林勃洛克的亲信诺森伯兰:"在你的罪状之中,你将会发现一条废君毁誓的极恶重罪,它是用黑点标出、揭载在上天降罚的册籍里的。"(四幕一场)这正如亨利八世时代为新教专制主义君权论辩护的英国神学家廷代尔在其著作《基督徒的顺服》(*The obedience of Christian Man*)中所说,上帝是君王的唯一审判官,因为"上帝使君王在每一个领域内高高在上地审判一切,在他之上没有审判官。审判君王的人即是审判上帝,干犯君王的人即是干犯上帝,抵抗君王的人即

---

① Robin Headlam Wells, *Shakespeare's Politics*, London and New York: Continuum, 2009, p.119.

是抵抗上帝并咒诅上帝的律法和法令"①。

二

　　都铎王朝时期的英国国教所宣扬的专制主义君权观念从其问世之日起就一直受到其他宗教派别的英国人士的质疑和反驳；同样，在莎士比亚的《理查二世》中，理查二世所代表的正统的君权观念遭到波林勃洛克等人的拒斥和挑战，而后者最终导致理查的政权走向垮台。从某种意义上说，理查二世与波林勃洛克的权力斗争也可以被视为君权观念之争，其争论的焦点是君权的合法性的起源问题。一些学者将《理查二世》中的君权观念之争描述为陈旧的中世纪的宗教神圣君权观念与新兴的近代世俗君权观念之间的较量，而后者的得势则表明该剧呈现的是一个新生的世界，此世界的诞生只能以传统的宗教神圣君权观念的失落作为代价。莎士比亚的历史剧被认为揭示出西方君权观念由中世纪走向现代的变迁过程，而莎士比亚则由此成为一个现代社会的预言者。② 然而如前所述，从严格意义上说，理查二世是都铎王朝时代的英国国教君权观念的化身，而非中世纪天主教君权观念的代言人。此类学者大多将理查二世的君权观念描述为"在宗教信仰的幻想中寻求避难所"③，而其对头——波林勃洛克的君权观念则被等同于和基督教政治伦理观唱反调的马基雅维利主义。④ 然而正如克纳普所说，在莎士比亚的历史剧中，即便是最虚伪者，他也不能完全与宗教信仰决裂，"无论此种决裂的念头是多么令人欣慰"⑤。《理查二世》中的波林勃洛克自然也不例外。莎士比亚的这部剧作创作于君权观念之争在英国愈演愈烈的历史时期，这场争论当时主要发生

---

　　① 转引自 Daniel Eppley，*Defending Royal Supremacy and Discerning God's Will in Tudor England*，Aldershot：Ashgate，2007，p.20。

　　② 详见 E. W. Brownlow，"*Richard Ⅱ* and the Testiong of Legitimacy，" p.59。

　　③ 详见 E. W. Brownlow，"*Richard Ⅱ* and the Testiong of Legitimacy，" p.61。

　　④ 详见 R. Morgan Griffin，"The Critical History of *Richard Ⅱ*，" in Kirby Farrell ed.，*Critical Essays on Shakespeare's Richard Ⅱ*，p.25。

　　⑤ Jeffrey Knapp，"Author，King，and Christ in Shakespeare's Histories，" in Kenneth J. E. Graham and Philip D. Collington eds.，*Shakespeare and Religious Change*，p.228.

在英国国教与天主教、清教等基督教内部的不同派别之间,而非基督教与马基雅维利主义等世俗政治学说之间;各派在君权观念上的分歧归根结底在于宗教教义问题上的差异,故而该时期英国社会的君权观念之争是和宗教矛盾紧密结合在一起的,而这在《理查二世》中也有所体现。斯特莱特指出,《理查二世》的中心问题是君权的合法性源自何处;正如同在莎士比亚所处的当时的英国社会环境中一样,在该剧中,"它是一个无法与宗教真理自身之更加广阔的问题截然分开的问题"①。总之,研究者在考察《理查二世》中的君权观念之争时是不能将文本与其所产生的历史语境割裂开来的。

如前所述,路德、加尔文等早期宗教改革者的改革事业主要依赖于世俗统治者的支持,故而他们的政治神学旨在强化世俗权力,其核心思想是为专制主义君主制辩护的君权神授教义和绝对服从教义。在 16 世纪的欧洲思想界,此种专制主义理论所遭遇的最大挑战来自天主教思想家之具有立宪主义性质的政治理论传统;该理论传统用契约论与抵抗理论来和新教神学家所宣扬的君权神授教义与绝对服从教义相抗衡,宣称一切政治权力的赐予者是全体民众,故而统治者必须接受其臣民的监督和约束。随着宗教改革运动的深入发展,路德的一些较为激进的追随者发现依靠世俗统治者无法实现其宗教理想,于是他们摒弃路德的政治神学,转而对世俗权力采取较为激进的神学立场。② 此外,当法国于 1572 年发生针对加尔文派信徒的圣巴多罗买日(St Bartholomew's Day)屠杀惨案之后,法国的加尔文派神学家彻底改变了自己以前的政治思想,他们宣称对"暴君要加以抗拒,顺服上帝的责任,要凌驾在顺服人类统治者的义务之上"③。从总体上看,针对暴政,新教神学家大多未能提出超越天主教思想传统的、较为完善的抵抗理论。相比之下,天主教拥有较为成熟的体系化的抵抗理论传统,此传统上自中世纪鼎盛时期的天主教思想大师托马斯·阿奎那,经由中世纪晚期的让·热尔松,下达 16 世纪的欧洲托马斯主义者,一脉相承。总之,以路德的政治神学为代表的专制主义君

---

① Joseph Sterrett, *The Unheard Prayer: Religious Toleration in Shakespeare's Drama*, p.60.
② 详见昆廷·斯金纳《现代政治思想的基础》(下卷),第 80—81 页。
③ 阿利斯特·麦格拉思:《宗教改革运动思潮》,第 264 页。

权观念的真正对手是天主教思想家的立宪主义君权观念。同样,英国国教的君权教义也面临来自天主教理论的有力挑战。如果说亨利八世时代的英国新教神学家几乎一致强调君主至尊观念,那么在"血腥玛丽"的统治时代,此情形则发生了很大的变化。尤其是一些流亡在外、对后来的清教徒产生较大影响的英国神学家们不得不思考这一问题:应该如何应对或防止暴政?他们皆主张君主的权力应受到必要的约束,但无论是他们还是后来的清教徒,二者皆未提出超越天主教理论传统的独创性观点。① 从这层意义上说,英国文艺复兴时期的君权观念之争其实是英国国教的专制主义理论与以天主教为代表的立宪主义理论之间的争论,而这对于理解《理查二世》中的君权观念之争是具有启发意义的。

《理查二世》中的君权观念之争通过刚特与葛罗斯特公爵夫人在一幕二场中的争辩而拉开序幕。在这场戏中,葛罗斯特公爵夫人恳请刚特为其被理查二世谋害的丈夫、刚特的兄弟葛罗斯特公爵复仇,然而刚特拒绝了。威尔斯认为,刚特在这场戏中所表达的正是英国国教所宣扬的绝对服从教义。② 莱蒙也指出,在莎士比亚所借鉴的相关素材中皆无此段情节,莎士比亚加入这场戏的目的在于通过刚特的言论来体现英国国教君权论的基本教义。③ 首先,刚特认为君主是由上帝设立的,所以他将理查二世称为"上帝的代理人""受到圣恩膏抹的君主""上帝的使者";其次,刚特认为君主的权力不受世间法律的约束,惟有上帝可以审判其过犯,故而"这一场血案应该由上帝解决,因为促成他的死亡的祸首是上帝的代理人,一个受到圣恩膏抹的君主"(一幕二场);再次,刚特表达了臣民不得问罪君主的绝对服从观念:"要是他死非其罪,让上天平反他的冤屈吧,我是不能向上帝的使者举起愤怒的手臂来的。"(一幕二场)

葛罗斯特公爵夫人的话语表明,理查二世谋害身为其叔父与臣子的葛罗斯特公爵,这乃是一桩违背上帝律法、人类自然天性与世间法律的罪行,故而

---

① 详见 Stephen A. Chavura, *Tudor Protestant Political Thought 1547-1603*, pp.163-168。
② 详见 Robin Headlam Wells, *Shakespeare's Politics*, pp.121-122。
③ 详见 Rebecca Lemon, "Shakespeare's *Richard II* and Elizabethan Politics," p.255。

理应受到惩罚,而这正符合与专制主义所宣扬的不受限制的君权论相对立的天主教思想传统中的立宪主义君权观念。如前所述,罗马天主教教会宣称君权是由上帝通过教会来分配给君主的;与此同时,在天主教思想家中还存在一种世俗化的政治思想传统。首先,这些天主教思想家们并不宣扬君权神授教义,他们认为尽管君主的就职得到上帝的许可,但是君主制国家的产生源于以自然法作为原则的民众意志,故而君权的直接授予者是民众。中世纪天主教神学大师阿奎那认为存在三种不同层次及类型的法,即永恒法(神法)、自然法(人类的天性)和人法(世间成文法);其中人法必须以神法和自然法作为依据,否则人法将不能成为公义的法律。① 阿奎那给自然法下的定义是,作为理性动物,人类"在某种程度上分享神的智慧,并由此产生一种自然的倾向以从事适当的行动和目的。这种理性动物之参与永恒法,就叫做自然法"②。阿奎那还指出,自然法的箴规符合人类的天性,"这是因为在人的身上总存在着一种与一切实体共有的趋吉向善的自然而自发的倾向;……与这种倾向相一致,自然法包含着一切有利于保全人类生命的东西,也包含着一切反对其毁灭的东西"③。总之,阿奎那认为人类凭借其天性中的理性可以认知自然法所规定的、源自永恒法的公义,因为"在人的身上有某一种和他的理性相一致的向善的倾向;而这种倾向是人所特有的。所以人天然希望知道有关上帝的事实并希望过社会的生活"④。人法的目标在于保障和实现自然法所赋予民众的权利,故而"全部法律都以人们的公共福利为目标,并且仅仅由于这个缘故,它才获得法律的权力和效力……"⑤。阿奎那由此提出带有契约论色彩的君权起源论;民众之所以接受君主制政府,乃是因为他们需要依靠君主的统治来保障自然法所赋予他们的权利,因此"王权的特征是:应当有一个人进行治理,他治理的时候应当念念不忘公共的幸福,而不去追求个人的私利"⑥。

---

① 详见《阿奎那政治著作选》,马清槐译,商务印书馆,2013年,第109—128页。
② 《阿奎那政治著作选》,第110页。
③ 《阿奎那政治著作选》,第115页。
④ 《阿奎那政治著作选》,第115页。
⑤ 《阿奎那政治著作选》,第127页。
⑥ 《阿奎那政治著作选》,第47页。

　　路德、加尔文等宗教改革家宣扬君权神授教义,这不仅是出于功利主义的实用目的,也因为此种君权起源论较为符合新教神学的悲观人性论。在路德等人看来,原罪发生之后的人类已经堕落到无法依靠自身的理性来认识自然法中所包含的神的公义了,更不可能按照神的意志去建立一种旨在实现此种公义的君主制国家,因此"实际存在的权力必然直接来自神授"①。英国国教也同样将君权神授教义与原罪发生之后的堕落的人性联系在一起,例如伊丽莎白登基时的英国主教阿里默用原罪之后的人性的败坏来论证君权神授教义的合理性。② 与此相反,16 世纪的欧洲托马斯主义者继承阿奎那所代表的较为乐观的天主教人性论,并且对阿奎那的契约论君权起源说做进一步的阐释和发挥。他们认为,在原罪发生之后,人类依然"能够请教和遵循'铭刻在他们心中的律法'";"《圣经》、圣父和我们天生的理智都不约而同地向我们保证我们具有一种'内在的正义',这种正义使我们得以理解神的律法并利用这些律法来运作我们的生活"。③ 马斯主义者由此反对君权神授论,宣称君主制国家源于民众与统治者之间所立的契约:民众为保障自然法所赋予的权利而将权力委托给统治者,统治者的权力必须符合民众的意志并得到他们的认可,因此政治权利是人类依据自然法选择的结果;④或者说,"政治权力是人类为了他们自己的目的按照自然法创建的"⑤。

　　阿奎那指出,"人法的内容绝不能损害自然法或神法的内容"⑥;同样,君主的权力也理应受到自然法以及以自然法为依据的人法的约束。⑦ 中世纪晚期的天主教思想家热尔松也指出,统治者"受其法律约束,并受'为他治下的万民谋福利的义务掣肘'"⑧。16 世纪的托马斯主义者同样认为君主政府的统治应受自然法的约束,即"一个既定的政府体系是否合法的问题……仅仅

---

① 详见昆廷·斯金纳《现代政治思想的基础》(下卷),第 149 页。
② 详见 Stephen A. Chavura, *Tudor Protestant Political Thought 1547 – 1603*, p.171。
③ 昆廷·斯金纳:《现代政治思想的基础》(下卷),第 178 页。
④ 详见昆廷·斯金纳《现代政治思想的基础》(下卷),第 172—173 页。
⑤ 昆廷·斯金纳:《现代政治思想的基础》(下卷),第 178 页。
⑥ 《阿奎那政治著作选》,第 147 页。
⑦ 详见《阿奎那政治著作选》,第 127 页。
⑧ 转引自昆廷·斯金纳《现代政治思想的基础》(下卷),第 126 页。

是政府的法令是否与自然法一致的问题"[1]。然而路德派理论家反对此种观点,"他们拒不接受一种提法,即认为可以使用自然法作为试金石来谴责甚至质疑我们上级的行为"[2]。路德派取消天主教传统理论对世俗权力的一切限制,英国国教也同样宣扬不受限制的专制主义君权论。例如英国主教毕尔森于 1585 年在其为伊丽莎白女王辩护的著作中宣称君主只对上帝负责而不受制于世间的任何审判。[3] 与路德派及英国国教所宣扬的绝对服从教义相反,天主教思想家呼吁民众对暴政持抵抗态度。例如阿奎那认为损害公众福利的君主是暴君,并声称臣民拥有反抗乃至废黜暴君的权力;[4]热尔松认为自然法赋予臣民反抗暴君的权力;[5]托马斯主义者也认为统治者必须"接受他们的臣民的弹劾权和免职权的约束"[6]。

莎士比亚笔下的理查二世既违背根据神法和自然法所设立的人法,犯下谋害身为其叔父与臣子的葛罗斯特公爵的罪行,同时也未能履行其为民众谋福利的义务,以至于"平民们因为他苛政暴敛,已经全然对他失去好感"(二幕一场);按照天主教思想家的君权理论标准,理查二世的统治无疑属于暴政。理查二世不仅将波林勃洛克放逐,而且在后者的父亲刚特去世后强行霸占其遗产,从而剥夺了波林勃洛克依法享有的财产继承权。理查非法攫夺波林勃洛克的权利的行为为后者率众叛乱提供了有力的借口。根据天主教思想家的抵抗理论,波林勃洛克的反叛行为是完全正当的。正如阿奎那所说,推翻暴政,"严格地说来并不是叛乱"[7]。天主教的抵抗理论认为,既然君主的权力来自民众,那么当君主违背其与民众所立的契约,即未能依法履行其为民众谋福利的义务时,民众有权废黜该君主。为了使自己的篡位可以被正当化,波林勃洛克处心积虑地借用民众的名义来审判并废黜理查二世。在废黜理

---

① 昆廷·斯金纳:《现代政治思想的基础》(下卷),第 173 页。
② 昆廷·斯金纳:《现代政治思想的基础》(下卷),第 79 页。
③ 详见 Stephen A. Chavura, *Tudor Protestant Political Thought 1547 - 1603*, p.176。
④ 详见《阿奎那政治著作选》,第 140—141 页。
⑤ 详见昆廷·斯金纳《现代政治思想的基础》(下卷),第 136 页。
⑥ 昆廷·斯金纳:《现代政治思想的基础》(下卷),第 122 页。
⑦ 《阿奎那政治著作选》,第 141 页。

查的那场戏中,他吩咐随从"把理查带来,让他当着众人之前俯首服罪,我们也可以免去擅权僭越的嫌疑"(四幕一场)。波林勃洛克的亲信诺森伯兰伯爵也强迫理查二世当众宣读民众控诉其"宠任小人祸国殃民的重大的罪状;你亲口招认以后,世人就可以明白你的废黜是咎有应得的"(四幕一场)。

面对波林勃洛克的强劲势头,理查二世不得不承认他的神圣君权观念破灭了。原来身为君王的他也不过是一个凡人而已。"像你们一样,我也靠着面包生活,我也有欲望,我也懂得悲哀,我也需要朋友;既然如此,你们怎么能对我说我是一个国王呢?"(三幕二场)被当众废黜的理查意识到上帝所赐予他的君王的尊荣其实如同镜中的影儿一般虚幻,他悲愤地将镜子摔碎,并嘲笑镜子中的自己说:"一道脆弱的光辉闪耀在这脸上,这脸儿也正像不可恃的荣光一般脆弱,瞧它经不起用力一掷,就碎成片了。"(四幕一场)理查二世的命运折射出英国国教的君权论所面临的现实处境,即它不断遭遇来自不同宗教派别、具有立宪主义思想倾向的英国人士的质疑和反驳。这些英国人士往往将理查二世的经历作为例证来与英国官方教会的君权理论进行争辩。例如对清教徒影响较大、在"血腥玛丽"统治期间流亡在外的坡尼特(John Ponet)于1556年在其著作中以理查二世被亨利四世废黜并取而代之这一史实作为例证,断言废黜不义的君主符合上帝的旨意。① 在此类著作中,影响最为广泛的当属帕森斯写于1594年的《论英国王位继承问题》(*A Conference About the Next Succession to the Crown of England*)。在该书中,帕森斯以大量的篇幅讨论理查二世遭废黜这一历史事件。帕森斯是耶稣会的成员,他站在天主教抵抗理论的立场上宣称,历史上的君主经常因为治国无方而被合法废黜,而上帝对此是允许和支持的。此外,帕森斯指出,废黜君主在下列情况下是合法的:他们没有信守按照法律公正地统治国家的承诺。一旦君主违背承诺,那么臣民对于他们的效忠义务也就终止了,并且臣民有义务为拯救国家而抵抗、惩罚和废黜此类邪恶的君主。② 再比如,英国历史学家海沃德(John Hayward)在写于1599年的著作《亨利四世的生平及统治》(*Life and*

① 详见 Adrian Streete, *Protestantism and Drama in Early Modern England*, p.166。
② 详见 Robin Headlam Wells, *Shakespeare's Politics*, pp.124−125。

Reign of King Henry Ⅳ）中主要涉及理查二世的统治时代，并表述了与上述作者相类似的观点。① 总之，理查二世的遭遇成为该时期不满专制主义君主制的英国人士津津乐道的话题。莎士比亚的《理查二世》正是产生于这样的历史语境之中，它以文学的形式提出了上述作者所讨论的君权合法性的根源的问题，并以戏剧化的艺术手法反映出这些具有立宪主义思想倾向的作者与英国国教之间的君权观念之争。

三

在伊丽莎白统治时期出版的三种版本的莎士比亚的《理查二世》的四开本中，皆缺失四幕一场中描述理查二世被废黜的场景的 164 行文字；直至伊丽莎白女王去世后的 1608 年，出版商马修·劳（Matthew Lawe）才出版了包括该场景在内的完整的《理查二世》。② 对此学术界存在着争议：有学者认为该场景在此三种四开本中缺失的原因在于它未能通过官方审查机构的审查，也有学者认为根本不存在审查机构审查过该剧一事；大多数学者赞成前一种说法，即伊丽莎白时代的英国审查机构应对此部分文字内容的缺失负责。③那么究竟是何种原因导致《理查二世》四幕一场中描述理查被废黜的场景的 164 行文字遭到审查并被删除了呢？ 如前所述，伊丽莎白女王的政权面临罗马天主教势力的敌视以及国内不服从英国国教者的不满等因素的威胁；在此情形之下，该时期的英国官方审查机构越来越注重审查批评英国政府并鼓动叛乱的煽动性出版物；此类出版物的作者及出版商将一律被当作叛国者来予以惩罚。④ 帕森斯和海沃德分别在其前述著作中以理查二世为例宣称废黜不义的君主是合法的，而这两本书皆被当时的英国政府视为极具煽动性的出版

---

① 详见 S. Schoenbaum, "*Richard Ⅱ and the realities of power*," p.101。

② 详见 Jean-Christophe Mayer, *Shakespeare's Hybrid Faith*, pp.65 – 66。

③ 详见 Cyndia Susan Clegg, "'By the choise and inuitation of al the realme': *Richard Ⅱ and Elizabethan Press Censorship*," in Kirby Farrell ed., *Critical Essays on Shakespeare's Richard Ⅱ*, pp.135 – 137。

④ 详见 Stephen A. Chavura, *Tudor Protestant Political Thought 1547 – 1603*, pp.172 – 173。

物而遭到严厉谴责；其中海沃德因为在其书中暗示伊丽莎白女王的统治与理查二世的暴政之间的相似之处而差点被女王处决，所幸有培根为之求情，海沃德后来被投入狱中直至女王去世才得以释放。① 那么《理查二世》中的相关场景是由于类似的原因而被删除了吗？

　　尽管莎士比亚在被删去的文字内容中记述了臣民审判并废黜一个治国无方的君主的情形，但是与帕森斯、海沃德不同，莎士比亚并未对臣民的行为明确表示赞同。克莱格认为，该部分内容遭查禁的根本原因可能是因为它突出了议会在理查二世的悲剧命运中所起的作用。② 梅尔也认为，伊丽莎白时代的英国出版商无疑是不愿意印刷这段内容极有可能被官方审查机构视为极具危险性的文字的；这不是因为它涉及篡位和废黜君主的问题，而是因为它表明波林勃洛克是在议会的支持下废黜理查二世的。③ 四幕一场开头的舞台说明清楚地指出，波林勃洛克是在众议会议员的陪同下登场的，这表明接下来对理查二世的审判及废黜是在议会中进行的。在 1608 年出版的第四四开本的四幕一场中，诺森伯兰伯爵不仅强迫理查按照平民的请求当众宣读指控他的罪状，而且在理查被押上场之前，他向众贵族议员询问道："各位大人，你们愿不愿意接受平民的请愿？"（四幕一场）诺森伯兰伯爵的话语暗示平民不仅要求审判理查，而且要求废黜他，从而突出了议会中的平民院在这起事件中所发挥的作用。克莱格指出，莎士比亚在这段文字中表明议会（尤其是其中的平民院）的权威凌驾于君主的权威之上的观念符合源自天主教思想传统的抵抗理论，但却与当时的英国政府的议会观念相抵触。④

　　天主教抵抗理论中的议会观念可以追溯至阿奎那的抵抗理论。尽管阿奎那声称臣民有权反抗乃至废黜违背法律的不义君主，但是他并不提倡个人私自报复暴君，而是主张由公共权威来采取抑制暴政的措施。⑤ 16 世纪的托

---

　　① 详见 S. Schoenbaum, "*Richard II and the realities of power*," p.101。

　　② 详见 Cyndia Susan Clegg, "'By the choise and inuitation of al the realme': *Richard II and Elizabethan Press Censorship*," p.139。

　　③ 详见 Jean-Christophe Mayer, *Shakespeare's Hybrid Faith*, pp.72-73。

　　④ 详见 Cyndia Susan Clegg, "'By the choise and inuitation of al the realme': *Richard II and Elizabethan Press Censorship*," p.145。

　　⑤ 详见《阿奎那政治著作选》，第 59—60 页。

马斯主义者进一步提出,"废黜一位专制国王的权力必须掌握在贵族、僧侣和庶民组成的代议制议会手中。"①在《理查二世》的四幕一场中,理查在威斯敏斯特大厅里正是被由贵族、教士和平民组成的议会废黜的。拉菲尔德指出,历史上的理查二世其实是在伦敦塔中被迫退位的,尔后这一消息被传递给威斯敏斯特的议会,退位后的理查也并未出现在议会面前;《理查二世》中的理查在威斯敏斯特大厅里被议会废黜的这一幕场景纯属虚构。②的确,包括莎士比亚创作此剧的主要素材来源——荷林谢德(R. Holinshed)的编年史在内,几乎所有当时的英国编年史皆记载理查是在伦敦塔中被迫退位的,然后此消息被传递给议会。③莎士比亚恰恰在这一点上偏离了荷林谢德等人的记载,在四幕一场中他突出了议会在废黜理查的过程中所起的作用。梅尔指出,在当时记载理查二世生平的编年史作者中,唯有历史学家斯陀(John Stow)指明议会对废黜理查二世这一事件所起的关键性作用;这种大胆的记述与斯陀本人的天主教抵抗理论思想背景有关,他曾因其自身的天主教信仰以及对西班牙的同情而在16世纪六七十年代遭受英国政府的迫害。④由此看来,莎士比亚在对理查二世退位这一历史事件的叙述中融入了天主教的政治思想观念,而非遵循被英国官方认可的相关历史记载。关于这一点的最有说服力的例证是,莎士比亚笔下的波林勃洛克通过获得议会的支持来确保废黜理查二世的合法性,而这正符合与莎士比亚同时代的天主教徒帕森斯的观点。在其颇受非议的前述著作中,帕森斯认为议会的介入是废黜理查二世的最为合宜的方式,⑤这与前述托马斯主义者的议会观念不谋而合。

帕森斯在其书中主要关注在16世纪90年代的英国可谓极具争议性、同时也是当时的英国国教反对派人士十分热衷于议论的一个政治话题——英国的王位继承问题。帕森斯认为议会拥有推举王位继承人的权力,并反对根

① 昆廷·斯金纳:《现代政治思想的基础》(下卷),第 131 页。

② 详见 Paul Raffield, *Shakespeare's Imaginary Constitution: Late-Elizabethan Politics and the Theatre of Law*, Oxford and Portland, Oregon: Hart Publishing Ltd, 2010, p.109。

③ 详见 Jean-Christophe Mayer, *Shakespeare's Hybrid Faith*, p.68。

④ 详见 Jean-Christophe Mayer, *Shakespeare's Hybrid Faith*, p.69。

⑤ 详见 Jean-Christophe Mayer, "Shakespeare's Religious Background Revisited: *Richard II* in a New Context," p.112。

据枢密院的少数人的意志来决定王位继承人;斯特里特指出,这其实是对专制主义君权观念的暗中拒斥。① 梅尔也指出,帕森斯在其书中声称波林勃洛克不是篡位者,因为他是在议会的支持下废黜理查二世并取而代之的,这等于说议会有权任命君主,同时也意味着诸多政治权力被移交给了议会。② 在16 世纪 90 年代的英国,另外一个国教反对派——清教徒也表达了类似的观点。例如清教徒温特华斯(Peter Wentworth)由于试图敦促议会讨论伊丽莎白女王的继承人问题而于 1593 年被关入牢狱。他曾于 1587 年在其旨在讨论英国王位继承问题的著作中为议会的权力辩护,并认为波林勃洛克是在议会的支持下废黜理查二世的。③

上述两位国教反对派人士就英国王位继承问题所阐发的议会观念与伊丽莎白女王及其政府的议会观念格格不入。如前所述,中世纪的罗马天主教教会以其所代表的上帝的权力来限制世俗统治者的权力,宣称地上的权力(国家)必须服从天上的权力(教会);具有立宪主义理论传统的天主教思想家们宣称君权的合法性源自民众的意志,故而君权理应受到公共权威机构(议会)的约束;英国都铎王朝的新教统治者及其官方教会则宣称君主只对上帝负责,其权力不受任何世间机构(无论是教会还是议会)的限制和约束。终身未嫁的伊丽莎白女王一直拒绝指定未来的王位继承人,英国议会曾于 1563 年和 1566 年试图催促女王解决王位继承人问题,但她明确表示议会无权干涉此事,她将在她认为适宜的时候独自指定王位继承人。这位女王在 1567 年提醒议会,她是国家身体的头部,而他们则是脚部;由脚部来指挥头部是荒谬的,因此"上帝禁止你们的自由成为我的束缚"④。不独是王位继承问题,英国议会在任何事情上都无法对女王施加影响,因为女王有权否决议会通过的法案,而她几乎每一次都要使用这项权力。⑤ 这与天主教思想家的观念形成鲜明对比,例如热尔松认为,"一个世俗国家的最高立法权力必须始终掌握在

---

① 详见 Adrian Streete, *Protestantism and Drama in Early Modern England*, p.168。
② 详见 Jean-Christophe Mayer, *Shakespeare's Hybrid Faith*, pp.70 – 71。
③ 详见 Jean-Christophe Mayer, *Shakespeare's Hybrid Faith*, pp.71 – 72。
④ 详见 Stephen A. Chavura, *Tudor Protestant Political Thought 1547 – 1603*, p.169。
⑤ 详见 Stephen A. Chavura, *Tudor Protestant Political Thought 1547 – 1603*, p.170。

全体公民的代议制机构手中"①。此外,当时的英国议会几乎不可能独立行事,因为女王"拥有按照她自己的意见召集或解散议会的绝对权力,于是在很多方面没有她,议会就无法存在"②。总之,在16世纪的英国,君主可以任意召集议会且不受其建议的约束,因此议会这一机构根本不可能对君权形成有效的限制。

伊丽莎白女王及其枢密院之所以拒绝将诸如决定王位继承人等权力让渡给议会,乃是因为他们担心一旦君主的某些权力被让渡给议会,那么这种让渡将止于何处? 如果议会有权决定王位继承者,那么有什么可以阻止这同一机构在现在或将来要求废黜一个不受欢迎的或者暴虐的君主? 如果议会的意志被视为较之受上帝膏抹的君主的意志更为有效,那么专制主义者所宣扬的君权神授教义将如何维系?③ 总之,伊丽莎白政府担心议会这一机构对专制主义君主制构成的潜在威胁。然而作为一种政治机构,议会却凝结着当时一些不满现状的英国天主教徒或清教徒之实现宗教改革或政治变革的希望和幻想;莎士比亚在描述废黜理查二世的相关场景中似乎主要吸纳了此类反对派人士的议会观念。《理查二世》四幕一场中可能遭查禁的相关文字内容明确表明议会拥有指定王位继承人、传唤君王并迫使其退位的权力。梅尔指出,在16世纪90年代的英国历史语境中,此观念是十分大胆的。④ 如前所述,在该场景中,诺森伯兰伯爵的话语暗示平民院不仅要求理查当众宣读并承认指控他的罪状,而且要求他退位。这正符合帕森斯在其书中的断言,即"国王由议会来废黜,而他自己则承认他不配统治国家"⑤。克莱格指出,《理查二世》中的相关场景所表达的议会观念与帕森斯在其遭到英国政府严厉谴责的著作中所宣扬的议会观念存在明显的相似之处,而这或许是它可能受到

---

① 转引自昆廷·斯金纳《现代政治思想的基础》(下卷),第131页。
② Jean-Christophe Mayer, *Shakespeare's Hybrid Faith*, p.67.
③ 详见 Adrian Streete, *Protestantism and Drama in Early Modern England*, pp.168–169。
④ 详见 Jean-Christophe Mayer, *Shakespeare's Hybrid Faith*, p.67。
⑤ Cyndia Susan Clegg, "'By the choise and inuitation of al the realme': *Richard Ⅱ* and Elizabethan Press Censorship," p.145.

审查机构的审查并被删除的根本原因。[①]

四

如前所述，《理查二世》中的理查与波林勃洛克的等人的君权观念之争反映出 16 世纪晚期英国国教的专制主义君权教义与源自天主教思想传统的立宪主义君权理论之间的争辩，那么莎士比亚在该剧中究竟倾向于何者？对此学术界众说纷纭。一些学者认为莎士比亚在剧中表现出支持理查二世并谴责波林勃洛克的明确立场，宣称该剧最终表明上天的诅咒将不可避免地降临到弑君者身上。[②] 梯尔雅德是此类学者中较有学术影响力的代表人物，他认为该剧在关于臣民是否有权反抗君主的问题上所采取的立场符合伊丽莎白时代的正统教义。[③] 格里芬对此种观点表示质疑，他指出这些学者忽视了该剧对理查二世治国无方的批评以及对被剥夺了合法权力的波林勃洛克的同情。[④] 也有学者将《理查二世》中波林勃洛克的叛乱与现实世界中埃塞克斯伯爵的叛乱联系在一起，并藉此证明该剧支持波林勃洛克并主张臣民对暴政持抵抗态度。[⑤]然而此类观点同样难以令人信服。休格在将伊丽莎白时代的其他英国作者关于理查二世生平的记述与莎士比亚的《理查二世》进行比较后指出，荷林谢德的编年史、丹尼尔（Samuel Daniel）的《内战》（*Civil Wars*）以及海沃德的

[①]　详见 Cyndia Susan Clegg, "'By the choise and inuitation of al the realme': *Richard Ⅱ* and Elizabethan Press Censorship," p.146。

[②]　详见 R. Morgan Griffin, "The Critical History of *Richard Ⅱ*," p.24。

[③]　详见 E. M. W. Tillyard, *Shakespeare's History Plays*, London: Chatto and Windus, 1944, p.261。

[④]　详见 R. Morgan Griffin, "The Critical History of *Richard Ⅱ*," p.24。

[⑤]　埃塞克斯伯爵（Earl of Essex）曾是伊丽莎白女王的宠臣，失宠后的他与其支持者于 1601 年 2 月 8 日试图发动政变，结果以失败告终。事发后埃塞克斯伯爵受到审判并被处以极刑。在发动政变的前一天，埃塞克斯伯爵的支持者们雇请莎士比亚的剧团在环球剧院上演一部描述理查二世生平的戏剧。尽管缺少确凿的证据，大多数学者仍倾向于认为此剧很可能是由莎士比亚创作的《理查二世》，其中有些学者由此认为莎士比亚在该剧中对反叛君主所持有的态度与这些现实世界中的叛乱者是一致的（详见 Jean-Christophe Mayer, *Shakespeare's Hybrid Faith*, p.105；See also S. Schoenbaum, "*Richard Ⅱ* and the realities of power," pp.98 - 99。同时可详见 R. Morgan Griffin, "The Critical History of *Richard Ⅱ*," p.24）。

《亨利四世的生平及统治》等文本皆强调理查二世的治国无方：过高的征税、挥霍无度以及重用小人等，这些过犯使得波林勃洛克对王位的攫取获得了正当性；在莎士比亚的《理查二世》中，虽然理查二世的治国无方也被提及，但是其过犯却显得模糊不清，至少无论是理查本人还是他的亲信，他们在舞台上的行为极少能够证实针对他们的指控。[①] 不少学者持类似看法，并指出莎士比亚有意在剧中保持一种中立态度。例如格里芬认为，莎士比亚在剧中的态度是含混不清的，该剧表现了两位国王，"篡位者与被篡位者，但却并未明确表示观众应该支持哪一方"；他也指出，与荷林谢德的编年史不同，莎士比亚在剧中没有为指控理查二世的罪状提供证据。[②] 布朗洛同样认为，一方面，《理查二世》的剧情虽然涉及但却没有明确表现理查二世的缺点及过犯；另一方面，在该剧的结尾处，由波林勃洛克统治的英国其实比理查当政时的英国更加混乱和不太平，莎士比亚由此在这两位敌对的君王之间保持一种中立态度。[③] 这种中立态度表明，莎士比亚的《理查二世》虽然反映出伊丽莎白时代的英国社会关于王位继承人以及君权观念等问题的激烈争论，但它却没有为这种争论提供解决方案，而是"最终留待观众自己去裁决"[④]。正如威尔斯所说："我们可能永远也不知道莎士比亚自己的政治观点究竟是什么。我们从其剧作中所发现的既不是一种对于绝对服从君王权威的'正统'教义的说教，也不是使诛弑暴君得以被共和主义似的正当化的另一种极端。"[⑤]莎士比亚为何要表现出这种立场模糊的不确定性？ 这只能从他创作该剧时的具体历史语境中去寻找答案。

宗教改革运动所滋生的宗教矛盾与由王位继承问题的悬而未决所引发的政治危机相互交织，使得 16 世纪 90 年代的英国君权观念之争变得日趋复杂激烈，它已经成为不同宗教派别人士之间的思想交锋的主战场。这场争论

---

① 详见 Debora Shuger, "'In a Christian Climate': Religion and Honor in *Richard II*," pp.40 - 41。

② 详见 R. Morgan Griffin, "The Critical History of *Richard II*," pp.23,27。

③ 详见 S. Schoenbaum, "*Richard II* and the realities of power," pp.65,68。

④ Cyndia Susan Clegg, "'By the choise and inuitation of al the realme': *Richard II* and Elizabethan Press Censorship," p.143.

⑤ Robin Headlam Wells, *Shakespeare's Politics*, p.139.

的核心问题是：应该如何应对暴政？阿奎那对暴政的经典描述是："暴政的目的不在于谋求公共福利，而在于获得统治者的私人利益，所以它是非正义的。"①在宗教改革之后的欧洲社会，基督教世界的四分五裂使得"暴政"一词被赋予新的涵义，它尤指信仰上的敌对者的统治。例如法国加尔文主义的代表人物贝扎、莫纳（Philippe Duplessis-Mornay）等人与天主教思想家一样皆主张抵抗暴政并宣扬契约论的君权观念；不同之处在于，加尔文主义者反对天主教的"暴政"，而天主教理论家则反对新教的"暴政"。例如 1574 年，贝扎在一本宣扬契约论和抵抗理论的小册子中声称新教徒君主英国伊丽莎白女王的英明统治，与天主教徒君主西班牙国王菲利普二世的暴虐统治形成了鲜明对比。② 这种倾向在 16 世纪晚期的英国政治话语的争论者身上体现得尤为明显。尽管伊丽莎白政府明令禁止出版谈论英国王位继承问题的著作，但是该问题依然成为此历史阶段的英国社会的一个讨论热点，而关于它的争论又和有关君权的合法性的起源以及如何应对暴政等问题的争论交织在一起。自从苏格兰的玛丽女王于 1587 年被英国女王处决之后，最有资格继承英国王位的两位竞争者分别是苏格兰国王、加尔文派信徒詹姆斯六世（即后来的英王詹姆斯一世），"血腥玛丽"的丈夫、西班牙国王菲利普二世。英国的新教徒拥护前者，而天主教徒则支持后者。例如帕森斯写作其前述著作的主要动机是讨论英国王位继承问题，他在书中反对詹姆斯六世继任英国王位，并力推西班牙公主、菲利普二世的女儿伊莎贝拉成为未来的英国君主。在该书中，帕森斯为菲利普二世及其女儿伊莎贝拉公主辩护，并反对伊丽莎白女王的所谓暴政。③ 针对帕森斯在此书中为西班牙人获得英国王位的合法性所做的辩护，清教徒温特华斯于 1595 年至 1596 年间在狱中续写了其前述著作。温特华斯与帕森斯大唱反调，他支持詹姆斯六世成为王位继承人，并认为这是打破罗马教皇试图在英国恢复天主教传统的美梦的最好方法。④

---

① 《阿奎那政治著作选》，第 140 页。
② 详见 Rebecca Lemon，"Shakespeare's *Richard Ⅱ* and Elizabethan Politics," p.255。
③ 详见 Rebecca Lemon，"Shakespeare's *Richard Ⅱ* and Elizabethan Politics," p.253。
④ 详见 Jean-Christophe Mayer，*Shakespeare's Hybrid Faith*，pp.71 - 72。

　　尽管天主教徒帕森斯与清教徒温特华斯在王位继承人问题上的观点针锋相对,但是他们在书中所表达的政治思想其实并无本质区别:两人皆宣扬契约论的君权起源说和针对暴政的抵抗理论,故而他们皆遭到英国政府的严厉谴责。与天主教徒和清教徒不同,对伊丽莎白女王表示忠诚的英国国教徒在论及王位继承人问题时,他们对暴政的态度则显得矛盾纠结。在16世纪90年代中期的英国流传着一份名为《基督教国家》(*The State of Christendom*)的手稿,它涉及暴政和英国王位继承问题等热门话题,目的旨在支持伊丽莎白政府并谴责其外敌——西班牙人的暴政。当手稿作者考虑到西班牙人统治英国的潜在可能性时,他对菲利普二世的王位继承权的反对论调便不断加强。作者声称西班牙人的统治将会在英国造成破坏法律习俗的严重后果,并清晰地描绘出在西班牙人的统治下英国人将可能面临的梦魇一般的处境:财产遭掠夺以及被迫改变宗教信仰,等等。① 尽管该手稿充满对西班牙人的天主教暴政的强烈谴责,但是它并不主张针对暴政采取反叛行为,而是宣称"革命是悲剧而非解放";它以兰开斯特家族在推翻理查二世后的英国的统治为例,证明反叛将会导致政治上的混乱。② 手稿作者由此表现出对暴政所持有的矛盾态度,即一方面表明英国人对西班牙人的暴政的强烈谴责,一方面又劝诫臣民勿要反抗暴政,以免触犯旨在维护伊丽莎白女王的统治的英国官方教会的政治神学教条。③ 与此类似,莎士比亚在《理查二世》中一方面批评理查二世的暴政,一方面又在剧终暗示波林勃洛克的统治将使英国面临更多的混乱和纷争。此种中立态度同样反映出置身于伊丽莎白时代晚期的英国政治思想背景下的英国人面对暴政时所具有的矛盾心态:既抵触暴政,同时又不能以违背正统教义作为代价来反抗暴政。

　　莱蒙认为,莎士比亚的《理查二世》以戏剧艺术的形式参与了16世纪90年代的英国政治话语辩论,它聚焦于王位继承问题及暴政问题等现实世界中的英国人所普遍关注的政治话题,并通过对理查二世的暴政的描述来反映出

---

① 详见 Rebecca Lemon,"Shakespeare's *Richard Ⅱ* and Elizabethan Politics,"p.252。

② 详见 Rebecca Lemon,"Shakespeare's *Richard Ⅱ* and Elizabethan Politics,"pp.252 - 253。

③ 详见 Rebecca Lemon,"Shakespeare's *Richard Ⅱ* and Elizabethan Politics,"p.253。

在王位继承问题悬而未决的情况下,英国人对伊丽莎白女王的未来继任者可能会给英国带来的暴政所抱有的恐惧心理。① 莎士比亚向观众提出了一个紧迫的时代问题:面对暴政,我们究竟应该如何应对? 是抵抗还是顺从? 与前述手稿作者一样,莎士比亚的答案是模棱两可的。这种立场模糊的中立态度既出自避免冒犯伊丽莎白政府的审慎务实的有意选择,也反映出此剧所包含的更为深刻的历史悲剧意蕴。被废黜后的理查的处境令观众为之扼腕叹息,此种悲剧感不只是源自理查王位的丧失,更是因为他的命运揭示出宗教改革之后的欧洲人所遭遇的精神危机。宗教改革一方面将人们的头脑从日益僵化的罗马天主教教义的束缚中解放出来,另一方面它也使基督教信仰失去了统一人心的凝聚力,从而引发价值观念的不确定性。"路德、加尔文、茨温利以及他们的跟随者将原先由一个信仰统一的欧洲分裂成了碎片,每个碎片都有它自己的教育实践和知识观念。"②在《理查二世》中,此种价值观念的不确定性体现为君权合法性的危机。正如斯特莱特所说,在该剧中,君权神授教义已不再具有确定性,其原因乃是"在宗教改革时代席卷欧洲的无数分裂和派别。同样,一个统一的宗教图景的破碎使得君王的合法性也遭到质疑"③。剧中的君权观念之争以及理查的落寞结局表明该剧是"对一个社会对于自身的灵性理解的分裂与崩溃的悲叹"④。

---

① 详见 Rebecca Lemon,"Shakespeare's *Richard II* and Elizabethan Politics,"pp.246 - 247。

② Brian P. Copenhaver and Charles B. Schmitt, *Renaissance Philosophy*, Oxford: Oxford University Press, 1992, p.37.

③ Joseph Sterrett, *The Unheard Prayer: Religious Toleration in Shakespeare's Drama*, p.60.

④ Joseph Sterrett, *The Unheard Prayer: Religious Toleration in Shakespeare's Drama*, p.61.

第九章
莎士比亚戏剧中的天意观

基督教的天意观认为,世间的万事万物皆被上帝的意志(天意)严格掌控。莎士比亚的历史剧大多宣扬了此种观念;然而,在莎士比亚的伟大悲剧中,该观念却遭到质疑和颠覆。例如,一些学者认为,在《哈姆莱特》中,基督教的天意观与异教的命运观是交织在一起的;此种对基督教天意观的自相矛盾的怀疑态度在《李尔王》中被表现得尤为强烈。莎士比亚在《李尔王》中对原先的故事素材进行了较大幅度的改写,其中包括将幸福的结局改为悲剧性结局、将基督教背景改为古代异教背景,等等。本章将考察文艺复兴时期的西方思想背景与解读《李尔王》的悲剧文本相互结合,论证莎士比亚的改写旨在实现对于基督教天意观的颠覆性的反讽,并表达由此引发的对于神自身属性的怀疑。该悲剧藉此反映出在重新活跃的伊壁鸠鲁主义等古代异教哲学以及以新教神学、马基雅维利的政治哲学、蒙田的怀疑主义等为代表的西方近代思潮的多重冲击下,以天意信仰为核心的传统基督教思想体系所面临的深重危机。

一

在莎士比亚的悲剧《李尔王》问世之前,就已经存在一部由无名氏创作的旧剧《李尔王的真实编年史》(*The True Chronicle History of King Leir*);

该剧被一些学者视为莎士比亚创作《李尔王》的主要素材来源之一。① 在无名氏的旧剧以及早先的历史素材中,李尔与考狄利娅最终赢得了战争,李尔本人也重登王位;而在《李尔王》的结尾,"正当已痛苦地改邪归正的李尔王似乎立刻就要恢复王权的时候,莎士比亚没有沿用素材中的故事结局,而是有意反其道而行之,让他失去了考狄利娅,失去了完全控制自己理智的能力,最主要的是失去了传统的悲剧性尊严"②。甚至像萨缪尔·约翰逊这样的文人也表示难以接受《李尔王》之令人痛苦的结局;至少从约翰逊开始,莎士比亚为何如此改写原故事素材的结局,便成为阐释《李尔王》的西方批评家的关注焦点之一。③

莎士比亚在改写原素材时还采取了若干重要举措,比如他将原先故事版本中的基督教文化背景改为古代异教世界,从而使剧中人的不幸遭遇失去基督教教义的慰藉。再比如他加入有关葛罗斯特父子命运的次要情节,以便强化《李尔王》情节的残酷性并使之普遍化。总之,莎士比亚的《李尔王》与无名氏的旧剧不同,它没有遵循文艺复兴时期旨在根据基督教教义进行道德说教的道德剧的写作模式,而是将原先故事版本之对于"诗歌正义"的彰显改作对于"空前苦难"的表现。④ 由此引发而来的是西方莎学界的一场旷日持久的学术争论,即异教语境中的《李尔王》是否符合基督教精神。

一些批评家立足于基督教信仰,用乐观主义论调来阐释《李尔王》中的不幸与苦难。比如康贝尔将考狄利娅看作基督似的人物:正如同基督虽被钉死在十字架上,人类却因此可能得救一样,考狄利娅的死亡并不意味着她的爱丧失了拯救父亲的力量;因为"是她的精神,而非她的肉身存在拯救了她的父亲"⑤。再比如理伯纳指出,尽管恶人的罪恶酿成好人的不幸,但是"从整体上

① 详见 Geffrey Bullough ed., *Narrative and Dramatic Sources of Shakespeare*, vol.7, London and Henley: Routledge and Kegan Paul, 1978, pp.337 – 402。

② 安德鲁·桑德斯:《牛津简明英国文学史》,高万隆等译,人民文学出版社,2000 年,第 247 页。

③ 详见 Howard Felperin, "Plays within Plays: *Othello*, *King Lear*, *Antony and Cleoopatra*," in Michael L. LaBianc ed., *Shakespearean Criticism*, vol.72, The Gale Group, 2003, p.247。

④ Howard Felperin, "Plays within Plays: *Othello*, *King Lear*, *Antony and Cleoopatra*," p.247.

⑤ Oscar James Campbell, "The Salvation of Lear," in Laurie Lanzen Harris & Mark W. Scott eds., *Shakespearean Criticism*, vol.2, Gale Research Company, 1985, p.191.

来看,《李尔王》肯定了上帝之和谐秩序的完美以及正义之必然的胜利"①。此派一较有代表性的批评家西吉尔认为,李尔等人的磨难是一种精神上的炼狱;他甚至断言《李尔王》的结局暗示李尔和考狄利娅二人的灵魂在脱离肉体的束缚之后,将在天堂中团聚。②

上述批评家的基督教乐观主义论调遭到一些学者的批评和质疑。例如威尔逊指出,企图让基督教感情适用于《李尔王》,是对该悲剧的歪曲。"这出戏没有提供安慰人的天堂。人只能依靠自身以及自身的力量和忍耐。这些非常伟大,但是一旦它们失败了,剩下的只有疯狂和死亡……"③罗森伯格也表示,用基督教乐观主义的观点阐释《李尔王》,是无法让人接受的。"除了在幻觉中奄奄一息的李尔之外,没有人会愚蠢到看见神在发挥作用的任何证据……对于好人和坏人都一样,死亡无所不在……"④与基督教乐观主义论调形成鲜明对比的是,一些批评家从悲观消极的荒诞角度来解读《李尔王》。例如扬·柯特将《李尔王》与 20 世纪荒诞派戏剧家萨缪尔·贝克特的作品《最后的一局》相提并论,断言《李尔王》毫无矫饰地显明人类存在的虚无,悲剧性地嘲笑"基督教以及世俗的自然神学"⑤。

也有学者反对用任何单一的价值观念模式阐释《李尔王》。例如李奇指出,《李尔王》等 17 世纪初期的英国悲剧给读者留下的印象是由一些相互矛盾的观念所造成的"极度的复杂性";我们从中发现的"不是关于人类处境的任何统一的解释,而是各种不同观点的极其微妙的融合",从而使我们的头脑处于一种"张力状态"。⑥ 艾尔顿指出,《李尔王》中的人物并非有着统一的信仰观念,他们其实代表文艺复兴时期西方社会的不同思想倾向。他建议持基

---

① Irving Ribner, "The Gods Are Just: A Reading of 'King Lear'," in Laurie Lanzen Harris & Mark W. Scott eds., *Shakespearean Criticism*, vol.2, p.222.

② Paul N. Siegel, *Shakespearean Tragedy and the Elizabethan Compromise*, New York: New York University Press, 1955, pp.185 - 186.

③ F. P. Wilson, *Elizabethan and Jacobean*, Oxford: Oxford University Press, 1945, p.246.

④ Marvin Rosenberg, *The Masks of King Lear*, Berkley: Yale University Press, 1972, p.326.

⑤ Jan Kott, *Shakespeare Our Contemporary*, New York: Anchor Books, 1966, p.147.

⑥ Clifford Leech, *Shakespeare's Tragedies and other Studies in Seventeenth Century Drama*, London: Chatto and Windus, 1965, pp.72 - 73.

督教乐观主义观点的批评家将明显有基督教思想倾向的无名氏的旧剧与莎士比亚的《李尔王》进行比较，从中可以看出后者充满"复杂性、歧义和怀疑"①。

在基督教观念中，上帝不仅是世界的创造者，也是世界的管理者，其对万有的主宰被称为"天意"（divine providence，也译作"神的眷顾"，或"神的护理"等）。上帝的管理可谓巨细必察，他不仅掌控世界的整体运行，②而且眷顾每一个体的被造物。③ 这种统辖世界的权柄彰显的是上帝之全知全能的属性：作为全知者，上帝的慧眼衡量世人的一切作为；④作为全能者，上帝的意志决定万事万物的运行轨迹。⑤ 作为世界的至高主宰，上帝的统治也显明其公义仁爱的属性。⑥ 上述天意观念在西方基督教思想史上始终占据主流地位。例如中世纪天主教哲学家托马斯·阿奎那宣称："正如没有一样事物的存有不是来自天主，同样，没有一样事物会脱离在他的管理之外。天主的存有和因果是完美的，他的管理亦同样完美。"⑦文艺复兴时期的新教神学家加尔文也认为，上帝的管理不仅巨细靡遗，而且完美无瑕，充分体现出上帝的智慧与慈爱，"他不但驱使宇宙及其各部分的运转，也扶持、滋润和保护他所创造的一切……"⑧。

在这样的神学体系中，作为高度关注且积极干预世事的神，上帝既是眷顾个体的慈爱的天父，也是公正严明的审判官，以公义为标准对世人进行鉴察和判决。⑨ 这不仅表现为他严格审视和裁决世人的言行与内心，而且表现

---

　　① 　William R. Elton, *King Lear and the Gods*, San Marino, California: the Huntington Library and Art Gallery, 1966, p.71.

　　② 　比如"耶和华在天上，在地下，在海中，在一切的深处，都随自己的意旨而行"（《诗篇》135：6）。

　　③ 　比如上帝连一只麻雀的生死都极为关注，"两个麻雀不是卖一分银子吗？ 若是你们的父不许，一个也不能掉在地上"。上帝对按照自己形象创造的人类中的每一个体更是给予无微不至的关注，"就是你们的头发也都被数过了"（《马太福音》10：29—30）。

　　④ 　比如"耶和华的眼目无处不在，恶人善人，他都鉴察"（《箴言》15：3）。

　　⑤ 　比如"……因为他说有，就有；命立，就立。耶和华使列国的筹算归于无有，使众民的思念无有功效。耶和华的筹算永远立定，他心中的思念万代常存"（《诗篇》33：9—11）。

　　⑥ 　比如"耶和华在他一切所行的，无不公义；在他一切所作的都有慈爱"（《诗篇》145：17）。

　　⑦ 　转引自吉尔松《中世纪哲学精神》，第141页。

　　⑧ 　约翰·加尔文《基督教要义》，第175页。

　　⑨ 　比如"他要按公义审判世界，按正直判断万民"（《诗篇》9：8）。

为他肯倾听义人的呼求,惩罚其仇敌,替其申冤。① 《圣经》中的大卫相信耶和华是眷顾义人的神,因此他在遭遇仇敌逼迫时恳切地向神祷告求助;在《李尔王》中,异教徒李尔起初也相信神愿意俯身倾听世间遭遇不幸的人们的哀诉,因此他向天神诉说自己的冤屈:"……那么天啊,给我忍耐吧,我需要忍耐!神啊,你们看见我在这儿,一个可怜的老头子,被忧伤和老迈折磨得好苦!"(二幕四场)《圣经》中的大卫相信耶和华是疾恶如仇的神,因此他在祷告中咒诅其仇敌;李尔同样相信神会惩罚世间的恶人,因此他向天神发出对邪恶的女儿的毒咒:"要是你想使这畜生生男育女,请你改变你的意旨吧!取消她的生殖的能力,干涸她的产育的器官,让她的下贱的肉体里永远生不出一个子女来抬高她的身价!要是她必须生产,请你让她生下一个忤逆狂悖的孩子,使她终身受苦!"(一幕四场)《李尔王》中的善人大多与李尔一样,相信神会以正义仁爱之心积极干预人间事务,因此他们常常向神祈求。比如考狄利娅祈求神明医治李尔的疯狂,被剜去双目的葛罗斯特祈求神明护佑受冤的儿子爱德伽,等等。然而该剧中的善人所依托的神似乎又聋又哑,因此此类祈求产生的往往是对于天意信仰的反讽效果。正如扬·柯特所说:"神明们并没有来干预。他们沉默着。渐渐地,气氛变得越来越具有讽刺性。向神祈求的人的毁灭更是荒谬。"②

无名氏旧剧的幸福结局遵循的是基督教的天意观念,并且此剧频繁提及《圣经》中疾恶如仇的公义的上帝;在莎士比亚的《李尔王》中,尽管神明也被善人频频提及,但是人类历史是由惩恶扬善的天意操纵的这一正统观念似乎受到质疑。③ 很多批评家认为《李尔王》使天意信仰陷入窘境,剧中人对于神明的提及"只是使神明的缺席更加引人注目"④。布拉德雷注意到,与莎士比

---

① 比如"耶和华的眼目看顾义人,他的耳朵听他们的呼求。耶和华向行恶的人变脸,要从世上除灭他们的名号。义人呼求,耶和华听见了,便救他们脱离一切患难"(《诗篇》34:15—17)。

② Jan Kott, *Shakespeare Our Contemporary*, p.154.

③ 详见 Steven Marx, "'Within a Foot of the Extreme Verge': The Book of Job and *King Lear*," in Michelle Lee ed., *Shakespearean Criticism*, vol.93, Thomson Gale, 2006, p.147。

④ 详见 Seán Lawrence, "'Gods That We Adore': The Divine in *King Lear*," in Michelle Lee ed., *Shakespearean Criticism*, vol.93, p.194。

亚的其他悲剧相比,《李尔王》"更为频繁地涉及宗教信仰"①;然而该剧中的残酷现实与信仰观念之间的巨大反差,使他怀疑莎士比亚是否有意表现"(剧中人的)信仰与我们所目睹的事件之间这种令人痛苦的对比"②。例如葛罗斯特相信神明将会惩罚李尔大逆不道的女儿,"可是我总有一天见到上天的报应,降临在这种儿女的身上"(三幕七场)。话音刚落,现实就给予这种信念最为无情的讽刺。康华尔回答他说:"你再也不会见到那样一天。……我要把你这一双眼睛放在我的脚底下践踏。"(三幕七场)他随即挖去葛罗斯特的两只眼睛。在这一悲惨时刻,为葛罗斯特打抱不平的不是天神,而是一个出于义愤向康华尔行刺的仆人。在惨剧发生的整个过程中,丝毫没有上天出于维护正义而进行干预的迹象,绝望的他想要结束自己的生命。失去双眼的葛罗斯特被驱逐到荒野之中,乔装成疯丐的爱德伽施用计策使父亲葛罗斯特相信,他从悬崖上跳下之后,却又因为神明的暗中护佑而奇迹般地、没有丝毫损伤地存活下来。爱德伽的计策维护了父亲的信仰,从而使其有了活下去的勇气,但是这种信仰毕竟是靠欺瞒维持着的。

综观全剧,我们从中看到的不是天意观念自身的坚不可摧,而是爱德伽、考狄利娅、肯特等善良的人用自己的爱支撑着李尔以及葛罗斯特等老人关于天上存在关注世事,且正义仁爱的神明之类的信仰观念,然而这种维系信仰的努力却不断遭到现实的否定和嘲弄。布什指出:"……在《李尔王》中,讽刺阻止人们获得确定的宗教图景……将葛罗斯特从绝望中拯救出来的奇迹根本就不是奇迹,而是他孩子的计策,一个明显由人类的感情设计出来的奇迹。……认为考狄利娅还活着的李尔王幸福地死去了,但是事实并非如此;他受骗了,考狄利娅像泥土一样地死去了。……为了表明上天是更加公正的,所有人类之爱所能提供的是骗局。"③亨特也指出,"这种信仰仅有的证据

---

① A. C. Bradley, *Shakespearean Tragedy*, London: Macmillan, 1964, p.271.

② A. C. Bradley, *Shakespearean Tragedy*, p.274.

③ Geoffrey Bush, "Tragedy and 'Seeming'," in *Shakespeare and the Natural Condition*, Cambridge, Mass: Harvard University Press, 1956, pp.127-129.

是幻觉……"①。

道利摩尔指出,一些詹姆斯一世时期的悲剧作品通过破坏体现天意观念的常规戏剧模式(比如善有善报、恶有恶报等)来表达对该观念的质疑。② 例如在《李尔王》中,善人们对于掌控世界的惩恶扬善的神明的信仰与其自身所陷入的残酷荒谬的境遇之间的强烈对比使得该信仰遭到毁灭性的颠覆。莎士比亚及其同时代人的悲剧作品并非以无神论的偏激方式否认天意信仰,"实际上它们是在正统观念自身之内做出颠覆性的言说"③。在该时期的悲剧作品中,尽管"有时候也会出现一种诗歌正义,但这仅仅是草草收场的结局",是对于天意信仰的"形式上的恢复,是在破坏了天意信仰的精神之后对其在字面上的顺从"。④ 在《李尔王》的结尾,恶人最终落得应有的下场,但这并不能从根本上改变其悲剧世界的残酷性与荒谬性。在这部悲剧中,奥本尼是诗歌正义的主要代言人,他每一次旨在表达正统观念的宣言或祈求几乎立即就遭到现实的颠覆,从而产生一种悲剧性的讽刺效果。比如当使者告诉奥本尼,正准备挖去葛罗斯特另外一只眼睛的康华尔被其仆人杀死时,奥本尼立即宣称:"啊,天道究竟还是有的,人世的罪恶这样快就受到了诛谴!"然而极具讽刺意味的是,使者紧接着便告诉他:"殿下,他两只眼睛全都给挖去了。"(四幕二场)再比如奥本尼祈求神明保佑考狄利娅,结果他话音刚落,李尔便抱着考狄利娅的尸体出现在舞台上。这种强烈的讽刺性暗含着对传统天意观的质疑,正如艾尔顿所说:"这种讽刺使宣称上天会干预人世间事务的观点遭到摧毁。"⑤邪恶的姐妹俩相继死去之后,紧接着便传来阴毒的爱德蒙的死亡消息;至此奥本尼试图按照善有善报、恶有恶报的天意观念来给整出悲剧

① Robert G. Hunter, *Shakespeare and the Mystery of God's Judgments*, Athens: the University of Georgia Press, 1976, p.189.

② 详见 Jonathan Dollimore, *Radical Tragedy: Religion, Ideology and Power in the Drama of Shakespeare and his Contemporaries*, New York: Palgrave Macmillan, 2004, p.107。

③ Jonathan Dollimore, *Radical Tragedy: Religion, Ideology and Power in the Drama of Shakespeare and his Contemporaries*, p.92.

④ Jonathan Dollimore, *Radical Tragedy: Religion, Ideology and Power in the Drama of Shakespeare and his Contemporaries*, p.28.

⑤ William R. Elton, *King Lear and the Gods*, p.254.

做出总结："一切朋友都要得到他们忠贞的报酬，一切仇敌都要尝到他们罪恶的苦杯。"（五幕三场）可是他话未说完便惊呼："啊！瞧，瞧！"他所目睹的李尔之痛苦的垂死状似乎是在嘲讽他的陈词滥调。末了奥本尼只能以这番无奈的话结束全剧："不幸的重担不能不肩负；感情是我们惟一的言语。年老的人已经忍受一切，后人只有抚陈迹而叹息。"（五幕三场）

　　威特里奇将《李尔王》与《圣经》中的《启示录》以及先知们的预言进行比较，认为《李尔王》蕴含世界末日的主题和意象，因为它展现了人性的堕落和末日的审判。① 《圣经》中关于末日审判的启示：当世界末日来临时，人类将面临上帝永恒的判决；好人与恶人将被区分开来，分别给予赏赐与惩罚。② 假若《李尔王》暗示着世界末日的景象，那么它所呈现的最后结局却是好人与恶人的共同毁灭。当李尔抱着考狄利娅的尸体出场时，肯特说："这就是世界最后的结局吗？"爱德伽说："还是末日恐怖的预兆？"奥本尼说："天倒下来了，一切都要归于毁灭吗？"（五幕三场）斯瓦尔指出，这幕场景使"基督教的希望被粉碎了。它所承诺的末日审判混淆善恶，使二者皆归于消亡"③。道利摩尔认为，考狄利娅以及李尔的死亡使得《李尔王》没有屈从于传统天意观所要求的结局模式，而是产生"残酷而精确的颠覆性"效果。④ 总之，莎士比亚对原素材结局的改写旨在实现对于天意信仰的颠覆性的反讽。那么莎士比亚为何要在《李尔王》中颠覆传统的基督教天意观念？ 这就需要细致考察文艺复兴时期的西方思想背景。

二

　　在文艺复兴时期的西方世界，一方面基督教天意观念仍旧占据正统地

① 详见 Joseph Wittreich，*The Apocalypse Thought and Literature*，Manchester：Manchester University Press，1984，pp.175 - 206。

② 详见《启示录》（20：11—15）。

③ Richard B. Sewall，"*King Lear*"，in Laurie Lanzen Harris & Mark W. Scott eds.，*Shakespearean Criticism*，vol.2，p.227.

④ Jonathan Dollimore，*Radical Tragedy：Religion，Ideology and Power in the Drama of Shakespeare and his Contemporaries*，p.203.

位,一方面它却遭遇来自伊壁鸠鲁主义等古代异教哲学的挑战。在伊壁鸠鲁看来,如果神明是至善的全能者,那么世界的运行就不可能是神明干预的结果,而是由原子的运动来决定的;因为"世界中的混乱表明不存在任何作为设计者的神。自然疾病和其他的明显不完善暗示,只有非目的性的力量可能控制着世界中的进程——除非诸神是十足的愚蠢、邪恶或无能。在世界的观察到的特征中的缺陷肯定了原子理论,而瓦解了对关注这一世界的诸神的信仰"[1]。此外,他认为神明"都是遵循伊壁鸠鲁教诫的合理的快乐主义者",因此他们绝不会自找麻烦地去"过问我们人世的事情"。[2] 卢克莱修(Lucretius)的《物性论》(*On the Nature of Things*)在历史上长期被埋没,直到 1417 年由布拉西奥利尼(Poggio Bracciolini)发现了这首用拉丁文写的长诗的手稿。[3]《物性论》以韵文形式表达了伊壁鸠鲁的哲学观点,它的重见天日使伊壁鸠鲁主义在西方世界再次传播开来。伊壁鸠鲁主义对基督教天意观构成严重威胁:如果神不干预人事,那么世界就不是由上帝的意志所主宰,古代异教文化中的命运观念便会悄然而入。为了维护正统的基督教天意观,加尔文在《基督教要义》中不仅详细阐述神以其护理之工巨细靡遗地统治全世界的神学教义,而且指责威胁该教义的伊壁鸠鲁主义者"幻想一种无聊、闲懒的神","教导神只掌管天空,而将地上的事交给命运管理"。[4]

1579 年,一本由弗莱明(Abraham Fleming)翻译的书给英国社会提供了有关伊壁鸠鲁主义的知识。[5] 此后伊壁鸠鲁主义在英国迅速传播,并且引发了关于天意和命运的争论,其影响在文艺复兴时期的英国文学中也有所体现。锡德尼(Sir Philip Sidney)的作品《阿卡迪亚》(*Arcadia*)是《李尔王》中有关葛罗斯特父子之次要情节的直接素材来源,这部作品便存在受伊壁鸠鲁主义影响的痕迹。比如其中有个叫塞科皮亚(Cercopia)的人指出:如果认为

---

① 特伦斯·欧文:《古典思想》,覃方明译,辽宁教育出版社,1998 年,第 189 页。

② 罗素:《西方哲学史》(上卷),何兆武等译,商务印书馆,1997 年,第 313 页。

③ 详见 Brian P. Copenhaver and Charles B. Schmitt, *Renaissance Philosophy*, Oxford: Oxford University Press, 1992, p.198.

④ 约翰·加尔文:《基督教要义》,第 179 页。

⑤ 详见 William R. Elton, *King Lear and the Gods*, p.19.

神关心人类的想法是合理的话，那么苍蝇的如下想法也是合理的了，即人类会在意它们当中谁嗡嗡叫得最甜美以及谁飞得最快，等等。^① 沙恩认为，《李尔王》之对于天意的怀疑可能受到《阿卡迪亚》之第二章与第三章的影响。^②此外，古代怀疑主义者吕西安（Lucian）也指出，世界上不公正的事件之发生、好人的不幸以及罪恶的获胜等事实表明，这个世界上的事务并非由公义仁慈的神明控制，而是命运盲目运转的结果。在 16 世纪的英国，吕西安的著作被重印过数次，并且在当时的英国还可以找到在欧洲大陆出版的其著作的多种译本。^③ 莎士比亚在创作《李尔王》时可能部分地吸纳了古代怀疑主义思想。^④

艾尔顿指出，莎士比亚创作《李尔王》时，正值由伊壁鸠鲁主义等异教哲学所引发的、关于天意和命运的争辩在英国进行得最为激烈的时期；他认为这一争辩极有可能在《李尔王》中有所体现。^⑤ 与《圣经》中惩恶扬善、眷顾义人且肯倾听其祷告的上帝不同，《李尔王》中的神明似乎是不干预人世、对善人的祷告无动于衷的冷漠的神。起初李尔相信天上的神明会倾听他的呼求，替其主持公道，于是他在荒野中向神明上诉恶人的罪行。然而李尔所信仰的神明似乎是伊壁鸠鲁主义之神，他们对人世间的不幸与罪恶袖手旁观，对李尔的呼求保持缄默。信仰所能提供的希望之落空使得李尔彻底绝望，开始怀疑没有所谓的神明在暗中护佑他，自己只是命运手中的玩物罢了。"我是天生下来被命运愚弄的"（四幕六场），被"缚在一个烈火的车轮上"（四幕七场）。再比如被迫伪装成疯丐的爱德伽称自己是"一个非常穷苦的人，受惯命运的打击"（四幕六场）。总之，在《李尔王》中，天意信仰往往夹杂着对于变幻莫测的命运的深切感受。现实的逼迫使得李尔等人产生这一困惑：决定万事万物之结局的究竟是神的公正判决，还是命运之轮的盲目运转？文艺复兴时期

---

① 详见 Naseeb Shaheen, *Biblical References in Shakespeare's Plays*, London: Associated University Presses，1999，p.606。

② 详见 Naseeb Shaheen, *Biblical References in Shakespeare's Plays*，p.606。

③ 详见 William R. Elton, *King Lear and the Gods*，p.208。

④ 详见 William R. Elton, *King Lear and the Gods*，p.263。

⑤ 详见 William R. Elton, *King Lear and the Gods*，p.26。

的英国诗人斯宾塞的作品也揭示了传统的天意观念与残酷的现实世界之间的不协调给生命个体所带来的矛盾和困惑，正如布什所说，斯宾塞"在有关世界按照神圣的天意发展的信仰与他对于由冷酷的斗争和变化构成的世界的真切感受之间痛苦地挣扎"①。此外，与莎士比亚同时期的其他英国剧作家的作品流露出异教文化中的宿命论观念，即人的一生是"不稳定的、变化着的、非理性的和不可预测的"②。这反映出因受伊壁鸠鲁主义等古代异教哲学的冲击，基督教天意观在文艺复兴晚期的西方世界正面临着严峻挑战。

此外，《李尔王》也反映出以马基雅维利主义为代表的近代权力哲学对于基督教天意信仰的冲击。尽管直到英国的审查制度因为政治危机而暂时终止的 1640 年，《君主论》的英文版才得以正式出版，但是这并不意味着马基雅维利的思想没有对莎士比亚时代的英国社会产生影响。③"在伊丽莎白时期的剧作家中，显然是莎士比亚最多提供了马基雅维利式的'政策'实例……"④ 缪尔认为，李尔两个邪恶的女儿与冷酷狡诈的爱德蒙同属体现马基雅维利政治学说的人物类型。⑤ 这三个人物反传统的道德理念不仅深受马基雅维利学说的影响，而且体现出该学说背后之对于宗教信仰的极度轻视。艾尔顿认为此三人是马基雅维利式的无神论者，例如尽管李尔的大女儿高纳里尔是古代异教语境中的恶人，但是"高纳里尔与她的十六世纪的意大利楷模几乎没有什么区别；这就意味着，二者享有共同的无神论基础……"⑥。与该剧中频频向神祈求的善人不同，高纳里尔几乎从不提及神明。⑦ 李尔试图借

---

① Douglas Bush, *Classical Influences in Renaissance Literature*, Cambridge：Mass.，1952，p.56.

② William R. Elton, *King Lear and the Gods*, pp.10-11.

③ 1584 年，沃尔夫(John Wolf)在伦敦出版了意大利文版本的《君主论》，虽然这一版本并未促成英文版本的正式出版，"但是当时在伦敦确实传阅着几种手稿形式的英译本，其中有几份存放在英国图书馆中"(John Roe, *Shakespeare and Machiavelli*, Cambridge：D. S. Brewer, 2002, p.4.)。

④ William R. Elton, "Shakespeare and the Thought of His Age," in Stanley Wells ed., *The Cambridge Companion to Shakespeare Studies*, Shanghai：Shanghai Foreign Language Education Press, 2000, p.30.

⑤ 详见 Edwin Muir, "The politics of '*King Lear*'," in Laurie Lanzen Harris & Mark W. Scott eds., *Shakespearean Criticism*, vol.2, p.185。

⑥ William R. Elton, *King Lear and the Gods*, p.119.

⑦ 详见 William R. Elton, *King Lear and the Gods*, p.117。

助神明的威严来迫使高纳里尔遵循传统的伦理规范："我不要求天雷把你殛死，我也不把你的忤逆向垂察善恶的天神控诉，你回去仔细想一想，趁早痛改前非，还来得及。"（二幕四场）然而不敬神明的高纳里尔对此的反应却是无动于衷。

布林顿将马基雅维利的学说视为以唯理主义和经验主义为代表的西方近代科学精神在政治学领域的体现。[①]正是这种科学精神促使马基雅维利将基督教的伦理规范排除在其政治道德的考虑范围之外，而将权力视作政治事务的最终目标。马基雅维利对基督教的天意观念不以为然，他"与所有我们所知的唯理主义者一般，对于承认有任何超自然物存在、承认有任何干涉世人日常事务之神存在的观念，一概摒弃。对于相信在道德秩序之后有神存乎其间的中世思想，马基雅弗利完全置之不顾"[②]。在《李尔王》中，邪恶的两姐妹与爱德蒙似乎也拥有近代科学头脑，他们皆拒斥天意信仰。"在这三个恶人身上，自然主义获得最大程度的强调，于是自然和自我成了首要关注的事物，而超自然的介入则被减少到最小程度……"[③]例如具有唯理主义精神的爱德蒙对迷信星相学的父亲葛罗斯特嗤之以鼻："人们最爱用这一种糊涂思想来欺骗自己；往往当我们因为自己行为不慎而遭逢不幸的时候，我们就会把我们的灾祸归怨于日月星辰，……我们无论干什么罪恶的行为，全都是因为有一种超自然的力量在冥冥之中驱策着我们。……真是绝妙的推诿！"（一幕二场）爱德蒙体现出文艺复兴时期将自然与神明等超自然力量分离开来的思想观念上的新趋势，该趋势最终发展成笛卡尔与牛顿等人的近代科学自然观。[④]丹比指出："政治的马基雅维利与文艺复兴的科学家这两个巨大形象在爱德蒙身上是融合在一起的。"[⑤]

当奥本尼揭露妻子高纳里尔企图谋害他的阴谋时，后者恼羞成怒地说：

---

① 详见布林顿《西方近代思想史》，王德昭译，华东师范大学出版社，2005 年，第 115—120 页。

② 布林顿：《西方近代思想史》，第 115 页。

③ William R. Elton, *King Lear and the Gods*, p.116.

④ 详见 John F. Danby, *Shakespeare's Doctrine of Nature*, London：Faber and Faber, 1968, pp.35–36.

⑤ John F. Danby, *Shakespeare's Doctrine of Nature*, p.46.

"法律在我手中,不在你手中;谁可以控诉我?"(三幕七场)高纳里尔这番赤裸裸的话语体现出马基雅维利式的政治理念,即掌控世事的并非神明的公正裁决,"世界在运转中是非道德的,……在人类事务中唯一能起决定作用的是运用权力的能力"①。李尔在疯狂中意识到,他的天意信仰幻灭了,财富及财富背后的权力才是操纵人世间道德法律的核心力量。"从这一件事情上面,你就可以看到威权的伟大的影子;一条得势的狗,也可以使人家唯命是从。……褴褛的衣衫遮不住小小的过失;披上锦袍裘服,便可以隐匿一切。罪恶镀了金,公道的坚强的枪刺戳在上面也会折断;把它用破烂的布条裹起来,一根侏儒的稻草就可以戳破它。"(四幕六场)总之,《李尔王》体现出以天意信仰为基础,在16世纪尚未完全消失的中古社会,与以马基雅维利主义为代表的新兴的近代社会之间的冲突。"其中一个社会是中古时期的幻象,它的代表是个老国王。……另一个社会是新生的资本主义,它的主要代表是新人——是政治上的马基雅维利。"②李尔似乎不能够适应这种变化,因为"他感到他所应付的这种人的观念对于他的心灵和他的头脑,同样都是不可理解的。……这使得事物的性质对于他来说也变得不可理解,并且使他自己的观念陷入混乱,他惟一的出路就是发疯"③。

三

基督教天意观在文艺复兴时期所面临的上述窘境势必引发对上帝自身属性的怀疑。如前所述,基督教的天意观宣扬万事皆出自上帝的旨意,这乃是为了强调上帝的全知全能:如果世界上存在处于上帝掌控之外的事物,那么上帝的能力就会显得有缺陷。基督教一方面强调上帝对于世界的绝对统治,另一方面又宣扬上帝的正义仁爱,这样一来它就不得不面对这一神学悖论:假如上帝是正义仁爱的,他必然希望消除罪恶和苦难;假如他是全知全能

---

① John Roe, *Shakespeare and Machiavelli*, p.ix.
② John F. Danby, *Shakespeare's Doctrine of Nature*, p.52.
③ Edwin Muir, "The politics of '*King Lear*'," p.184.

的,他必然能够消除罪恶和苦难;然而罪恶和苦难存在着,因此上帝不可能既是全知全能的又是正义仁爱的。一些古代异教哲学家都曾指出神之正义仁爱的属性与神之全知全能的属性之间这种十分尴尬的矛盾。如前所述,伊壁鸠鲁正是基于这一理由而否认世界的进程是受神明干预的结果。古代异教哲学的影响不仅对基督教的天意观念构成威胁,也使上帝自身的属性变得十分可疑。例如卡本特(John Carpenter)于 1597 年指责一些受异教哲学影响的人以世上的罪恶和不公正为由来质疑上帝的公义仁爱;此外他们对上帝的全知全能也产生疑虑,认为"上帝缺乏权力和力量";总之,在当时的英国,"对上帝以及天意感到绝望的人为数不少"。①

《李尔王》不仅以反讽的方式颠覆传统的天意信仰,而且将怀疑的矛头直指神自身的属性。假如在该悲剧中神明果真掌控一切,那么他们似乎并没有显明自身的公正良善;相反,他们像命运一样任意摆布和折磨善良的人们,却听任恶人气焰嚣张地为所欲为,而这正是一些学者否认《李尔王》符合基督教精神的主要理由。例如布鲁克指出,在《李尔王》中,善良的人们"因为自己的善良而受的苦甚于贪婪的恶人们因为自己的罪行而遭受的惩罚",因此"《李尔王》的世界是这样一个世界,所有产生正义的上帝的观念都被从中删除掉了"。② 威斯特指出,关于《李尔王》是否蕴含基督教精神之学术争论的真正问题在于,"李尔最终所遭受的苦难是否能够与上帝的良善相互调和"③。

在《李尔王》中,失去双眼的葛罗斯特痛苦地说:"天神掌握着我们的命运,正像顽童捉到飞虫一样,为了戏弄的缘故而把我们杀害。"接着他又称乔装成疯丐的儿子爱德伽为"你这受尽上天凌虐的人"。(四幕一场)总之,神似乎是与人类为敌的,他们以冷酷残忍的手段对待人类,毫无怜悯恻隐之心。奈特指出,在该悲剧中,"人类似乎被'神明'故意地和戏弄地折磨着"④。斯宾

---

① William R. Elton, *King Lear and the Gods*, pp.22 - 23.

② Stopford A. Brooke, "*King Lear*", in Laurie Lanzen Harris & Mark W. Scott eds., *Shakespearean Criticism*, vol.2, pp.149 - 150.

③ Robert H. West, *Shakespeare & the Outer Mystery*, Lexington: University of Kentucky Press, 1968, p.143.

④ G. Wilson Knight, "'*King Lear*' and the Comedy of the Grotesque," in Laurie Lanzen Harris & Mark W. Scott eds., *Shakespearean Criticism*, vol.2, p.159.

塞也认为,尽管《李尔王》中的善人们"经常向神吁求,并且将人类事务视作与神明的控制有关,然而神明的形象却是非常暧昧的,他们的统治也并不必然就是仁慈的"①。此类对于神明之公正仁爱的怀疑态度在文艺复兴时期的英国文学作品中并非罕见。例如锡德尼的《阿卡迪亚》中的人物常常暗示,上天的力量不仅是神秘的,也是残酷的和不友善的。② 彼尔德(Thomas Beard)于1597 年指出:"在马洛的作品中,没有一处将上帝视作爱和仁慈;他至多是个立法者,并没有使正义在世上产生明显的效果。"③李奇认为,几乎所有 17 世纪的英国悲剧都令人产生此类感觉,即"如若存在掌控宇宙的神明,那么他们距离人类十分遥远,且对于个体的命运无动于衷。有时候这种神远离人类的感觉会尖锐化成这一信仰观念:神是恶毒的,拿尘世中的弱者和受苦者取乐"④。

上述文艺复兴时期对于神自身属性的怀疑态度不仅来自古代异教哲学的影响,而且在很大程度上也源于新教神学观念的影响。以加尔文思想为代表的新教神学的显著特征之一是将上帝统辖世界的无上权能强调到无以复加的程度,从而使基督教天意观本身所隐含的神学悖论显得更为突出。面对异教哲学的威胁,加尔文果敢地提出,上帝不仅允许,而且预定了世间一切罪恶与苦难的发生,然而这并非违背上帝自身的良善属性。"所以,万事都以奇妙和无法测度的方式在神的旨意之内发生,连违背他律法的事也不例外。因若他不许,便不可能发生,但他也不是无意地默许它的发生,而是有意地预定它的发生,而且既然神是良善的,除非神出于他的全能利用恶行以成善,否则他就不会允许邪恶的事发生。"⑤此外,少数人得救、大多数人堕入地狱的命运也是由上帝预定的,与个体自身的意志或行为毫无关系,然而上帝依然是公正的。既然世人皆为罪人,那么"神所诅咒的人得他们所完全应得的审判,然

---

① Theodore Spencer, "'*Othello*' and '*King Lear*', in Laurie Lanzen Harris & Mark W. Scott eds., *Shakespearean Criticism*, vol.2, p.176.

② 详见 William R. Elton, *King Lear and the Gods*, p.60。

③ William R. Elton, *King Lear and the Gods*, pp.23 – 24.

④ Clifford Leech, *Shakespeare's Tragedies and other Studies in Seventeenth Century Drama*, p.11.

⑤ 约翰·加尔文:《基督教要义》,第 212 页。

而神所呼召的人却蒙他们所完全不应得的恩典,如此,神完全显为公义"①。新教神学的另一代表人物路德也抱有类似观念。路德主张,神在万物中运行,包括撒旦、罪人以及灾祸,等等。因此"……在我们所遭遇一切倒霉的事情里面,都是神自己透过工具所运行的"②。此外,在救恩问题上路德也主张严格的预定论教义。③ 新教神学由此产生一系列悖论:上帝是善良的,然而世间的罪恶与不幸皆源于上帝的旨意;上帝是公正的,他向全人类提供救赎的机会,然而大多数人的沉沦毁灭是由上帝预定的;上帝是仁慈的,然而他却拒绝拯救众多被弃绝者,等等。

　　加尔文等人的神学观念对莎士比亚时代的英国国教的影响十分明显,无论是《三十九条信纲》还是官方的教义问答手册,均受到新教神学的渗透。与此同时,此种观念也遭到当时一些英国神学家的质疑。例如安德鲁斯(Lancelot Andrews)认为预定论使上帝显得不公正。④ 伯顿(Robert Burton)也指出预定论使人困惑,"因为判处被造物遭受可怕的永罚的上帝如何能够使自己成为仁慈的……然而这些荒谬的悖论却是由我们的教会激发出来的"⑤。这种质疑与不满在伊丽莎白时期的戏剧创作中也有所反映。辛菲尔德指出,这一时期的英国悲剧作家们虽然承认加尔文教义所宣扬的人性中的罪恶,但是这并不能使他们对上帝的公正仁爱心悦诚服,"他们确信人们是堕落的或者处于堕落的世界之中,但是他们只是名义上相信上帝救赎的仁慈"⑥。在《李尔王》中,对神之正义仁爱的怀疑态度在李尔身上表现得尤为突出。李尔起初笃信神的公义良善,因此他将风雨雷电等自然现象看作上天惩罚世间罪恶的工具,认为这些"可怕的天吏"将降罚于世上的恶人。李尔在此

① 约翰·加尔文:《基督教要义》,第 971 页。
② 转引自奥尔森《基督教神学思想史》,吴瑞诚等译,北京大学出版社,2003 年,第 420 页。
③ 详见蒂莫西·乔治《改教家的神学思想》,王丽译,中国社会科学出版社,2009 年,第 58—62 页。
④ 详见 Charles H. George and Katherime George,*The Protestant Mind of the English Reformation*,Princeton:Princeton University Press,1961,p.64。
⑤ 转引自 Alan Sinfield,"Hamlet's Special Province," in Michelle Lee ed.,*Shakespearean Criticism*,vol.66,Gale Group,2002,p.270。
⑥ Alan Sinfield,"Hamlet's Special Province," p.270.

采取的是一种合乎基督教传统的自然观念，在《圣经》中，雷鸣等自然现象被视作上帝威严的象征，[1]以及其审判世界的号角。当末日审判来临时，"神天上的殿开了，在他殿中现出他的约柜，随后有闪电、声音、雷轰、地震、大雹"[2]。这种观念也普遍存在于伊丽莎白时期的英国文学作品中，例如马洛在《浮士德》等悲剧中将雷鸣视作神发怒的迹象。

在无名氏的旧剧中，神与诗歌正义统治着一切，因此"即使是凶手也畏惧雷声，丢掉尖锐的匕首仓皇而逃"[3]。在《李尔王》中，雷声的宗教意义则逐渐变得含混不清。李尔向上天发出祈求："天啊，要是你爱老人，要是凭着你统治人间的仁爱，你认为子女应该孝顺他们的父母，要是你自己也是老人，那么不要漠然无动于衷，降下你的愤怒来，帮我申雪我的怨恨吧！"（二幕二场）然而上天降下的风雨雷电却让居住在豪宅里的恶人安然无恙，它们似乎特意要来折磨这位流落在荒野上的白发苍苍的老人。自身的不幸遭遇促使李尔对上天的认识发生变化，怀疑其降下的风雨雷电是助纣为虐的恶人的帮凶，"可是我仍然要骂你们是卑劣的帮凶，因为你们滥用上天的威力，帮同两个万恶的女儿来跟我这个白发的老翁作对。啊！啊！这太卑劣了！"（三幕二场）古代怀疑主义者吕西安断言，所谓神明的雷声只是无理由地降下，它根本不是正义审判的号角声；艾尔顿认为李尔对雷鸣的怀疑态度与吕西安十分相似。[4]神志不清的李尔误认为爱德伽是一位哲学家，他急欲向后者请教这一令他困惑不解的问题："天上打雷是什么缘故？"（三幕四场）如果雷鸣不是神明之正义审判的号角声，那么它究竟为谁而鸣？为善人还是为恶人？或是谁都不为？李尔的发问实际上指向了神明自身——他们究竟是护佑善人的正义之神，还是偏袒恶人的邪恶之神？抑或是不干预人事的、伊壁鸠鲁主义意义上的冷漠的神？菲尔培林指出，李尔之所以对雷声的意义产生疑问，乃是因为甚至对于祈祷者李尔本人来说，"这些对内在于自然秩序中的神的正义的祈

---

① 比如"耶和华的声音发在水上，荣耀的神打雷，耶和华打雷在大水之上。耶和华的声音大有能力，耶和华的声音满有威严"（《诗篇》29:3—4）。

② 《启示录》(11:19)。

③ William R. Elton, *King Lear and the Gods*, p.70.

④ 详见 William R. Elton, *King Lear and the Gods*, pp.208 - 209。

求听上去也越来越空洞了"，因为他开始产生"一种关于存在的不确定性的新感觉"。① 李尔对于自身信仰的怀疑所达到的深度要远远超过剧中其他遭遇不幸的善人，这促使他最终放弃向作为审判官的上天的祷告和祈求，"既然这些暗示着宇宙中有某种确定的秩序，那么它们就显得同他逐渐感觉到的宇宙间某种神秘的不合理不相协调了"②。总之，《李尔王》提出这样一个尖锐的神学问题：假若这个多灾多难的世界果真是受神之全能的意志掌控，那么我们该如何理解神的公正仁爱？ 这是人类理性面对信仰悖论时的困惑和追问。

四

一些西方学者认为，《李尔王》的悲剧主题极有可能受到《约伯记》的影响，③扬·柯特则干脆将《李尔王》视为"一部新《约伯记》"。④ 约伯在历尽磨难之后产生了与李尔类似的困惑，即在由全能至善的上帝统治的世界上，义人为何会遭难？ 与《李尔王》一样，《约伯记》的中心主题关乎涉及神的属性问题的神学悖论；与《李尔王》中的神明相类似，《约伯记》中的上帝也颇为令人费解。马克斯指出，在《约伯记》的第一章中，上帝显得冷酷而让人没有安全感，是"撒旦的同伙，人类的对头"；在《约伯记》快要结束时，上帝终于亲自向约伯开口说话，此时的上帝显得"不那么坏心肠了，但也并不更加仁慈"。⑤ 这种对于上帝自身属性的困惑源于上帝掌控世界的意志（天意）本身的不可理喻。约伯的朋友们反复强调上帝通过惩罚恶人、奖赏义人的方式干预世事，因此约伯的不幸源于上帝对其自身罪孽的公义惩罚。然而约伯否认自己犯

---

① Howard Felperin, "Plays within Plays: *Othello*, *King Lear*, *Antony and Cleoopatra*," p.251.

② William R. Elton, *King Lear and the Gods*, p.204.

③ 详见 Kenneth Muir, *King Lear: Critical Essays*, New York: Garland, 1984, pp.289 – 290. See also John Holloway, "'*King Lear*'," in Laurie Lanzen Harris & Mark W. Scott eds., *Shakespearean Criticism*, vol.2, p.243。

④ Jan Kott, *Shakespeare Our Contemporary*, p.154.

⑤ Steven Marx, "'Within a Foot of the Extreme Verge': The Book of Job and *King Lear*," p.151.

罪,坚持认为义人往往遭难,恶人却常常受益,他因此质疑神的公正。① 约伯的朋友们重申的正是旧约中在《约伯记》之前的各卷经书所反复宣扬的教义,即上帝以惩恶扬善的方式在人类历史中做工。约伯与朋友们结束冗长的辩论之后,上帝斥责其朋友们的论调,认为"你们议论我,不如我的仆人约伯说的是"(《约伯记》42:8)。马克斯指出,这表明上帝在此似乎要修改他在旧约前几卷书中对其子民所不断重复的训诫。② 如此一来,上帝统辖世界的意志——天意变得神秘莫测,其自身的属性也显得扑朔迷离。

加德纳认为,《约伯记》的伟大就在于,"作者断然拒绝对由正直的人们遭受苦难而提出的问题作任何解释"③。上帝最终并未针对约伯的困惑而给予其明确的答复,而是强调他自身的无上权能与人类的卑微渺小,因此后者根本没有资格与之争辩。④《约伯记》在重申上帝的全能至善的同时,更为强调上帝的意志对于人类理性的无限超越。约伯承认自己无法认识上帝的奥秘,⑤因此他最终并非因为自己遭遇的苦难获得合乎理性的解释而顺服耶和华,"说服约伯的并不是什么论点或理由,而是对上帝的威严和实在的一种压倒一切的感受……"⑥。

如前所述,约伯的朋友们按照旧约前几卷经书所宣扬的教义来理解上帝,即上帝以人类理性能够明了的惩恶扬善的方式统治世界,因此约伯的苦难源于上帝对其过犯的公义惩罚;然而上帝最终否定了这样的神学观念。马克斯指出,《李尔王》中的爱德伽、奥本尼等善人持有与约伯的朋友们相类似的神学观念;在该悲剧中,此种观念不仅是对残酷现实的逃避,而且其本身也

---

① "善恶无分,都是一样,所以我说:完全人和恶人他都灭绝。若忽然遭杀害之祸,他必戏笑无辜的人遇难。世界交在恶人手中,蒙蔽世界审判官的脸,若不是他是谁呢?"(《约伯记》9:22—24)

② 详见 Steven Marx, "'Within a Foot of the Extreme Verge':The Book of Job and *King Lear*,"p.147。

③ 海伦·加德纳:《宗教与文学》,沈泓等译,四川人民出版社,1989 年,第 58 页。

④ "强辩的岂可与全能者争论吗?"(《约伯记》40:2)"你岂可废弃我所拟定的?岂可定我为罪,好显自己为义吗? 你有神那样的膀臂吗? 你能像他发雷声吗?"(《约伯记》40:8—9)

⑤ "我知道你万事都能作,你的旨意不能拦阻。……我所说的是我不明白的;这些事太奇妙是我不知道的。"(《约伯记》42:1—3)

⑥ 海伦·加德纳:《宗教与文学》,第 59 页。

遭到现实的否定和嘲弄。①　例如爱德伽从神是正义仁爱的统治者这一神学观念出发,将父亲被恶人剜去双眼、作恶者却逍遥法外这一惨剧进行合理化解释:上天为了惩罚父亲往日的风流放纵,故而让他因私生子的陷害而失去双目。"公正的天神使我们的风流罪过成为惩罚我们的工具;他在黑暗淫邪的地方生下了你,结果使他丧失了他的眼睛。"(五幕三场)奥本尼也极力要将荒谬无情的现实合理化,以便维系对于正义善良的神明的信仰。邪恶的两姐妹为所欲为地作恶,上天却一直没有降罚于她们;最后她俩死于自相残杀,奥本尼则声称这是上天对她们的惩罚。亨特指出,在《李尔王》中,"人物——尤其是好人——不断试图使他们所遭遇的事情显得合乎情理"②。"他们所做的,尤其是在他们寻找有关神之正义的观念之意义的时候,他们是在试图逃避他们自身处境之明显的无意义。"③

马克斯指出,在旧约中,尽管《箴言》《约伯记》以及《传道书》同属智慧书文学,但它们对理性与信仰的关系却具有不同见解:《箴言》表达的是乐观主义观念,即通过引导人类很容易凭借理性发现信仰真理;《约伯记》持较为悲观的看法,即由于理性的局限,人类无法理解终极真理;《传道书》中的相关篇章则更为消极,对理性的功效流露出近乎怀疑主义的悲观态度。④　马克斯认为,《李尔王》在一定程度上也隶属于这种悲观主义的智慧书文学传统。⑤　福尔汀指出,"《李尔王》试图将基督教非神话化,重申上帝的隐匿,反对爱德伽们和奥本尼们自以为是的虔诚和关于这个世界的肤浅的理性主义认识";上帝并非人类理性所能把握的,"更确切地说,他是一个为人所不适应的、他也不予人方便的上帝。他拒绝任何面具,既否认我们所寻求的解释,也否认使

---

① 详见 Steven Marx,"'Within a Foot of the Extreme Verge': The Book of Job and *King Lear*," p.151。

② Robert G. Hunter, *Shakespeare and the Mystery of God's Judgments*, p.187.

③ Robert G. Hunter, *Shakespeare and the Mystery of God's Judgments*, p.188.

④ 详见 Steven Marx,"'Within a Foot of the Extreme Verge': The Book of Job and *King Lear*," p.147。

⑤ 详见 Steven Marx,"'Within a Foot of the Extreme Verge': The Book of Job and *King Lear*," p.148。

这种解释成为不必要的奇迹"。① 总之,与《约伯记》一样,《李尔王》蕴含人类理性无法认知信仰悖论的悲剧主题;该主题不仅源自《约伯记》的启发,更是文艺复兴时期对理性与信仰的关系持悲观态度的新教神学以及以蒙田思想为代表的怀疑主义哲学等西方近代思潮综合影响的产物。

在以托马斯·阿奎那的学说为代表的中世纪天主教神学体系中,理性认知信仰的能力获得了最大程度的认可。在阿奎那看来,信仰真理"虽然超越于理性之上,但并不违反理性"②。因此"理性不在恩典的帮助之下,所能够发现的神学与灵性真理,并非只有神的存在而已","完全在自然领域里运作的理性,也能发现灵魂的不朽性与基本的伦理和道德律"。③ 与此相反,受奥古斯丁影响颇深的路德、加尔文等新教神学家极力否认人类凭借自身理性把握信仰真理的可能性。奥古斯丁认为原罪对理性所造成的破坏使得人类无法认识上帝的所作所为,"因为我们的理性软弱而必朽",所以"人的心灵中软弱的理性不能解释那是为什么"。④

新教神学家对人类理性的悲观态度在很大程度上也受到中世纪唯名论者奥卡姆(William of Ockham)等人的影响。与阿奎那对人类理性所持的乐观主义态度不同,奥卡姆宣称"脆弱的人类无法探知神的奥秘……"⑤。在奥卡姆看来,"宗教的真理不仅不能依靠理性来证实,它们甚至不能被证明为合理的——也许还正好相反"⑥。奥卡姆的唯意志论(voluntarism)极为强调上帝意志的全能与绝对自由,这就意味着上帝的所作所为不受其意志之外的任何规范(比如人类的道德理性法则)的约束,因为"人类行为之良善与道德,并不是符合一个自存的,甚至控制神意志的外在法则,而完全是因为神的旨意所预定与命令。因此神旨意所要的就是良善的,而他所禁止的则是邪恶

---

① Rene E. Fortin, "Hermeneutical Circularity and Christian Interpretations of *King Lear*," in Michelle Lee ed., *Shakespearean Criticism*, vol.66, p.264.
② G. F.穆尔:《基督教简史》,第 187 页。
③ 奥尔森:《基督教神学思想史》,第 362 页。
④ 奥古斯丁:《上帝之城:驳异教徒》(下),第 241 页。
⑤ Brian P. Copenhaver and Charles B. Schmitt, *Renaissance Philosophy*, p.43.
⑥ G. F.穆尔:《基督教简史》,第 190 页。

的"①。上帝命定世人要爱与和平,故而此二者皆为德行;"如果上帝以他深奥莫测的智慧,决定相反的事情是正确的和真实的,例如把纯粹的自私自利定为德行,那么事情就应该这样,理性无可非议"②。因为"既有这种神圣的全能,神可以做出超越理性所期待与要求的行动,因此想要用逻辑必要性证明事实上惟有因为神决定要这样做的事情,那是徒劳无益的"③。如此一来,中世纪的唯名论"使得有条理的思辨神学消失了。……留给神学家的是一个不可知的、绝对自由的上帝"④。

奥卡姆的唯意志论思想直接影响了路德、加尔文等新教神学家,后者也强调上帝的意志绝对不受人类道德理性法则的限制,并且据此为信仰悖论进行辩护。例如路德嘲讽人类的这一普遍倾向,即"要求上帝应该按照人类的正义观念去行事,并且做在他们看来似乎是正确的事情,否则他就不是上帝"⑤。人文主义者伊拉斯谟就神预定了罪和邪恶以及大部分人在地狱中沉沦的命运等问题向新教神学提出质疑;路德对此做出如下回应:"他是神,因此对于他的意志,我们无法制订任何原因和理由作为其规则或尺度;因为万物没有任何东西,可以等同或超过他的意志,而且其意志反而是万物的规则。……这并不是因为神现在或过去有责任确保他的意志决定的事情必须是对的;相反,因为神的意志决定要这样,因此所发生的一切事情必定都是对的。原因和理由,可以加诸受造者的意志,但是不能强加于造物主的意志……"⑥加尔文也认为,"不仅神的意志超出人的理解力之外,而且人类关于善恶和理性道德的标准也无法适用于神的意志。"⑦针对由预定论所引发的质疑与不满,加尔文指出,人"在神的旨意上追根究底是极其邪恶的。……因神

① 转引自奥尔森《基督教神学思想史》,第382—383页。

② G. F.穆尔:《基督教简史》,第190页。

③ Justo González, *A History of Christian Thought*, vol. 2, *From Augustine to the Eve of Reformation*, Nashville, Tenn：Abingdon, 1987, p.319.

④ 大卫·瑙尔斯:《中世纪思想的演化》,杨选译,商务印书馆,2012年,第424页。

⑤ Martin Luther, *The Bondage of the Will*, London：James Clarke and Co., 1957, p.232.

⑥ Martin Luther, "De Servo Arbitrio," in E. Gorden Rupp ed., *Luther and Erasmus：Free Will and Salvation*, Philadelphia：Westminster Press, 1969, pp.236 – 237.

⑦ Sukanta Chaudhuri, *Infirm Glory：Shakespeare and the Renaissance Image of Man*, Oxford：Oxford University Press, 1981, p.48.

的旨意是公义至高的准则,所以他所预定的一切必定是公义的。……但你若进一步追究,神为何这样预定,你就在寻找比神的旨意更高的原则,然而这原则并不存在"①。一些批评家认为,《李尔王》中的神也许是路德、加尔文等人观念中的神。②艾尔顿也指出:"当我们回想起莎士比亚是在一位一度是苏格兰加尔文主义者的君主③的统治下写作《李尔王》的时候,我们就指出了莎士比亚悲剧中的宇宙特性具有受到由加尔文主义启发而来的、关于神以及与天意相关的观念之影响的充分可能性。"④

《李尔王》的创作主旨无疑也受到蒙田思想的影响。道利摩尔指出,詹姆斯一世时代的英国悲剧家们将源自蒙田的思想观念作为"动摇天意信仰的一种方式"⑤。沙恩指出,莎士比亚在写作《李尔王》不久之前,显然读过弗罗里奥(Florio)于1603年翻译的蒙田著作,因为"在《李尔王》中,有一百多处在用词上模仿了弗罗里奥的这一译本"⑥。蒙田的思想一方面受到古代异教哲学中的怀疑主义的影响,另一方面也继承了前述中世纪唯名论者对于人类理性获得信仰真理之可能性的怀疑态度。蒙田认为,人类有限的理性根本无法认识上帝,在信仰领域内人类绝对不可妄自尊大;"因此神学应该谦卑,怀疑则是这种精神的最好体现"⑦。这种怀疑针对的不是上帝的存在,而是人类理解上帝的能力。蒙田强调人与神之间的巨大差异,嘲笑依据神人同形同性的观念对上帝妄加揣测的浅薄思想。他反对将神性降低到人性的层次,认为"最不了解的事物最适合被奉为神,……当我们使上帝类似于人类的时候,我们便是限制和玷污了他。装饰上人类的喜好,天堂自身便显得廉价了"⑧。劳伦斯指出,莎士比亚在《李尔王》中反复涉及蒙田的《为雷蒙·塞邦辩护》(An

---

① 约翰·加尔文:《基督教要义》,第960页。

② 详见 Steven Marx,"'Within a Foot of the Extreme Verge':The Book of Job and *King Lear*,"p.154。

③ 指詹姆斯一世。

④ William R. Elton, *King Lear and the Gods*, p.35.

⑤ Jonathan Dollimore, *Radical Tragedy*:*Religion*,*Ideology and Power in the Drama of Shakespeare and his Contemporaries*, p.21.

⑥ Naseeb Shaheen, *Biblical References in Shakespeare's Plays*, p.605.

⑦ Brian P. Copenhaver and Charles B. Schmitt, *Renaissance Philosophy*, p.254.

⑧ Brian P. Copenhaver and Charles B. Schmitt, *Renaissance Philosophy*, p.254.

Apology for Raymond Sebond）；在该书中，蒙田同样认为上帝不受人类理性法则的束缚。[①]

与蒙田一样，伊丽莎白时期的英国怀疑主义者"怀疑人类感觉与理性的可靠性，却为了这个原因而更加提高信仰的地位"；"然而矛盾的是，通过提升一位原原本本的神，人可能会因为剥夺了理性与科学的支持而削弱了宗教信仰……"。[②] 当理性失去理解信仰的权力之后，上帝就变得不可思议了；于是他既不能作为正义之神满足人类的道德要求，也不能作为仁爱的慈父慰藉人类的情感需求。总之，在新教神学与怀疑主义等近代思潮的综合影响下，上帝变得陌生了，他与人类之间的隔阂被无限地扩大。艾尔顿认为，"这种人与神之间关系的变化不可避免地会给悲剧提供变化了的氛围；在这种氛围中，神的公正（正如在《李尔王》中）和有意义的行为（正如在《哈姆莱特》中）皆是不可得的。"[③]临终前的爱德蒙认为"天道的车轮已经循环过来了"（五幕三场），即神将要伸张正义了；并且爱德蒙也想做一件违反其本性的善事，即撤销处死李尔父女俩的命令。这时考狄利娅的命运似乎就完全掌握在上天的手中了，正如奥本尼所说："神明保佑她！"然而令人难堪的是，连恶人爱德蒙也想挽救其生命的考狄利娅最终却未能获得天神的护佑，这一悲惨结局成为对神之公正仁爱的强烈质疑和莫大讽刺。亨特指出，"如果李尔怀中的考狄利娅的尸体是神之正义的象征的话，那么这种正义是我们所无法理解的；如果它不是神之正义的象征的话，那么这出戏就不存在可以理解的事物；从自然的角度来看，《李尔王》不是不可理解就是毫无意义，或者二者皆是。"[④]李奇也认为，考狄利娅之死使得"神的'正义'与他们的冷漠一样的可怕"；我们无法理解这种正义，"除非我们认识到该悲剧中所反映的神的正义是一种无动于衷的正义，一种丝毫不关心个体、且不在意在弃绝与赏赐之间获得微妙的

---

① Seán Lawrence，"'Gods That We Adore'：The Divine in *King Lear*，"p.197.

② Paul H. Kocher，*Science and Religion in Elizabethan England*，New York：Octagon Books，1969，p.45.

③ William R. Elton，"Shakespeare and the Thought of His Age，"p.25.

④ Robert G. Hunter，*Shakespeare and the Mystery of God's Judgments*，p.190.

平衡的正义"①。

　　总之，以《李尔王》为代表的"莎士比亚悲剧是人们思想中的变化的产物——这乃是文艺复兴时期的变化——通过这种变化，人们逐渐感到他们自身同上帝相分离了；通过这种变化，的确，上帝的观念从人们长期以来的确信当中退却，变成只不过是一种头脑的建构，仅仅是一种可信的设想，一种遥远的、并且不一定是公正仁慈的而可能是敌人的存在"②。李尔由对神的祈求转向对神的追问、质疑，再到彻底放弃对神的希望的信仰历程，正是这种思想观念上的变化在一部分近代西方人的精神世界中所造成的信仰危机的艺术反映。莎士比亚之所以将原先故事素材中的基督教世界改为古代异教背景，乃是为了更加自如地表达上述悲剧主题。早在 19 世纪后期，爱德华·道登（Edward Dowden）就指出，异教语境可以使莎士比亚较少受限制地大胆提出"神是什么"的问题。③ 艾尔顿也认为，身处于一个宗教论战愈演愈烈的历史时期，若在公共剧院里上演表现宗教危机主题的戏剧，未免太过冒险；莎士比亚采用异教背景，描述一个古代异教徒逐渐对他的神产生了怀疑，这就避免了莎士比亚时代一些较少思索、同时信仰又十分虔诚的保守观众的不满和指责。④ 与此同时，对于"在文艺复兴晚期不安宁的新世界中，那些无法靠虔诚的信仰获得宁静、那些更为不安和思想更为复杂的观众来说"，《李尔王》有其独特的意义，"它为那些既不能回避又无法平息思想中的冲突的人们，更为生动地描绘了那种惊骇和一切归于消解所带来的混乱"。⑤

---

　　① Clifford Leech，*Shakespeare's Tragedies and other Studies in Seventeenth Century Drama*，p.14.

　　② Arthur Swell，*Character and Society in Shakespeare*，London：Oxford University Press，1951，p.121.

　　③ 详见 Theodore Spencer，"'*Othello*' and '*King Lear*'"，p.176。

　　④ 详见 William R. Elton，*King Lear and the Gods*，p.338。

　　⑤ William R. Elton，*King Lear and the Gods*，p.338.